you ru he hua

犹如荷花

刘庆邦 / 著

you
ru
he
hua

中国文史出版社

目　录

第 一 辑

第 四 辑

第 一 辑

林斤澜的看法

一转眼，林斤澜离开我们已经十年了。

四年前，我写过一篇文章：《北京作家终身成就奖，评浩然还是林斤澜》。文章里说到，那届终身成就奖的候选人有两个，浩然和林斤澜，二者只能选其一。史铁生、刘恒、曹文轩和我等十几个评委经过讨论和争论，最后以无记名投票方式，把奖评给了林斤澜。

北京有那么多成就卓著的老作家，能获奖不易。我知道林斤澜对这个奖是在意的，获奖之后我问他："林老，得了终身成就奖您是不是很高兴？"话一出口，我就意识到问得有些笨，让林老不好回答。果然，林老哈哈哈地笑了起来。正笑着，他又突然严肃起来，说："那当然，那当然。"他不说他自己，却说开了评委，说："你看哪个评委不是厉害角色呀！"

林斤澜和汪曾祺被文学评论界并称为文坛双璧，一个是林璧，一个是汪璧。既然是双璧，其价值应当旗鼓相当，交相辉映。而实际情况不是这样。相比之下，汪璧一直在大放光彩，广受青睐。林璧似乎有些暗淡，较少被人提及。或者说汪曾祺生前身后都很热闹，自称为"汪迷"和"汪粉"的读者不计其数。林斤澜生前身后都是寂寞的，反正我从没听说过一个"林迷"和"林粉"。

这怨不得别人，要怨的话只能怨林斤澜自己，谁让他的小说写得那么难懂呢！且不说别人了，林斤澜的一些小说，比如矮凳桥系列小说，连汪曾祺都说："我觉得不大看得明白，也没有读出好来。"因为要参加林斤澜的作品讨论会，汪曾祺只好下决心，推开别的事，集中精力，读林斤澜的小说，一连读了四天。"读到第四天，我好像有点儿明白了，而且也读出好来了。"像汪曾祺这样通今博古、极其灵透的人，读林斤澜的小说都如此费劲，一般的读者只能望而却步。任何文本只有通过阅读才能实现其价值，读者读不懂，不愿读，价值就无法实现。关于"不懂"这个问题一直困扰着林斤澜，他好像也为此有些苦恼。他说："汪曾祺的小说那么多读者，我的小说人家怎么说看不懂呢？"有一次林斤澜参加我的作品讨论会，他在会上也说过类似的话，他说："庆邦的小说有那么多读者喜欢，让人羡慕。我的小说，哎呀，他们老是说看不懂，真没办法！"

林斤澜知道自己的小说难懂，而且知道现在的读者普遍缺乏阅读耐心，他会不会做出妥协，就和一下读者，把小说写得易懂一些呢？不会的，要是那样的话，林斤澜就不是林斤澜了，他我行我素，该怎么写还怎么写。关于"不懂"，林斤澜与市文联某领导有过一段颇有意思的对话，他把这段对话写在《林斤澜小说经典》的序言里了。领导："我看了你几篇东西，不大懂。总要先叫人懂才好吧。"林："我自己也不大懂，怎么好叫人懂。"领导："自己也不懂，写它干什么！"林："自己也懂了，写它干什么！"听听，在这种让人费解的对话里，就可以听出林斤澜的执拗。有朋友悄悄对我说，林斤澜的小说写得难懂是故意为之，他就是在人为设置阅读障碍。这样的说法让我吃惊不小，又要写，写了又让人摸不着头脑，这是何苦呢？后来看到冰心先生对林斤澜小说的评价，说林斤澜的小说是"努力出棱，有心作杰"，话里似乎也有这个意思，说林斤澜是在有意追求曲高和杰出。

　　静下心来，结合自己的创作想一想，我想到了，要把小说写得好懂是容易的，要把小说写得难懂就难了。换句话说，把小说写得难懂是一种本事，是一种特殊的才能，不是谁想写得难懂就能做到。如愚之辈，我也想把小说写得不那么好懂一些呢！可是不行，读者一看我的小说就懂了，我想藏点儿什么都藏不住。在文艺创作方面，恩格斯有一句名言："对于艺术品来说，作者的倾向越隐蔽则越好。"对于这一点，很多作家都做不到，连林斤澜的好朋友汪曾祺都做不到，林斤澜却做到了。他在中国文坛的独树一帜就在这里。

　　林斤澜老师的女儿在北京郊区密云为林老买了一套房子，我也在密云买了一套房子，我们住在同一个小区。有一段时间，我几乎每天早上陪林老去密云水库边散步，林老跟我说的话就多一些。林老说，他的小说还是有人懂的。他随口跟我说了几个人，我记得有茅盾、孙犁、王蒙、丛维熙、刘心武、孙郁等。他说茅盾在当《人民文学》主编时，主张多发他的小说，发了一篇又一篇，就把他发成了一个作家。孙犁先生对他的评论是："我深切感到，斤澜是一位严肃的作家，他是真正有所探索、有所主张、有所向往的。他的门口没有多少吹鼓手，也没有那么多轿夫吧。他的作品如果放在大观园，他不是怡红院，更不是梨香院，而是栊翠庵，有点儿冷冷清清的味道，但这里确确实实储藏了不少真正的艺术品。"林老提到的几位作家，对林斤澜的人品和作品都有中肯的评价，这里就不再一一引述了。林老的意思是，对他的作品懂了就好，懂了不一定非要说出来，说出来不见得就好。林老还认为，知音是难求的，几乎是命定的。该是你的知音，心灵一定会相遇。不该是你的知音，怎么求都是无用的。

　　林斤澜跟我说得最多的是汪曾祺。林斤澜认为汪曾祺的名气过于大了，大过了他的创作实绩。汪曾祺是沈从文的学生，沈从文对汪曾祺是看好的。但汪曾祺的创作远远没有达到沈从文的创作成就和创作水准，无论是数量，还是质量，与沈从文相比都不可同日而语。沈从文除了写有大量的短篇小说、散文和文论，还写有中篇小说《边城》和长篇小说《长河》。而汪曾祺只写有少量的短篇小说和散文，没写过中篇小说，亦自称"不知长篇小说为何物"。沈从文的创作内涵是丰富的、复杂的、深刻的。拿对人性的挖掘来说，沈从文既写了人性的善，还写了人性的恶。而汪曾祺的创作内涵要简单得多，也浅显得多，缺少对人性的多面性进行深入的挖掘。汪曾祺的小说读起来和谐是和谐了，美是美了，但对现实生活缺乏反思、质疑和批判，有"把玩"心态，显得过于闲适。有些年轻作者一味模仿汪曾祺的写法，不见得是什么好事。林斤澜对我说："其实汪曾祺并不喜欢年轻人跟着他的路子走，说如果年纪轻轻就写得这么冲淡，平和，到老了还怎么写！"林老这么说，让我想起在1996年底的第五次作家代表大会上，当林老把我介绍给汪老时，汪老上来就对我说："你就按《走窑汉》的路子走，我看挺好。"林斤澜分析了汪曾祺之所以写得少，后来甚至难以为继的原因，是因为汪曾祺受到了散文化小说的局限，说他是得于散文化，也失于散文化。说他得于散文化，是他写得比较散淡、自由、诗化，达到了一种"苦心经营"的随意境界。说他失于散文化呢，是因为散文写作的资源有限，散文化小说的资源同样有限。小说是想象的产物，其本质是虚构。不能说汪曾祺的散文化小说里没有想象和虚构的成分，但他的小说一般来说都有真实的情节、细节和人物做底子，没有真实的底子做依托，他的小说飞起来就难了，只能就近就地取材，越写越实。林斤澜举了一个例子，说汪曾祺晚年写过一个很短的小说《小芳》，小说所写的是安徽保姆的故事，就是以他家的保姆为原型而写。从内容上看，已基本上不是小说，而是散文。小说写出后，不用别人说，汪曾祺的孩子看了就很不满意，说写的什么呀，一点儿灵气都没有，不要拿出去发表。孩子这样说是爱护"老头儿"的意思，担心别人看了瞎对号。可汪曾祺听了孩子的话有些生气，他说他就是故意这样写。汪曾祺的名气在那里摆着，他的这篇小说不仅在《中国作家》杂志发表了，还得了年度奖呢。

林斤澜最有不同看法的，是汪曾祺对一些《聊斋志异》故事的改写。林斤澜的话说得有些激烈，他说汪曾祺没什么可写了，就炒人家蒲松龄的冷饭。没什么可写的，不写就是了。改写人家的东西，只是变变语言而已，说是"聊斋新义"，又变不出什么新意来，有什么意思呢！这样的重写，换了另外一个人，杂志是不会采用的。因为是汪曾祺重写的，《北京文学》和《上海文学》都发表过。这对刊物的版面和读者的时间都是一种浪费。

另外，林斤澜对汪曾祺的处世哲学和处世态度也不太认同。汪曾祺说自己是"逆来顺受，随遇而安"。林斤澜说自己可能修炼不够，汪曾祺能做到的，他做不到。逆来了，他也知道反抗不过，但他不愿顺受，只能是无奈。随遇他也做不到而安，也只能是无奈。无奈复无奈，他说人生本来就是一场无奈嘛，既无奈生，也无奈死。

林斤澜愿意承认我是他的学生，他对我多有栽培和提携。我也愿意承认他是我的恩师，他多次评论过我的小说，还为我的短篇小说集写过序。但实在说来，我并不是一个好学生，因为我不爱读他的小说。他至少给我签名送过两本他的小说集，我看了三几篇就不再看了。我认为他的小说写得过于雕，过于琢，过于紧，过于硬，理性大于感性，批判大于审美，风骨大于风情，不够放松，不够自由，也不够自然。我不隐瞒我的观点，当着林斤澜的面，我就说过我不喜欢读他的小说，读起来太吃力。我见林斤澜似乎有些沉默，我又说我喜欢读他的文论。林斤澜这才说："可以理解。"

同样是当着林斤澜的面，我说我喜欢读汪曾祺的小说。汪曾祺送给我的小说集，上面写的是"庆邦兄指正"，我读得津津有味，一篇不落。因汪曾祺的小说写得太少，不够读，我就往上追溯，读沈从文的作品。我买了沈从文的文集，一本一本反复研读，从中学到了很多东西。有人问我，最爱读哪些中国作家的作品。我说第一是曹雪芹，第二是沈从文。

2019 年 3 月 30 日（北京）至
4 月 2 日（沈丘）清明节前夕
载 2019 年 4 月 12 日《文汇报》

作家中的思想家

——怀念史铁生

史铁生离开我们已经十年了，我时常想念他。每想起史铁生，我的心思都会走得很远很远，远得超过了十年，二十年，三十年，好一会儿回不过神来。

在史铁生辞世两周年之际，中国作家协会曾组织召开了一场对史铁生作品的讨论会，铁凝、张海迪、周国平等众多作家、评论家和学者与会，对史铁生的人格修为和创作成就做出了高度评价。讨论会达成了一个令人难忘的共识：在这个不轻言"伟大"的时代，史铁生无愧于一个伟大的生命、伟大的作家。

在那次讨论会上，我简短地发了言，谈到史铁生坚强的生命力量、超凡的务虚能力，还谈到做梦梦见史铁生的具体场景和生动细节。随后我把发言整理成一篇千把字的文章，发在北京的一家报纸上，文章的题目叫"梦见了史铁生"。我一直觉得文章过于短了，不能表达我对史铁生的理解、敬意和思念之情，甚至对不起与史铁生生前的诸多交往。在纪念史铁生先生逝世十周年的日子，请允许我用稍长一点儿的篇幅，回顾一下结识史铁生的过程，再认识史铁生作品独特的思想内涵，以表达我对史铁生的深切怀念。

读好作品如同交心，读了《我的遥远的清平湾》，我的心仿佛一下子与史铁生的心贴得很近，几乎萌生了同气相求般的念头。我知道，当年我所供职的煤炭工业部离史铁生的家很近，一个在地坛公园的北门外，一个在地坛公园的南门外，我只须从北向南穿过地坛公园，步行十几分钟就可以到达史铁生的家，见到我渴望拜访的史铁生。可是，我不会轻易贸然登门去打扰他。他身体不好，精力有限，需要保持相对自主和宁静的生活。特别是我在有的媒体上看到，史铁生因承受不起众多热情读者的造访，不得不在门上贴了"谢客"的告知。在这种情况下，我更得尊重他的意愿。在尊重他人意愿的同时，也是尊重我自己。地转天也转，我坚信总有一天我会遇见史铁生。好比一个读者遇见一本儿好书，我遇见史铁生也应该是一件自然而然的事。

事情的经过，说来好像是一个故事，为我和史铁生牵线搭桥的竟然是远在上海的王安忆。1986年秋后，我应上海文艺出版社之约写完了一部长篇小说。因小说是一遍完成，没有誊抄，没留底稿，我担心通过邮局邮寄把书稿弄丢就不好了，就把一大摞稿子装进一只帆布提包里，让我妻子提着提包，坐火车把稿子送到上海去了。此前，王安忆在《北京文学》上看到了我的短篇小说《走窑汉》，知道了我的名字。她听《上海文学》的编辑姚育明说我妻子到了上海，就让我妻子到她家去住。我妻子以前没见过王安忆，不好意思到王安忆家去住，打算住旅馆。王安忆说："大家都不富裕，能省一分就省一分。"王安忆又说她丈夫出差去了，只有她一个人在家，我妻子住在她家里是可以的，不必有什么不好意思。就这样，和王安忆一样，同是当过下乡知青的我妻子姚卫平就住进了王安忆的家。

晚上，我妻子和王安忆一块儿看电视，见王安忆一边看电视，一边手上还在织着毛衣。整件毛衣快织好了，已到了收袖阶段。我妻子也很爱织毛衣，织毛衣的水平也很高。说起织毛衣的事，王安忆告诉我妻子，这件毛衣是为史铁生织的，天气一天比一天冷，毛衣一织好，她马上给史铁生寄去。我妻子一听对王安忆说，毛衣织好后不要寄了，她回北京时捎给史铁生不就得了。王安忆说那也好。

我妻子在一天上午从上海回到北京，当天下午，我和妻子就各骑一辆自行车，从我家住的静安里，到雍和宫旁边的一个平房小院，给史铁生送毛衣去了。我记得很清楚，那天的北风刮得很大，满城似乎都在扬沙。我们得顶着寒风，眯着眼睛，才能往前骑。我还记得很清楚，王安忆为史铁生织的毛衣是墨绿色，纯羊毛线的质地，织毛衣的针型不是"平针"，是"元宝针"，看去有些厚重，仅用手一抚，就给人一种温暖的感觉。

收到毛衣的史铁生显得有些激动，他激动的表现是举重若轻，以说笑话的口气，在幽默中流露出真诚感激的心意。他说："王安忆那么大的作家，她给我织毛衣，这怎么得了，我怎么当得起！我看这毛衣我不能穿，应该在毛衣上再绣上'王安忆织'几个字，然后送到博物馆里去。"

我注意看了一下，史铁生身上所穿的一件驼色平针毛衣已经很旧，显得又小又薄又瘦，紧紧箍在他身上，他坐在轮椅上稍一弯腰，后背就露了出来。王安忆此时为史铁生织了一件新的毛衣，可以说是必要的，也是及时的，跟雪中送炭差不多吧。

通过交谈得知，史铁生生于1951年的年头，我和妻子生于1951年的年尾，我们虽然同岁，从生月上算，他比我们大了十一个多月。从那以后，我们就叫他铁生兄。

我和铁生兄交往频繁的一段时间，是在 1993 年春天的四五月间。那段时间，王安忆让我帮她在北京借了一小套单元房，一个人在单元房里写东西。在开始阶段，王安忆的写作几乎是封闭性的，她不想让别人知道她在北京写作，也不和别的文友联系。她主动看望的作家只有一位，那就是史铁生。此时，史铁生的家已从雍和宫那里搬到了城东的水碓子。王安忆写作的地方离史铁生的家比较远，王安忆对北京的道路又不熟悉，她每次去史铁生家，都是让我陪她一块儿去。每次见到史铁生，王安忆都是求知欲很强的样子，都是"终于又见到了铁生"的样子，总是有许多问题要向史铁生发问，总是有许多话要与史铁生交谈。常常是，我们进屋后还未及寒暄，他们之间的交谈就进入了正题。在我的印象里，王安忆在别人面前话是很少的，有那么一点儿冷，还有那么一点儿傲。只有在史铁生面前，她才显得那么谦虚、热情、话多，简直就是拜贤若渴。他们的交谈，涉及的内容十分广泛，有中国的，世界的；历史的，现实的；哲学的，艺术的；抽象的，具体的；等等，可谓思绪飞扬，海阔天空。比如王安忆刚出版了新的长篇小说《纪实与虚构》，史铁生看过了，她要听听史铁生的批评意见。比如他们谈到对同性恋的看法，对同性恋者应持什么样的态度。再比如他们探讨艺术的起源，是贵族创造了艺术，还是民间创造了艺术？富人和穷人谁更需要欣赏艺术？由于王安忆的问题太多，有时会把史铁生问得卡了壳。史铁生以手扶额，说："这个这个，您让我想想。"仍想不起该怎么回答，他会点一棵烟，借助烟的刺激性力量调动他的思维。由于身体的限制，史铁生不能把一棵烟抽完，只能把一棵烟抽到三分之一，或顶多抽到一半，就把烟掐灭了。抽了几口烟之后他才说："我想起来了，应该这么说。"

王安忆如此热衷于和史铁生交谈，可她对史铁生的看法并不是一味认同，而是有的认同，有的不认同。对于不认同的看法，她会严肃认真地摇头，说她觉得不是，遂说出自己不认同的理由。王安忆这样做，像是准备好了要去找史铁生"抬杠"似的，并在棋逢对手的"抬杠"中激发思想的火光，享受在心灵深处游走的乐趣。

由于思想水平不在一个层面上，对于他们两个的争论，我只能当一个旁听者，一点儿都插不上嘴，跟一个傻瓜差不多。不过，听两个智者的争论，对我也有启迪，它至少让我懂得，世界上存在着很多问题，需要人类用心发现，加以思索。人类的大脑就是用来思索的，如果不思索，身体上方顶着一个脑袋恐怕跟顶着一个葫芦差不多。特别让我记忆深刻的是，有一次铁生兄在观察了我的头型之后对我和妻子说："我看庆邦的脑容量挺大的。"在此之前，我从来未注意过自己的头型，也没有听说过脑容量这样的说法。是铁生兄的提示，使我意识到自己不但有脑子，而且脑子的容量还不小。既然脑容量不小，就不能让它闲置着、空着，应当把它开发利用起来，以不辜负脑子的容量。每个人观察别人都是从自己出发，铁生兄观察了我的头型，促使我反过来观察他的头型。观察的结果让我吃惊，我发现他的头颅格外地大，比一般人的头颅都要大。由于截瘫使他身体的下半部萎缩，变细变小，与他硕大的头颅形成了反差，说句不太恭敬的话，他看上去像一个"大头娃娃"。他的脑袋之所以这样大，我想有先天的原因，也有后天的因素。他失去了肢体行动能力，脑力有所偏劳，就使脑袋越变越大。他的脑袋大，脑容量就大，大得无与伦比，恐怕比电脑的容量都大。

史铁生的难处在于，他有这样一个超强智慧的大脑，靠这样的大脑思考和写作，供给大脑的能源却常常不给力。我们都知道，让大脑开动和运转的能源，是源源不断地供血和供氧，而铁生后来由于又得了尿毒症，恰恰是血液出了问题。为了清除血液中的毒素，保住生命和脑力劳动的能力，他不得不每星期到医院透析三次，每次都要在病床上躺两三个小时。铁生曾对我讲过，有一次在透析过程中，他亲眼看见他被抽出的血流，在透明的塑料管子里被一朵血栓堵住了，以至于血流停止了流动，滞留的血液很快变了颜色。他赶快喊来护士，护士除掉了血栓，透析才得以继续进行。铁生还曾对我讲过，在病床上透析期间，他的脑子仍然在思索，血液循环到了体外，思索一刻都没离开过他的大脑。但由于大脑的供血和供氧不足，他的思索十分艰难，常常是好不容易得到了一个新的理念，因没有及时抓住，理念像倏忽闪过的火花一样，很快就消散了。铁生后来想了一个办法，透析时手里抓着一部手机，有了新的念头时，他赶紧在手机上记下一些记号，等回家后再在电脑上整理出来。我记下这些细节，是想让读者朋友们知道，史铁生为人类思想文化的贡献，需要付出多么顽强的意志力。我还想让大家知道，我们在享受史铁生留下的思想成果时，应该感知到他的作品千辛万苦不寻常，看来字字都是血啊！

王安忆在北京写作的消息，还是被有的作家朋友知道了，他们打电话找到我，纷纷要求请王安忆吃饭，和王安忆聚一聚。参加聚会的主要作家有莫言、刘恒、刘震云、王朔等。当然了，每次聚会都少不了铁生。我在一些西方作家的传记中，看到在巴黎、伦敦、莫斯科等首都城市中形成的文学沙龙，对某些作家的成长和提升曾起了重要的作用。我们那段时间的频繁聚会，几乎形成了一个文学沙龙，"沙龙"的活动让我受益良多。我想我是沾了王安忆和史铁生的光，不然的话，那些在京城已经很有名气的作家们不一定会带我玩。就史铁生的身体状况而言，其实他不适合外出参加那样的聚会，看着满桌子山珍海味，看到朋友们大吃大喝，他一点儿都不敢多吃。比如说他很喜欢吃花生米，可他每次只能吃六粒，多吃一粒，钾就会超标。他每次去参加聚会，对他来说都是一种负担。可为了朋友们之间的情谊，他还是坚持坐着轮椅去参加聚会。每次把铁生从家里接到饭店，差不多都是我争着为他推轮椅。我个子较低，轮椅也低，我推比较合适。还有，我视铁生为兄长，我在他身后为他推轮椅，感觉有一种亲近感。

王安忆回上海后，我和妻子还是经常去看史铁生。有两三年的春节前，我和妻子每次去看史铁生，都会给铁生提去一桶十斤装的花生油。铁生和他的妻子陈希米，都不愿意让我们给他们送东西。有一次，铁生笑着说了一个词，让我觉得也很好笑。他说出来的词叫"揩油"，说我们给他送油，他就成了一个揩油者。我解释说："快过年了，我们单位给每人发了一桶油，我妻子的单位给每个职工发的也是油，这么多油吃不完，你们就算帮我们吃点儿吧。"

在春节前去看望铁生，铁生会送给我们他亲手制作的贺年卡。要是赶上铁生出的有新书，他就会签名送我们一本。有一回，铁生一下子送给我们三本人民文学出版社出版的、厚重的《史铁生作品集》，在每本集子的扉页上都写上了我和妻子的名字。对于史铁生的每一部作品，我都是抱着十分虔诚的态度，就近放在手边，一点儿一点儿慢慢看，细细读。在我自己写作的间隙，需要休息一会儿，就捧起他的书，看上那么一两页。我在书中不仅夹有书签，还有圆珠笔，看到让我会心的地方，我就会暂停阅读，用笔在文字下面画上横线做标记。拿史铁生的《病隙碎笔》来说，我读了将近半年才读完。我们不能像平时消费故事一样读史铁生的书，因为史铁生为我们提供的是与一般的写作者写得完全不一样的书。如果说史铁生的书里也有故事，那不是现实的故事，是务虚的故事；如果说他的作品里也有抒情，那不是形而下的抒情，而是形而上的抒情；如果说他作品中的人物也有表情，那不仅是感性的表情，更是思想的表情；如果说他的书写也离不开文字，他的文字不再是具象的，而是抽象的。史铁生的创作之所以为一般人所不能想象，之所以达到了别的创作者不能企及的高度和深度，是被逼出来的，命运把他逼到墙角，促使他置之死地而后生。轮椅上的生活，限制了他的外部活动，他只能转向内部，转向内心深处，并拿起思考的武器，进入一种苦思冥想的生活。像我们这些身体健全的人，整天耽于物质生活的丰富和外部生活的活跃，没时间也没能力思考那些玄妙而高深的问题，对世界的认识只能停留在人所共知的水平。史铁生以巨大的心智能量，以穿越般的思想力度，还有对生命责任的担当，从层层灰暗的概念中索取理性之光，照亮人们的前行之路。周国平先生称史铁生是"轮椅上的哲人"。铁凝评价史铁生说："铁生是一个真正有信仰的人，一个真正坚持精神高度的写作者，淳厚，坦然，诚朴，有尊严。他那么多年坐在轮椅上，却比很多能够站立的人看得更高，他那么多年不能走太远的路，却比游走四方的人拥有更辽阔的心。"

我们都知道，作家的写作，背后离不开哲学的支持，特别是离不开务虚哲学的支持。然而我们不得不承认，我国的务虚哲学是薄弱的、匮乏的，以致我们的写作得不到提升，不能乘风飞翔，只能在现实的泥淖里挣扎。中华民族几千年文明史，不能说我们没有哲学，哲学还是有的，但我们的哲学多是社会哲学、道德哲学、人生哲学、处世哲学，还有治国哲学、集体哲学、权力哲学、斗争哲学等，多是实用性的功利主义哲学。我们说史铁生的写作上升到了哲学的高度，在于他贡献的是生命哲学，是超越了功利的哲学。我们长期缺乏的就是生命哲学，在 20 世纪末和 21 世纪初，是史铁生先生填补了这项空白。史铁生紧紧扣住生命本身这个哲学命题，深入探讨的是肉身与精神、精神与灵魂、生与死、神与梦，还有善与恶、爱与性、遮蔽与敞开、幸福与痛苦等等。史铁生认为，不能把人的精神和灵魂混为一谈，这两者是有区别的，灵魂在精神之上。他谈道："人死后灵魂依然存在，是人类高贵的猜想。""灵魂的问题从来就在信仰的领域。""并非看得见摸得着的东西才存在。""作恶者更倾向于灵魂的无。死即是一切的结束，恶行便告轻松。"史铁生的论述，给我留下印象最深的是关于生命与生俱来的三个困境，那就是孤独、痛苦和恐惧。孤独，是因为人生来只能是自己，无法与他人彻底沟通。痛苦来自无穷的欲望，实现欲望的能力永远赶不上欲望的能力。恐惧是害怕死亡，又不可避免走向死亡。史铁生指出生命的困境不是悲观的目的，还要赋予生命以理想的、积极的意义。他接着指出："正是因为有了孤独，爱就显得弥足珍贵；如果没有欲望的痛苦，就得不到实现欲望的快乐；生命的短暂，人生的虚无，反而为人类战胜自己、超越困境和证明存在的意义敞开了可能性空间。"

西方哲学家关于生命的哲学，一般来说是从概念到概念，从虚到虚。史铁生不是，他的生命哲学是从自己出发，从自己饱经苦难的生命出发，以自己深切的生命体验作为坚实可靠的依据。他的哲学先是完成了一种灵魂的自我拯救，再是指向对所有灵魂的拯救。正如中国社会科学院文学研究所研究员陈福民所言："史铁生以自己的苦难，为我们这些健全人背负了生与死的沉重答案，他用自己的苦难提升了大家对生命的认识，而我们没有任何成本地享受了他所达到的精神高度。从这个意义上说，史铁生堪称当代文化英雄。"

很多人对死有所避讳，甚至有些自欺，不愿谈死。史铁生直面死亡，是作家中谈死最多的一位。他说："人什么都可能躲过，唯死不可逃脱。"他把人之死说成是节日，"死是一个必将到来的节日"。接着他竭力试图证明，人的死是不可能的。生命是一种欲望，人是热情的载体，是人世间轰轰烈烈的消息生生不息的传达者，圆满不可抵达的困惑和与之同来的思与悟，使欲望永无终途。所以一切尘世之名都可以磨灭，而"我"不死。"死，不过是一个辉煌的结束，同时是一个灿烂的开始。"在《我与地坛》结尾处，史铁生把生命比喻成太阳，"但是太阳，他每时每刻都是夕阳也都是旭日。当他熄灭着走下山去收尽苍凉或残照之际，正是他在另一面燃烧着爬上山巅布散烈烈朝辉之时"。

读史铁生的作品读得多了，我从中读出了一种浓厚的宗教般的情怀，并读出了默默的超度人的灵魂的力量。莫言在评价史铁生的题词里说过："在他面前，坏蛋也能变为好人，绝望者会重新燃起希望之火。这就是史铁生的道德力量。"史铁生的文章不是宗教的信条，他也没承认过自己信什么教派，但他的一系列关于生命哲学的文章，的确与宗教信仰有相通之处。反正我读了他的文章之后，至少能够比较达观地看待死亡，对死亡不那么恐惧了。

但是，我们还是希望铁生兄能够活着，活得时间越长越好。只有他还活着，我们才能去看望他，跟他交谈，他才能继续写书给我们看。由于铁生的身体是那样在风雨中飘摇的状况，我们时常为他担着一把心，担心他有一天会离我们而去。2010 年 2 月 4 日，我们在有的媒体上看到史铁生病危的消息，我和妻子都吃了一惊。未及和陈希米取得联系，我们就匆匆赶到史铁生家，看看究竟发生了什么。还好还好，我们来到铁生家一看，见铁生一切都好好的，仍在以惯常慈爱的笑容欢迎我们。那样的消息史铁生也看到了，他笑着说："他们发了史铁生病危的消息，接着还应该发一条消息，史铁生又活过来了！"这次去看望铁生，我在铁生的卧室的墙角看到一台类似升降机的东西，希米说："那的确是一台电动升降机，是搬运铁生用的。"铁生需要上床休息，希米就启动升降机把铁生升到床上；铁生需要下床写作呢，希米就用机器把铁生搬到轮椅上。一同前往的朋友冯敏为铁生照了相，还为铁生、希米、我和妻子照了合影。据说那是史铁生生前最后一次照相留影。铁生开玩笑说："这次照的相就算是遗像吧！"希米嗔怪铁生："你瞎说什么！"希米说，"我们铁生的名字起得好，铁生且活着呢！"铁生继续说笑话："别人家的主妇是里里外外一把手，我们希米是里里外外一条腿。"铁生这样说，是指希米的一条腿有残疾，需要借助一根拐杖在室内忙来忙去，为铁生服务。

让人痛心的日子还是不可避免地到来了，在 2010 年的 12 月 31 日，在北京最寒冷的日子，史铁生永远离开了我们。是希米把铁生病逝的消息在第一时间告给王安忆，王安忆通过短信转告我们。明天就是新年，铁生怎么不等过了新年再走呢！得到铁生远走的消息，我们两口子都哭了，哽咽得半天说不出话来。我们敬爱的好兄长，他的苦难总算受到头了！

2011 年 1 月 4 日，是史铁生六十岁的生日。在当日下午，有上千位铁生的读者，从全国各地自发来到北京的 798 时态空间画廊，共同参加铁生的生日聚会，并深切追思史铁生。那天我一下子买了三束鲜花，一束是我和妻子送给铁生的，另两束是替王安忆、姚育明献给铁生的。在追思活动现场的墙壁上，我一眼就看到了那张放大了的铁生和我们最后的合影。我在合影前伫立良久，眼泪再次从眼角涌出。在追思环节，我有幸代表北京作家协会做了一个简短的发言，我说铁生是我们的同事，我们的兄长，也是我们这个团队最具有凝聚性的力量。

铁生高贵的心灵、高尚的人品、坚强的意志和永不妥协的精神，一直是我们学习的榜样。铁生虽然离开了我们，但死而不亡者寿，他的思想和灵魂之光会永远照耀着我们。记得我还特别说到了铁生的夫人陈希米，希米是铁生生命的支持者，也是铁生思想的同行者，简直就是铁生的一位天使，向陈希米表达了深深的敬意！

铁生离开我们已经十年了，我相信，众多铁生的尊崇者已经等了十年，也准备了十年，大家准备在铁生逝世十周年之际，再次集合在史铁生的思想之旗下，发起新一拨对史铁生的追思。我不是有意神化铁生，随着时间的推移，史铁生思想与灵魂的神性光辉正日益显现，并愈加璀璨！

2020 年 12 月 10 日早晨 5 点写完

于福建泉州

纪念永鸣[1]

上个世纪 90 年代初，我给荆永鸣所出的第一本书写了序言。那本书叫《心灵之约》，是一本散文集。二十多年后，我这是第二次为荆永鸣的书作序。让我没想到的是，这次要写的，是纪念永鸣的意思，因为永鸣已经离开了我们。永鸣小我七岁，是我的一个从煤矿里走出来的小老弟。按理说，我应该走在永鸣前头，他应该在我后面向我招招手才对。然而不承想，他不等向我招手，就一个人先自扬长而去，来了个一去不回头。这个老弟，哥对你可是有意见哪！

2016 年夏天，由永鸣和他的妻子齐凤珍轮流驾车，带着我、我妻子和我孙子，行程两千多公里，到内蒙古乌海的煤矿作家朋友温治学那里住了几天。那次我们约定，到 2019 年夏天，我们再到乌海草原，和当地的作家们见面、聊天、喝酒。永鸣没能如约前往，还不到 2019 年夏天，刚到 2019 年的春天，他就走了。没有永鸣相伴，我心情黯然，那里我是不会再去了。我和永鸣多次一块儿出行，至于一块儿出行过多少次，恐一时难以数清。从矿区到沿海，从国内

① 本文为中短篇小说集《出京记——荆永鸣小说精选》序言。

21

到国外，从年轻到年老，我们在一路同行中结下了深深的友谊。以后再也不能和永鸣一块儿出行了。人生几十年，交往的圈子就那么大，每个人的朋友都是有限的。一个朋友能交到几十年，甚至一辈子都觉得相亲相近，这样的好朋友更是有限。永鸣就是我的有限的好朋友之一，每每想起他来，我都心里一沉，情绪好一会儿缓不过来。

在给永鸣的第一本散文集写序时，记得在序的最后，我向永鸣提了一个建议，建议他不要老写散文了，转向写一下小说试试。我说出的理由是，一个人的生命有限，经历有限，不可能有太多的散文资源供我们开发利用。因为散文要以自己为主要人物，纪实性比较强，写起来比较受局限。而小说可以虚构，可以想象，天地似乎更广阔些。永鸣，展开你想象的翅膀，飞得更远些吧！序里除了这个建议，还有一些话我没说出来，那就是，看永鸣所写的东西，我觉得他有写小说的天赋和潜力，倘若写起小说来，说不定在创作方面会更有前途。

永鸣听从了我的建议，果然从写散文转向写小说。出于想验证一下自己的感觉是否准确，也是出于对永鸣的创作满怀期望，我对他的小说格外关注。最初，永鸣尚未发表的小说和已经发表的小说，每一篇我都看，看了就对他说说我的看法。永鸣的小说先是发在《阳光》上，接着发在《北京文学》上，后来就陆陆续续登上了《十月》和《人民文学》等刊物。就这样，永鸣的文学创作一步一步地从煤矿走到了北京，又从北京走向了全国。时间到了 2005 年，孟繁华先生在主编一套名曰"短篇王"的文丛，我把荆永鸣推荐给孟繁华先生，希望他能把荆永鸣的小说集编入文丛。当时孟繁华先生对荆永鸣的小说看得还不多，荆永鸣的创作还未能进入他的视野，他说看看吧。结果他一看，就认为荆永鸣的小说不错，遂把荆永鸣的短篇小说集《外地人》列入文丛之一种。从此，孟繁华先生不仅对荆永鸣的小说多有好评，还把永鸣引以为很好的朋友。

《外地人》这本书，是永鸣所出的第一本小说集。他的小说之所以能很快得到读者的喜爱、专家的好评，产生了比较广泛的影响，与他一出手就写了"外地人"系列小说，切准了时代的脉搏不无关系。我们的创作不是时髦的产物，但肯定是时代的产物，与我们的现实生活有着紧密的联系。自改革开放以后，特别是上个世纪90年代以来，我国处在一个大变革、大流动、大移民、大迁徙的时代，打工潮风起云涌，亿万新移民大军浩浩荡荡涌进城里讨生活，冲垮了原有的二元对立城乡壁垒，极大地改变了旧的生产和生活秩序，创造了崭新的社会景观和人文史诗。这种变迁，在中国历史上是真正的前所未有，史无前例。对于这种抄底般的社会变革，似乎每个人都受到了冲击，都不能置之度外。不仅大批外地人如同在激流中"摸着石头过河"，连一些久居城里的坐地户，似乎也有些坐不住马鞍桥。永鸣敏锐地捕捉到这些变化，写出了外地人形形色色的生存状态和精神世界，创造了新的文学景观。

永鸣不仅写了"外地人"系列短篇小说，他后来所写的一系列中篇小说，还有长篇小说，几乎都是以外地人为审美书写对象。拿北京来说，北京的作家众多，身为外地人的作家也不少，但像荆永鸣这样，持续地塑造外地人的形象，我想不起还有哪一个。如果说荆永鸣是独树一帜的，恐怕也不为过。拿我自己来说，我也是在北京生活的外地人，我来北京的时间比永鸣还长得多，所接触的外地人也有一些，可我除了写过十几篇"保姆在北京"的系列小说，远不如永鸣写外地人写得丰富，复杂，深刻。

这是因为永鸣找到了自我，找到了自己的内心。说到这里，我又不得不说到和永鸣的交往。不知是我害了永鸣，还是成就了永鸣，反正自从我与永鸣所在的煤矿集团公司签了一纸合同，把永鸣签成了煤矿作家协会的签约作家，永鸣就偕妻子到北京来了，一边开小餐馆，一边坚持写作。据我所知，在将近二十年的时间内，永鸣和妻子先后在北京的三个地方开了餐馆。说来让我惭愧，惭愧得甚至有些心疼。在永鸣开餐馆期间，多次召集我和一帮作家朋友到他的餐馆吃饭、喝酒。我们做得像"吃大户"一样，呼啦来了，喝得酒足，吃得饭饱，抹抹嘴巴就走人，显得很没人心。后来我才断断续续知道，永鸣两口子抛家舍业，在北京打拼很不容易，经受了太多的磨难、太多的煎熬、太多的委屈。要说深入生活，他们是一竿子扎到底，深入到了最底层，深入得不能再深入。他们何止是深入生活，而是生活在深入他们，一下子深入到他们的心里去了，不想接受都不行。同时，他们和那些打工的兄弟姐妹们爬在一起，滚在一起，同甘共苦，同悲共喜，为创作积累了丰富的素材，打下了坚实的基础。

永鸣在生活的深井里挖到了煤，同时采到了火。如果只挖到了煤，没有采到火，哪怕你挖到的煤再多，没有火把煤点燃，煤就不能发热、发光。只有在挖到煤的同时，还采到了火，火才能使煤熊熊燃烧，发挥它的巨大能量。煤好比是永鸣挖到的生活素材，火就是永鸣对生活的看法，就是永鸣的思考。他用孜孜以求的思考整理了生活，概括了生活，并提升了生活，才使看似普通的生活焕发出艺术的光芒。同样的道理，永鸣的创作既找到了自我，又超越了自我，放飞了自我。一个人创作如找不到自我，就找不到出发点，容易云里雾里，迷失方向。如果局限于自我呢，也容易犯经验主义的毛病，拘泥于写实。永鸣显然意识到了这一点，他从现实生活中提炼出了"每个人都是外地人"的精神性命题，既写出了人性的个性，又写出了人性的共性，引发了读者的广泛共鸣。

我们怀念或纪念一个作家朋友，最好的办法是重读他的作品。是的，永鸣英年早逝，我们再也读不到他的新作品了，只能回过头来，重读他以前的作品。重读之际，幽冥之中，我们的感觉跟以前会大不一样，除了悠远感、沧桑感、厚重感，还有一种类似神圣的感觉。

2020 年 3 月 17 日（抗击新冠疫情期间）

于北京和平里

拯救文学性

"文学之日益与新闻、故事、报告、电视剧混为同伦而不能自拔，实属文学之大不幸。"这话不是我说的，我可没有这么大的气魄。这话是著名评论家雷达先生生前说的。在同一篇文章里，他几乎是大声疾呼："我并非危言耸听，现在真是需要展开一个拯救文学性的运动了。"那么，对于拯救文学性，雷达先生开出的药方是什么呢？他的意见是明确的，拯救文学性须从重视短篇小说的创作做起。他认为，短篇最能看出一个作家的语感、才思、情调、气质和想象力，有些硬伤和缺陷，用长篇或许可以遮盖过去，一写短篇便裸露无遗。对一个作家艺术表现力的训练，短篇是最严酷和最有效的。

对雷达先生的意见，我举双手赞成。在这里请允许我说明一下，雷达先生对我的创作长期关注有加，他是我敬重的文学老师。雷达老师为我的小说写的评论不下十篇，有一篇篇幅比较长的《季风与地火》，将近两万字。就在我刚才提到的他呼吁重视短篇小说创作的文章里，作为典型例子，他着重分析了我的短篇小说《鞋》，说这篇小说写出了"传统的美，素朴的美，正在消逝的美"，称"庆邦不愧为农业文明的歌者"。

26

没什么不好意思的，我写短篇小说是多一些。从 1972 年开始写第一个短篇算起，将近半个世纪以来，我已经写了三百多篇短篇，出了十二卷本的《短篇小说编年》。我写了这么多短篇小说，回顾起来，西方不亮东方亮，都"卖"了出去，没有一篇砸在手里的废稿。王安忆在给我的短篇小说集写的序言里说："刘庆邦天性里头，似乎就有些与短篇小说投合的东西。"这么说来，我是不是已经很牛气呢？对写短篇小说是不是很自信呢？读了雷达老师的文章，我对自己的短篇创作也有反思。反思的结果是，我有自信，也有不自信。换一个说法，我对自己创作短篇小说的看法是，怎么写都行，怎么写都不行。怎么写都行，是我不管怎么写，都差不到哪里去，起码不失为一篇短篇小说，刊物的编辑们看在一个老作家的老脸上，都会给我发，而且发的位置还不错。怎么写都不行呢，是指我对新写出的短篇小说都有些摇头，都不甚满意。往往是，新的短篇刚开头时我兴致勃勃，信心满满，感觉这篇小说写出来应该不错。一旦写出来再看呢，觉得不过如此，并没有什么突破，没有让人耳目一新的东西。我的小说像是只采到了煤，并没有采到火，火没有把煤点燃，煤没有熊熊燃烧。我的小说又像是虽然找到了自我，但并没有超越自我，放飞自我，自我还被现实的泥淖紧紧纠缠着。哎呀，真没办法，我们选择了写作，是不是就意味着同时选择了自讨苦吃、自我煎熬呢？我们写的是短篇，所受的煎熬却不是短期，是长期，甚至是无期。

但我还是有些不甘心，短篇小说要继续写，我对短篇还要锲而不舍地琢磨下去。我的岁数是不小了，可短篇小说你也不再年轻，我仍然爱着你，我希望你也不要嫌弃我，咱们继续合作，好不好？我坚信，只要我们人还活着，就有吃不完的饭，睡不完的觉，走不完的路，看不完的书，写不完的小说。

玉不琢不成器，琢磨总比不琢磨好一些。近来我琢磨着，我不能再在有小说的地方写小说了，要争取在没有小说的地方写小说。更准确一点儿说，是在看似没有小说的地方发现小说。我要求自己，不仅要知道哪里有小说，还要知道哪里没有小说。有小说的地方让给别人去写，自己看看能不能在没小说的地方发掘出一点儿小说。现实生活是相似的，几乎是雷同的，加上信息传播空前发达，你看到的，听到的，甚至经历过的，别人差不多都知道了。当你发现哪里有小说的时候，别的操弄小说的人可能也同时发现了，如果你写我写他也写，就难免出现同质化的情况，让编者挠头，也让读者厌烦。看来我们要警惕了，看到哪里有小说的材料，万不可像一群秃鹫看见狮子刚咬死的一匹角马那样，一窝蜂地俯冲过去，最好能躲得远一些，冷静地思考一下，看看能不能去别的地方找一点儿吃的。这样做当然不如随大流赚现成那么省事，会艰难一些，付出的劳动会多一些。艰难是正常的，任何创造性的劳动都不会轻而易举。好比我不能再直接到有煤的巷道里去采煤，而是通过开拓，凿穿岩壁，找到岩壁后面的煤壁。再通过掘进（开拓和掘进都是煤矿术语），在煤壁上打一个洞，掘出一条新的巷道来。再好比，我不能再到庄稼地里去收割，而是要新开垦一块地，在地里播下属于自己的种子，长出属于自己的庄稼。

小说容易造成雷同的是故事情节，互相之间能够拉开距离的是细节、心灵、情绪、气韵、味道和诗意。别看从情节到情绪只是一字之差，它们之间的区别可大了去了。如果说情节带有一定的客观性，情绪完全是主观性的。如果说情节是实的，那么情绪无疑是虚的。如果说情节能够拿来，想象，铺陈，情绪变幻缥缈，很难捕捉和命名。一句话说白了，就是情节易编，情绪难写。从某种意义上说，不管把小说的情节写得多么曲折，复杂，新奇，都不一定是好小说。只有把情绪写得饱满，别致，微妙，才称得上是上乘的作品。情节的"节"字，和情绪的"绪"字，给人的感觉也大不一样。"节"字比较结实，有些发硬。"绪"字绵绵的，感觉要柔软一些。

要在简单的情节基础上把情绪写好，写出诗意，最好的办法是向诗歌学习。在各种艺术门类中，最具有超越性的是音乐，音乐由声调、旋律、节奏等因素构成，几乎没什么情节可言。正是因为音乐看不见，摸不着，比较虚，它才能超越地域、国界、种族，不用翻译，即可为全人类所共享。而在各种文学体裁当中，最虚的当数诗歌。也许因为诗歌的字数有限，主要担负抒情的功能，不担负讲故事的责任，诗歌里面的情节总是少而又少。像《琵琶行》和《长恨歌》一类的长篇乐府诗，诗里虽有叙事的成分，情节也是"犹抱琵琶"，非常简单。诗歌由作者和读者共同创造，一半在诗，一半在读。诗提供的是弓子，读者好比是琴弦，弓子碰到琴弦上，能不能发出美妙的音响，还要看读者的感知能力如何。诗歌是风，春风吹来了，化不化雨水在你。诗歌是花，花开了，溅不溅泪在你。诗歌是雪，雪下得铺天盖地，钓不钓寒江在你。诗歌是月，月光遍地之时，邀不邀明月也在你。我想，我们的短篇小说，如果能像诗一样，写出高雅的格调、深邃的意境、饱满的情感、优美的语言，那就好了，那就算沾了诗歌的光，也算有了诗意。诗意化的短篇小说看起来应该是这样的，乍一看，好像什么都没有，再细看，好像什么都有。

至于短篇小说的诗意在哪里，这个问题比较大，恐怕一言难尽，十言也难尽，我就不多说了。简单说来，诗意无处不在，既在日常生活里，又在情感里、自然里、语言里。当然了，诗意主要是在我们自己的心里。

2020 年 4 月 16 日至 18 日（抗疫情自我隔离期间）

于怀柔翰高文创园

犹如荷花

好小说犹如荷花，是从水底的淤泥中生长出来的。

在北京的郊区怀柔，有一座叫翰高的文创园。文创园的模式是一园加三园，另三园为花园、果园、菜园。园子里开有一方水塘，春来时，水塘里紫红的芦芽和嫩绿的香蒲刚冒出来，先知春消息的青蛙就开始鸣叫，高哇，高哇，越是夜深人静的时候，它们叫得越嘹亮，像是要把月亮和星星都邀下来，跟它们一块儿玩耍。城里只有市声，无论如何是听不到蛙鸣的。园子里水塘的蛙鸣，唤醒的是我久违的乡村少年的感情，让我觉得有些亲切，还有些感动。不管青蛙们在夜里怎样鸣叫，都不会影响我睡眠。比如大海的涛声，江水的奔腾，暴雨的泼洒，遍地的虫鸣，都是天籁之声，声响越大，越显得沉静。蛙鸣也是，枕着悦耳的蛙鸣，我似乎睡得更香，更悠远。

水塘主要是荷塘，荷塘里所开的花也主要是荷花，不是慈姑花，也不是芦花。香蒲所结的是香蒲棒，看去毛茸茸有些发红的香蒲棒，像是一支支蜡烛，又像是一根根香肠，左看右看，都与花开的样子相去甚远。荷花不争春，它总是和夏天联系在一起。到了初夏，荷叶才悄悄从水底冒了出来。在日常写作间隙，我每天都会到荷塘边驻足，看看有没有荷花的最新消息。荷花是可期的、守信的，它肯定不会让我失望。当然，一般来说都是绿叶在前，红花在后；荷叶在前，荷花在后，等荷叶铺垫好了，荷花才会出场，登台。荷叶刚浮出第一片，我就发现了。接着，就浮出了第二片、第三片。新生的荷叶与日俱增，还不到一周时间，碧绿的荷叶就多得数不清了。我注意到，刚出水的荷叶并不是一片，而是一卷，像是一轴画卷。"画卷"不是单向朝一边卷，是双向从两边往中间卷，这样"画卷"打开的时候，就是从中间向两侧徐徐展开，展成圆形的画面。平铺在水面的"画卷"是这样，那些被荷叶的秆子高高举起的"画卷"也是如此，而且，"画卷"刚从水中升起时是竖立的，"画轴"的两端都有些尖锐，像矛。慢慢地，"画轴"渐渐端平，"画卷"才一点儿一点儿对着天空展开。荷叶有的大，有的小；有的高，有的低。我不明白的是，荷叶这是怎样的分工呢？自然又是怎样的安排呢？好在大的不排挤小的，小的也不嫉妒大的；高的不蔑视低的，低的也不巴结高的，这样才形成了和谐的差别之美和错落之美。

待荷叶铺垫得差不多了，荷花的花骨朵开始脱水而出。刚露出水面时，花骨朵小小的，像一个枣子那么大。随着花秆越举越高，花骨朵就越变越大，从枣子大小，变得像杏子那么大，又变得像桃子那么大。哪怕花骨朵在刚露那么一点点儿时，顶尖部分就微微有些发红，透露出了里面所包含的红消息。给人的感觉，荷花仿佛是在某个早上突然绽放，其实不是，荷花的花朵都是有耐心的花朵，它们循序渐进，是一点儿一点儿打开的。当花骨朵大得不能再大，变得通体红透，连花骨朵最外面一层看似绿色的外衣都变红时，荷花才郑重而隆重地打开了，一开就很大。世上的花朵千种万种，千朵万朵，有哪一种花朵比荷花的花朵更大呢？恐怕没有吧，反正我一时想不起来。

荷花的红不是大红，是粉红。花开到最大时，也红到最红。复瓣的花瓣层层打开之后，花瓣中央的莲蓬和花蕊就和盘托了出来。莲蓬是浅绿色，花蕊是鹅黄色。簇拥着莲蓬的花蕊细细的，游丝一样在微微颤动，每一根花蕊顶端都附着一粒白色蚁卵一样的花粉。让人有些遗憾的是，荷花的红颜并非一成不变，一红到底，开着开着，花瓣就有些褪色，由粉红变成粉白，再从粉白变成蝶白。荷花脱落的花瓣不会直接落在水里，因为水面铺满了田田的荷叶。落在绿色荷叶上的白色花瓣，仍不失其皎洁的美丽。

一日雨后初晴，我在荷塘边的石鼓礅子上坐了一会儿，见朵朵荷花经过雨水的洗礼，显得更加艳丽。平铺在水面的每一片荷叶上，都分布着一些白色的水滴，如颗颗珍珠。高擎的荷叶边沿高上去，中间凹下来，形成一个个叶盏。盛在叶盏里的雨水一块一块，在荷叶底子的衬托下，如玻璃种的翡翠。有的荷花的花瓣落尽了，花蕊垂下去，莲蓬举起来。在我看来，举起的莲蓬特别像一只只酒盅，酒盅里似斟满酒浆，在招邀朋友喝一盅。空气湿润，荷塘里散发的是荷叶和荷花特有的那种清新气息，气息沁人心脾，人还没有"喝酒"，已先陶醉了几分。白色的蝴蝶飞过来了，在翩翩起舞。宝蓝色的蜻蜓用尾部一次又一次点水，把水面点出圈圈涟漪。一种比蜜蜂体型较大的黄蜂在花朵中爬进爬出，不知它忙些什么。水里的鱼儿大概要捕食在水面滑行的"水拖车"，啪地跃出了水面，带出了一股浑水。

不用说，荷塘的水底是有淤泥的，而且，淤泥还相当厚，相当肥。不然的话，荷叶不会长得这样圆，荷花不会开得这样艳。在每年一秋一冬一春，荷都扎根于淤泥中，从淤泥中汲取养分，蓄势待发。可以说，淤泥对于荷花成长和开放的作用是决定性的，没有淤泥的污浊，就不会有荷花的清丽。我们在欣赏荷花的时候，不忘感谢淤泥就可以了，不必兜底把淤泥搅上来。要是把淤泥搅上来，那就不好看了，人们看到会觉得不舒服。

2020 年 7 月 12 日

于北京怀柔翰高文创园

对所谓 "短篇王" 的说明

　　我在北京或去外地参加一些活动，主办方在介绍我时，往往会把我说成是什么"中国当代短篇小说之王"。每每听到这样的介绍，我从没有得意过，都是顿感如针芒在背，很不自在。有时实在忍不住，我会说一句不敢当，或者说一句我就是写短篇小说多一点儿而已。在更多的情况下，我只能是听之藐藐，一笑了之。

　　有记者采访我，问到我对这个称谓的看法时，我说人家这样说，是鼓励你，抬举你，但自己万万不可当真，一当真就可笑了，就不知道自己是谁了。历来是文无第一，武无第二，写小说，哪里有什么王不王之说。踢球可以有球王，拳击可以有拳王，写小说却不能称王。我甚至说："王与亡同音，谁敢称王，离灭亡就不远了。"我自己写文章也说到过："所谓'短篇王'，不过是一顶高帽子，而且是一顶用废旧报纸糊成的高帽子，雨一淋，纸就褪色了，风一刮，高帽子就会随风而去。"我这样说，是自我摘帽的意思。我知道，中国作家中写短篇小说的高手很多，我一口气就能举出十几个，哪里就轮得上把我抬得那么高呢！我有的短篇小说写得也很一般，没多少精彩可言。读者看了会说，什么"短篇王"，原来不过如此。高帽之下实难符，还是及早把帽子摘下来扔掉好一些。可是，戴帽容易摘帽难，摘有形的帽子容易，摘无形的帽子难，这么多年来，我连揪带拽，一次又一次往下摘，就是摘不掉。相反，时间长了，这顶帽子仿佛成了"名牌"，传得越来越广，出于好心，给我戴这顶帽子的人也越来越多，这可怎么得了！这甚至让我想到，人世间还有别的一些帽子，那些帽子一旦被戴上，恐怕一辈子都摘不掉。有的帽子虽然被政策之手摘掉了，帽子前面还有可能被冠以"摘帽"二字，摘与不摘也差不多。

2004 年，孟繁华先生主编了一套"短篇王文丛"，收入了我的短篇小说集《女儿家》。我觉得很好，真的很好。我之所以诚心为这个文丛叫好，不仅是因为文丛中收入了我的短篇集，更主要的是，文丛分为三辑，先后收录了十八位作家的短篇小说集。这样一来，"短篇王"就不再是我一个，而是有好多个，大家都是"短篇王"，又都不是"短篇王"，"短篇王"不再是一个特指，成了一个泛指，等于把这个称号分散了，消解了。我对繁华兄心存感激，感觉他好像让众多作家朋友为我分担了压力，让我放下了包袱，变得轻松起来。我明白他编这套丛书的真正良苦意图，是为了"在当下时尚的文学消费潮流中，能够挽回文学精致的写作和阅读"。但出于私心，我还是希望从此后别人不再拿"短篇王"跟我说事儿。实际上没有出现我想要的结果，我不但没有摘掉帽子，得到解脱，把我说成"短篇王"的说法反而比以前还多，在文学方面，"短篇王"几乎成了刘庆邦的代名词。这不好，很不好！有一次在会上，我以开玩笑的口气说："除了写短篇小说，我还写长篇小说、中篇小说，我的长篇小说和中篇小说写得也不差呀！"

我拒绝当"短篇王"，也许有的朋友会认为我是假谦虚，是得便宜卖乖，别人想当"短篇王"还当不上呢，你有了"短篇王"的名头，短篇小说至少会卖得好一些，这没什么不好！有一次，连张洁大姐都正色对我说："庆邦，你不必谦虚，不要不好意思，'短篇王'就是'短篇王'，要当得理直气壮！"可是不行啊大姐，在这个问题上，我像是患有某种心理障碍一样，一听到这样的称谓，我从来不感到愉悦，带给我的只能是不安。

忽一日，有位为我编创作年谱的朋友问我："关于'短篇王'的说法是谁最先说出来的？"这一问倒是提醒了我，是呀，水有源，树有根，这个事情不能一直含糊着，含糊着容易让人生疑，还有可能让人误以为是一种炒作，作为当事人，我还是把它的来历说清楚好一些。

最早肯定我短篇小说创作的是王安忆。她在给我的一本小说集《心疼初恋》的序言里写道："谈刘庆邦应当从短篇小说谈起，因为我认为这是他创作中最好的一种。我甚至很难想到，还有谁能够像他这样，持续地写这样多的好短篇。"我注意到了，王安忆的评价里有一个定语叫"持续地"，是的，四十多年来，我一直在"持续地"写短篇小说，从没有中断，迄今已发表了三百多篇短篇小说。我还从王安忆的评价里看出了排他的意思，但她没有给我命名。

随后，李敬泽在评论我的短篇小说创作时，说到了与王安忆差不多同样的意思，他说："在汪曾祺之后，短篇小说写得好的，如果让我选，我就选刘庆邦。他的短篇小说显然是越写越好。"我以前从没有这样想过，更不敢这样比较，敬泽的话对我的创作无疑是一个很大的鼓舞。但敬泽胸怀全局，出言谨慎，他也没有为我的短篇小说创作命名。

那么，在王安忆和李敬泽评价的基础上，是哪位先生在什么情况下把我说成了"中国当代短篇小说之王"呢？我记得清清楚楚，是被称为"京城四大名编"之一的崔道怡老师。2001 年秋天，我的短篇小说《鞋》获得了第二届鲁迅文学奖。9 月 22 日，在鲁迅先生诞辰一百二十周年之际，颁奖典礼在鲁迅故乡绍兴举行。当年，我的另一篇短篇小说《小小的船》获得了《中国作家》"精短小说征文"奖。记得同时获奖的还有宗璞、石舒清等作家的短篇小说。从绍兴回到北京的第二天，我就去《中国作家》杂志社参加了颁奖会。崔道怡老师作为征文评奖的一个评委代表，也参加了颁奖会，并对获奖作品一一进行了点评。崔道怡是一位非常认真的文学前辈，我曾多次和他一起参加文学活动，见他只要发言，必定事先写成稿子，把稿子念得有板有眼，抑扬顿挫，颇具感染力。人的记忆有一定的选择性，那天崔道怡老师怎样点评我的小说，我没有记住，有一句话，听得我一惊，一下子就记住了。崔道怡老师的原话是："被称为中国当代短篇小说之王的刘庆邦"如何如何。什么什么，我什么时候有这个称谓，我怎么没听说过？这未免太吓人了吧！

不光我自己吃惊，当时在座的中国作家协会书记处书记张锲先生也有些吃惊。后来，张锲先生以"致刘庆邦"的书信形式写了一篇文章，题目是"你建构了一个美的情感世界"，发在 2002 年 2 月 9 日的《文汇报》笔会上。文章里说："编辑家崔道怡同志说你是中国当代短篇小说之王，对他的这种评价，连我这个一直在用亲切的目光注视着你的人，也不由得被吓了一跳。"张锲先生给我的信写得长长的，提到我的短篇小说《梅妞放羊》《响器》《夜色》等，也说了很多对我的短篇小说创作肯定的话，这里就不再引述了。

我愿意承认，在《人民文学》当副主编的崔道怡老师为我发了好几个短篇，他对我是提携的，对我的创作情况是了解的。我必须承认，崔道怡老师对我短篇小说创作的评价，对我构成了一种压力，也构成了一种鞭策般的动力。我想，我得争取把短篇小说写得更多一些，更好一些，以对得起崔道怡老师对我的评价，不辜负他对我的期望。不然的话，我也许会把费力费心费神又挣不到多少稿费的短篇小说创作放下，去编电视剧，或做别的事情去了。"短篇王"的命名像小鞭子一样在后面鞭策着我，让我与短篇小说相爱相守到如今，从没有放弃短篇小说的创作。就拿今年来说，在抗击新冠肺炎疫情期间，我已经完成了十二篇短篇小说，仅七月份就在《人民文学》《作家》等杂志发表了五篇，其中有两篇分别被《小说选刊》和《小说月报》选载。

"短篇王"的帽子我不愿戴下去，是我担心自己有一天会失去写短篇小说的能力。这个能力是一种综合能力，既需要智力、心力、耐力，也需要体力、精力、爆发力，也许还有别的因素。以前，我对自己写短篇的能力充满自信，相信自己会一直写下去，活到老，写到老。最近读了张新颖先生所著《沈从文的后半生》，我才知道，一个作家写短篇小说的能力可能会失去。沈从文对自己写短篇的能力曾经是那么自信，他不止一次对家人表示，他要向契诃夫学习，在有生之年再写一二十本书，在纪录上超过契诃夫。可是呢，后来他一篇都写不成了。有一篇《老同志》，他改了七稿，前后历时近两年，还向丁玲求助，到底也未能发出。1957 年 8 月，他又写了一个短篇，写时自我感觉不错，"简直下笔如有神"。但他的小说刚到妻子张兆和那里就被否定了，要他暂时不要拿出去。沈从文不得不哀叹，他失去了写短篇的能力。他还在给大哥的信里说："一失去，想找回来，不容易……人难成而易毁……"

当然了，沈从文之所以失去了写短篇的能力，与他当时所处的社会环境有关。环境发生了重大变化，他身心受到巨大冲击，一时无所适从，在失去自我的同时，才失去了写短篇的能力。

我庆幸自己赶上了好时候，在国泰民安的环境里，能够心态平稳地持续写作。我会抱着学习的态度，继续学习写短篇小说。我不怕失败，也不怕别人说我写得多。好比农民种田，矿工挖煤，一个人的勤奋劳动，也许得不到多少回报，但永远不会构成耻辱。

2020 年 9 月 10 日早上 5 点完成

于北京怀柔翰高文创园

我写她们，因为爱她们①

一个男人，一辈子不会只爱一个女人，或两个女人，他有可能会爱好多个女人。他一辈子只娶一个女人为妻，是因为受到婚姻制度的限制，不等于他只爱妻子一个人。一个男人爱上好多个女人，这符合人性，是人之常情，也是正常的潜意识，构不成对婚姻的不忠，更构不成什么道德问题。同样的道理，女人也是如此。对女人我就不多说了，这里只从男人的角度说一说。一个男人爱上那么多女人怎么办呢？由于受人类文明社会多种条件的制约，多数情况只能埋藏在心底，停留在精神层面上，连对被爱者表达一句都没有。倘若每爱上一个，都要付诸实践，那不是又回到动物世界了嘛！人类向往自由，很大程度上是向往对爱的自由。但你既然进化成了人类，就得收着点儿，准备付出不那么自由的代价。

这时候，写作者的优势就显示出来了，他可以把他所爱过的女人一一写进书里，做到应写尽写，一个都不落。他的书写是相对自由的，不必担心那些被写者会自动对号，因为他把那些女人的真名

---

① 本文为长篇小说《女工绘》的后记。

41

都隐去了，换上了假名，比如一个女孩子本来叫李小雨，他把人家写成了林晓玉等。他心中有些暗喜，心说如果那些可爱的女孩子对一下号也挺好的，不枉他的一番绵绵爱意。以己推人，他武断地做出了一个判断，天下所有的男作家，都不会忘记他们所心爱过的女人，都会把那些女人作为书写的对象，倾心进行描绘。是呀，只有爱过，动过心，脑子活跃的有女人的原型，他才能把女人写好，写得活灵活现，贴心贴肺，让人回肠荡气。曹雪芹写了"正册""副册""又副册"里那么多风姿各异的女孩子和女人，构成了洋洋"大观"，正是表现了曹雪芹对她们的爱。他不仅爱黛玉、宝钗、探春、妙玉、湘云、宝琴等，还爱平儿、晴雯、香菱、袭人、尤三姐、金钏等。这不是泛爱，不是自作多情，更不是什么轻薄，确实是爱之所至，情感诚挚，欲罢不能。爱，是一个写作者的基本素质。冰心先生说过："有了爱就有了一切。"

现在该说到我的新的长篇小说《女工绘》了，如果用一句话概括，《女工绘》是一部爱的产物。

小说写的是后知青时代一群青年矿山女工的故事。一群正值青春芳华的女青年，她们结束了"接受贫下中农的再教育"的知青生涯，穿上了用劳动布做成的工装，开始了矿山生活。她们的到来，使以黑为主色调的黯淡的煤矿一下子有了明丽的光彩，让沉闷的矿山顿时焕发出勃勃生机。幸好，我那时也参加了工作，由农民变成了工人，那些女工便成了我的工友。"世上有朵美丽的花，那是青春吐芳华。"在我看来，每个青年女工都有可爱之处，都值得爱一爱。她们可爱，当然在于她们的美。粗糙的工作服遮不住她们青春的气息，繁重的体力劳动使她们的生命力更加旺盛，她们各美其美，每个人都像一棵春花初绽的花树。不光像我这样和她们年龄相仿的男青年被她们所吸引，连那些老矿工也乐得哈哈的，仿佛他们受到青春的感染，也焕发了青春。

　　然而，女工们作为社会人和时代人，她们的青春之美和爱情之美，不像自然界的那些花树一样自然而然地生发，美的生发过程，受到了不同程度的压制、诋毁和扭曲。进矿之后，她们几乎都被分别贴上了两种负面评价标签。一种标签是政治性的，标明她们的家庭成分不好。在那"阶级斗争天天讲"的年代，这样的标签是严重的，足以把被贴标签的女孩子压得抬不起头来。另一种标签是生活方面的，标明她们在生活作风方面有过闪失。所谓生活作风，在当时有一个特指，指的是男女之间的生活作风。在那"政治挂帅"的高压空气下，在矿山被"军管"的情况下，心理有些变态的人们，以揭露和传播别人的隐私为快事，似乎对生活作风方面的事更感兴趣，更乐意对那些女工指指戳戳，添油加醋，以发泄可耻的意淫。那些被舆论虐待的女工，日子更不好过，可以说每一天都在受着煎熬。

　　青春之美、爱情之美，是压制不住的，也是不可战胜的。如同春来时，板结的土地阻挡不住竹笋钻出地面，疾风骤雨丝毫不能影响花儿的开放，恰恰相反，凡是受到压制的东西，总会想方设法为自己寻找一条出路，哪怕是一条曲折的道路；越是禁止的东西，越能刺激人们想拼命得到它。在顺风顺水时，或许显示不出青春的顽强、爱情的坚韧，越是遭遇了挫折，越发能体现青春的无价之价值，增加爱情的含金量。这样的青春和爱情，以及女性之美、人性之美，更让人难忘，更值得书写。

　　在《女工绘》中所写到的这些女工，其原型我跟她们几乎都有交往，有些交往还相当意味深长。在写这部小说的好几个月的时间里，我似乎又跟她们走到了一起，我们在一个连队（军事化编制）干活儿，一个食堂吃饭，共同在宣传队里唱歌跳舞，一起去县城的照相馆里照相。她们的一眉一目、一喜一悲、点点滴滴，都呈现在我的记忆里。她们都奋斗过，挣扎过，可她们后来的命运都不是很理想，各有各的不幸。"华春堂"那么心灵，那么富有世俗生活的智慧，刚刚找好如意的对象，却突遇车祸，香消玉殒。曾有人给我介绍过"张丽之"，我因为嫌她的家庭成分是地主，没有同意。她勉强嫁给了她的一位矿中的同学。退休后，她到外地为孩子看孩子，留丈夫一个人在矿上。偶尔回到矿上，发现丈夫已经死在家里好几天。"杨海平"是那么漂亮、天真的一个女孩子，因流言蜚语老是包围着她，她迟迟找不到对象。听说她后来找的是她的一个表哥，生的是弱智的孩子……自打我从煤矿调走，四十多年过去了，这些女工工友我都没有再看见过。想起她们来，我连大哭一场的心都有。

让我稍感欣慰的是，因为爱的不灭，我并没有忘记她们，现在，我把她们写出来了。时间是神奇的东西，也是可怕的东西。它给我们送来了春天，也带来了寒冬；它催生了花朵，也让花朵凋谢；它诞生了生命，也会毁灭生命。随着时间的流逝，那些女工会像树叶一样，先是枯萎，再是落在地上，最后化为泥土，不可寻觅。她们遇到了我。我把她们写进书中，她们就"活"了下来，而且永远是以青春的姿态存在。

当然，每个女工的命运都不是孤立的，女工与女工有联系，女工与男工有联系，更不可忽略的是，她们每个人的命运都与社会、时代和历史有着紧密的联系。她们的命运里，有着人生的苦辣酸甜，有着人性的丰富和复杂，承载着个体生命起伏跌宕的轨迹，更承载着历史打在她们心灵上的深深烙印。我写她们的命运，也是写千千

44

万万中国女工乃至中国工人阶级的命运。他们的命运，是那个过去的时代我国人民命运的一个缩影。我唤醒的是一代人的记忆，那代人或许能从中找到自己的身影。往远一点儿说，我保存的是民族的记忆、历史的记忆。遗忘不可太快，保存记忆是必要的，也是作家的责任所在。我相信，这些经过审美处理的形象化、细节化的记忆，对我们的后人仍有警示意义和认识价值。

继《断层》《红煤》《黑白男女》之后，这是我所写的第四部描绘中国矿工生活的长篇小说。一般说来，作家会用所谓的"三部曲"来概括和结束某种题材小说的写作，而我没有停止对煤矿题材小说的写作。我粗算了一下，在全世界范围内，把包括左拉、劳伦斯、戈尔巴托夫等在内的作家所写的矿工生活的小说加起来，都不如我一个人写的矿工生活的作品多。煤矿是我认定的文学富矿，将近半个世纪以来，我一直在这口矿井里开掘，越开越远，越掘越深。据说煤埋藏得越深，杂质就越少，煤质就越纯粹，发热量和光明度就越高。我希望我的这部小说也是这样。

2020 年 5 月 23 日至 25 日

于北京怀柔翰高文创园

念难念的经

　　有人说，目前让人眼花缭乱的现实生活太丰富了，太复杂了，太精彩了，小说的写作已跟不上社会发展的步伐，已被日新月异、层出不穷的现代化故事抛到了后面。有人甚至认为，现在不必费神巴力地去虚构什么小说，现实生活中许许多多千奇百怪的事情直接搬进小说里就行了，就可以叫好又叫座。对这样的说法和看法，我不敢苟同。文学的功能主要是审美的，有时并不需要太复杂，而是需要简单，越简单就越美。小说主要表现的是日常生活中的诗意，不需要过于离奇，越离奇越构不成小说。更重要的是，小说是虚构、想象、创造之物，它是超越现实的，并不直接和现实对应。它建设的是心灵世界，而不是照搬现实世界。好比我们知道高粱里蕴含的有酒，但再好的高粱都不能直接等于酒，都不能当酒喝。高粱变酒的过程是历经磨炼的过程，它至少要经过碾压、掩埋、发酵、蒸煮、提炼、窖藏等多道难关，最终才能变成酒。

　　还有人说，现在的文艺作品出现了同质化现象，一些作品与另一些作品似曾相识，基本上是重复的。欣赏者没有了新鲜感，变得有些厌倦。的确，我们的现实生活是有雷同的地方，时间、时代、空气、环境、生活方式、交流工具，包括使用的语言和说话的口气，都大体相似。文艺作品的同质化固然与这些几乎相同的外部物质条件有关，也与电视、网络、微信等大众传媒带来的信息共享有关，与文艺作品对人的影响和塑造有关。人们模仿到处泛滥的娱乐化文艺作品，等于塑造了人的行为。迎合潮流的文艺作品对塑造过的人的行为模式再行复制，就形成了同质化的循环。其实在人的精神和灵魂层面，绝不会出现雷同的情况。如同每个人与每个人都不一样，脸孔、手纹、天性等不一样，人的灵魂更是千差万别，在全世界恐怕都找不到两个灵魂完全相同的人。我们的写作只要在精神层面做文章，只要写出了一个人独特的灵魂，就与别人的写作区别开了，就只能是打上自己心灵烙印的"这一个"。

托尔斯泰在他的长篇小说《安娜·卡列尼娜》里一开头就说，幸福的家庭是相似的，不幸的家庭各有各的不幸。他是从家庭的角度说的，说的也是家庭中人的命运。同样的道理，幸福的人是相似的，不幸的人各有各的不幸。我们中国人的说法是，家家都有一本难念的经。这个说法跟托尔斯泰所说的意思几乎是一样的，都强调了人的困境，强调了人类与生俱来的困境。首先是，家家都要念经，每家都有很多本经。其次是，在很多本经中，都有一本难念的经。这个经，我们可以理解为日子，念经就是过日子。日子日复一日，比树叶还稠，我们是必须过的，不想过也得过。在众多的日子当中，必定有一段或多段难过的日子、忧伤的日子，甚至是痛不欲生的日子。这样的日子，无疑就是难念的经。作家的写作，通常关注的不是幸福的经、好念的经。因为这样的经是相似的，写了也没多大意义，亦不能引起读者的兴趣。有悲悯情怀的作家所关注的往往是痛苦的经、难念的经。只有知苦而进，知难而进，贴心贴肺地写出难念的经，才具有文学即人学方面的意义，才有可能引起读者的共鸣。是不是可以这样说，古今中外的好小说，写的都是作家深切的生命体验，都是作家心灵深处最难念的经？

下面结合我新近创作的长篇小说《家长》，集中谈谈这方面的一点儿体会。

不分男女，人只要生在世上，只要生孩子，就会成为家长。你不结婚，不生孩子，跟家长也有交集，因为你的父母就是你的家长。"千门万户曈曈日"，只要有家，就必定有一家之长，可以说家长无处不在。矿长是相对煤矿而言，家长自然是相对孩子而言。一个人有没有孩子，会有很大的不同。或者说当一个人有了孩子，会面临极大的改变。从生理学和心理学的双重意义上说，孩子的出生，改变了父母神经元的连接与重设，使父母对孩子的每个方面都极其敏感，没有什么东西比孩子的命运更能让家长操心操劳。在所有家庭难念的经当中，对孩子的抚养和教育，恐怕是最难念的经之一。人类与其他野生动物不同，那些动物教会孩子奔跑、捕食、生存就行了，就推出去不管了。人还要负责对孩子进行教育，进行长期的、艰苦的教育。从家长对孩子教育的重视程度和付出而言，每个家长都可尊，可敬，可点，可赞。其实孩子也是一样，因血缘相连，孩子对父母的每一个面部表情、声音语调，以及行为评价，也高度敏感。这种父母与孩子之间错综复杂的关联互动，构成了在整个教育总量的链条中占有重要环节的家庭教育。密集的、带有强烈干预性的家庭教育，会影响甚至决定孩子的一生。

在人才激烈竞争的物质时代，很多父母都希望自己的孩子出类拔萃，成为社会精英，在竞争中胜出。于是，他们不遗余力地对孩子施加压力，减负的呼声越高，他们对孩子压迫越重，以致"直升机父母""割草机父母""扫雪机父母""气泡纸父母"等层出不穷，使天下父母成为 21 世纪最焦虑、最恐惧、最疯狂，也是最可怜、最可悲、最可憎的生态群体。

我们的小说总是要写人，人从来都是小说的主体。但每个人都不是孤立的，都有自己的参照系。如同白云是天空的参照，水是岸的参照，风是树的参照，孩子也是家长的参照，而且是最好的参照。只有在孩子的参照下写人，才能撩开社会的帏幔，进入相对封闭和神秘的家庭内部，写出人的生存本相和人性的本质，把人写活，写立体，写丰富。

我们的小说总是要写人与人之间的关系。父母和孩子之间的关系，是人与人之间最紧密、最长久、最稳固、最不可更改的关系。当然，夫妻关系也是人类最亲密、最重要的关系之一。但比起父母与孩子之间的关系来，夫妻关系不是血缘关系，不一定是固定的，有时是可以更改的。虽说父母和孩子有着生与被生的血缘关系，但孩子既然出生，既然脱离了母体，就成了单独的生命个体和生命存在。从生命个体的角度讲，谁都不能代替谁，父母不能代替孩子，孩子也不能代替父母；父母不能代替孩子的成长，孩子也不能代替父母的衰老；父母不能代替孩子的活，孩子也不能代替父母的死。不但不能代替，父母和孩子之间的关系并不像人们想象的那般美好，那般和谐，有时是代替和反代替，控制和反控制，教育和反教育，出现的是对抗、冲突和撕裂的情况。正是这样的人类关系才更深刻，更惊心动魄，更值得书写。

我们的小说总是要找到自己，写出最深切的生命体验。托尔斯泰讲过小说创作的三个重要因素，一是宽阔的胸怀，世界性的目光，深刻的思想；二是深切的生命体验；三是属于自己的独到的精当的语言。我个人认为，在这三个重要因素中，深切的生命体验应是重中之重，核心因素。因为生命体验是基础，是感性的东西。从感性出发，才能上升到理性。同样，有了生命体验，才用得上语言为体验、情感和思想命名。任何一件文学作品，里面有没有作者的生命体验，作者自己心知肚明，读者也能判断出来。只有作者拨动自己的心弦，才能触动读者的心弦，引起读者的共鸣。作为家长，生命体验常常不是主动得来的，是被动得来的，不是你想体验就体验，不想体验就不体验，而是你不想体验也得体验。如同你当上了爸爸或妈妈，一旦当上就套牢了，再也推卸不掉。人世间的好多事情就是这样，主动体验终觉浅，像是隔着一层什么。被动体验因不可逃避，带有强制性，才更加铭心刻骨。

对于《家长》这部长篇小说，故事情节我就不多说了。我要说的是，小说里肯定有我自己当家长的生命体验。我父母是我的家长，我和妻子是女儿、儿子的家长，现在我的两个孩子也都成了家长。我当家长的亲身体验当然很多，有的体验还相当深刻。请允许我举两个小例子。有一次我参加儿子的家长会，当班主任老师点名批评我儿子时，我有些按捺不住，从座位上站起，当场为儿子辩护起来。一般来说，家长们在老师面前唯唯诺诺，都很顺从，巴结老师唯恐不及。我不但反驳了老师的批评，还辩得慷慨激昂，情绪激动，让老师和家长们都大为吃惊。还有一次，因搬家需要给儿子转学。而新家附近学校教导处的女主任百般刁难，不接受我儿子转学。儿子正上小学，不转学就无学可上。我一时感到绝望，竟号啕大哭起来，哭得非常丢丑。哭过之后，我没有再跟女主任说一句话，转身就走了。类似这样迫不得已的、强烈的生命体验和情感体验都深深地铭刻在我的记忆里。在写以家长为主体的小说时，我怎么可能不融入自己的体验呢！

在对孩子教育的问题上，不光我自己是这样，我的兄弟姐妹、同学同事，还有好多亲戚朋友，差不多都是这样。我们爱孩子，疼孩子，愿意说到孩子，孩子总是我们说不完的话题。孩子带给我们快乐，带给我们希望。但一说起对孩子的教育，似乎每个家长都有说不尽的艰难、倒不完的苦水，弄得生儿育女好像并不是生命之福，而是生命之痛，真的，不管是比较优秀的孩子，还是不太优秀的孩子，在对孩子的教育过程中，大家都念过难念的经。更让人痛心的是，也不得不承认的是，有的家长因对孩子持续施加的压力过于沉重，孩子不堪承受，最后酿成了悲剧。不必讳言，我这部长篇小说写的就是一场悲剧，就是以悲剧而告终。

我在前面说过，家庭教育是教育总量链条中的一个环节。不管这个环节多么重要，它也只是一个环节。构成链条的环节还有很多，如：学校教育，社会教育；传统教育，现代教育；自然教育，劳动教育；成功教育，失败教育；正面教育，反面教育；言语教育，行动教育；等等。所有的教育加起来，才形成了教育总量，形成了综合教育。在教育总量当中，每一种教育都不可忽视，不可或缺。或者说各种教育互相关联，相辅相成。教育过程中，有时这种教育占主导，有时那种教育占上风。有时还会出现这样的情况，教育互相矛盾，甚至是互相抵消。孩子接受某种教育正接受得好好的，又一种意外得来的破坏性教育，使前面得来的教育前功尽弃。我的意思是说，一旦对孩子教育失败，不能把责任都推到家庭教育上，各种教育都有不可推卸的责任。

作家写小说，一般不喜欢别人对号入座，对号会引起不愉快，甚至会招致不必要的纠纷。鲁迅先生的《阿 Q 正传》发表后，就有人主动对号，说小说写的是某某人，或者说小说写的就是对号者自己。鲁迅先生否认了对号者的说法，他说他写的不是某一个人，而是把许多中国人的国民性集中在某一个人身上。鲁迅先生这样做，既使作品中的人物有了个性，也有了普遍性。向鲁迅先生学习，我的写作在追求个性的同时，也在追求人性的普遍性。从这个意义上说，我不反对读者在读这部小说时对号入座。也许读者真的能在《家长》中找到自己。

2018 年 10 月 9 日至 12 日

于北京和平里

由来已久的心愿

每个人都有自己的心愿，有的人心愿多一些，有的人心愿少一些；有人愿意把心愿说出来，有人愿意把心愿埋在心底；有的人心愿得到了实现，也有的人心愿久久不能实现，甚至一辈子都不能实现，成为终生遗憾。心愿像是对神灵悄悄许下的一种愿，许了愿是要还的。有的心愿还类似于心债，心债不还就不得安宁。

写工亡矿工家属的生活，是我由来已久的一个心愿，长篇小说《黑白男女》的出版，使我这个心愿终于实现了。

1996年5月21日，在麦黄时节，河南平顶山十矿井下发生了一起重大瓦斯爆炸事故，八十四名风华正茂的矿工在事故中丧生。当时我还在《中国煤炭报》当记者，事故发生的第二天，我就赶到了平顶山十矿采访。说是采访，其实我主要是看，是听，是用我的心去体会。工亡矿工的家属们都处在极度悲痛之中，我不忍心向他们提问什么。由于善后工作牵涉的工亡矿工家属较多，若集中在一起，哀痛之声势必惊天动地，局面难以控制和收拾。矿务局统一安排，把工亡矿工及其家属分散到下属二十多个单位，由各单位抽调有善后工作经验的人组成临时工作机构，采取几个工作人员包一户工亡矿工家属的办法，分头进行安抚，就善后问题进行协商。局里分给八矿五位工亡矿工。八矿的临时工作机构紧急行动起来，在刚刚落成的平顶山体育宾馆包下一些房间，连夜派车去乡下接工亡矿工家属。为了采访方便，我也在体育宾馆住下来。除了八矿，还有六矿、七矿等单位也在体育宾馆包了房间，整个宾馆几乎住满了。体育宾馆只有一层，围绕着椭圆形的大体育场而建。那几天，不管我走到哪个房间门口，都能听见里面传出哀哀的哭声。那圆形的走道，仿佛使我陷入一种迷魂阵，我怎么也走不出那哀痛之地。那些工亡矿工家属当中，有年轻媳妇，有白发苍苍的老人，还有一些不谙世事的孩子。他们都是农村人模样，面目黧黑，穿着也不好。那被人架着胳膊才能走路的年轻媳妇，是工亡矿工的妻子。那蹲在门外久久不动的老人，是工亡矿工的父亲。有的工亡矿工的孩子大概一时还弄不清怎么回事，在走道里跑来跑去，对宾馆的一切露出新奇的表情。孩子们的童心无忌使人们的悲哀更加沉重。在那些日子里，我的心始终处在震荡之中，感情受到强烈冲击。我一再对自己说不要哭，可眼泪还是禁不住一次又一次涌出。回到北京后，我把所见所闻写成了一篇近两万字的纪实文学作品。我知道自己无能为家属们做什么，我只能较为具体、详尽地把事故给他们造成的痛苦记录下来，告诉人们。我想让全社会的人都知道，一个矿工的工亡所造成的痛苦是广泛的，而不是孤立的；是深刻的，而不是肤浅的；是久远的，而不是短暂的。我想改变一下分析事故算经济账的惯常做法，尝试着算一下生命账。换句话说，不算物质账了，算一下精神和心灵方面的账。

在作品中，我并没有站出来发什么议论，主要是记录事实，写细节，让事实和细节本身说话。比如有这样一个细节。一位矿工遇难时，他的儿子才六岁多，刚上小学一年级。矿上的面包车来接他们家的人去宾馆，他绷着小脸，眼含泪花，硬是不上汽车。谁拉他，他使劲一挣，对抗似的走到一边站着。他别着脸，不看人，谁跟他说话他都不理。姥姥让他"听话"，他也不理。最后还是他姥姥架着他妈妈从汽车上下来，妈妈有气无力地喊他"我的乖孩子"，他才说话了，他说的是："妈，你别难过，我去叫几个同学，下井把我爸扒出来！"妈妈说："好孩子，妈妈跟你一块儿去，要死咱们一块儿死……"说着，一下抱住儿子，母子俩哭成一团。再比如，还有这样一个细节。一位工亡矿工的妻子，到宾馆两天了，一口东西都不吃。到了吃饭时间，她被别人劝着、拉着，也到餐厅去。但到了餐厅，她就低头呆坐着，不往餐桌上看。矿上安排的生活很不错，满桌子的菜，鸡鱼肉蛋全有。这样的待遇是家属们平时想都不敢想的。可生活越好，那位矿工的妻子越是不摸碗，不动筷子。她有一个十分固执的想法，一看见饭菜就想那是她男人的命，她说她吃不下自家男人的命啊！没办法，矿上的医疗组只好给她打吊针，输葡萄糖水，维持她的生命。

作品以"生命悲悯"为题在《中国煤矿文艺》1997年第1期发表后，引起了当时煤炭工业部领导的重视。一位主管安全生产的副部长给我写了一封公开信，称："作者从生命价值的角度，以对煤矿工人的深厚感情，用撼人心灵的事实，说明搞好煤矿安全生产的极端重要性和特别的紧迫性。"副部长建议："煤炭管理部门的负责同志，特别是从事安全生产管理的同志读一下这篇报告文学，从中得到启示，增强搞好安全生产的自觉性和政治责任感，为共同实现煤矿安全生产，为煤矿工人的安全与幸福，勤奋工作，多做贡献。"

作品随后在全国各地煤矿所引起的强烈反响，让我有些始料不及。一时间，几十家矿工报几乎都转载了这篇作品，广播站广播，班前会上在读，妻子在家里念给丈夫听，有的矿区还排成了文艺节目，搬到舞台上演出。我听说，每一个播音员都声音哽咽，播不下去。我还听说，在班前会上读时，不少矿工听得泪流满面，甚至失声痛哭。直到现在，有的煤矿还把《生命悲悯》作为安全生产教育的教材，发给新招收的工人人手一份，对新工人进行安全生产教育。有一次，我到陕西蒲白煤矿采访，有的矿工和家属听说我去了，就在矿上的食堂餐厅外面站成一片等着我，说我写了那么感人的文章，一定要见见我，还说要敬我一杯酒。矿工和家属有这样的反应，把我感动得不行，差点儿流了眼泪。由此我知道了，只要我们写的东西动了心，就会触动矿工的心，引起矿工兄弟的共鸣。由此我还认识到，用文艺作品为矿工服务，不是一个说词，不是一个高调，也不是一句虚妄的话，而是一种俯下身子的行动，是一件实实在在、呕心沥血的事情，是文艺工作者的价值取向，良心之功。只要我们心里装着矿工，贴心贴肺地为矿工着想，喜矿工所喜，怒矿工所怒，哀矿工所哀，乐矿工所乐，我们的作品就会在矿工群体中收到积极的心灵性和社会性效应。

有了和读者的良性互动，有了以上的认识，我萌生了一个新的想法，能不能写一部长篇小说，来描绘工亡矿工家属的生活呢？与长篇小说相比，纪实作品因为"纪实"的严格要求，总是有一些局限性。而长篇小说可以想象，可以虚构，篇幅会长些，人物会多些，故事会更复杂些，容量会大些，情感会丰富些，思路会开阔些，传播也会广泛一些。有了这个想法，我心里一动，几乎把这个想法固定下来，接着它就成了我的一个心愿，或者说成了我的一份"野心"。可长篇小说是一个大工程，它不像写一篇纪实文学作品那么快，那么容易。也就是说，仅仅靠在纪实作品的基础上发挥想象是不够的，写一部长篇小说的时机还不够成熟，还需要继续与矿工生活保持紧密的联系，还需要继续留心观察，继续积累素材，继续积蓄感情的能量。

有心愿和没心愿是不一样的，心愿是一种持久性的准备，也是一种内在的动力。有了写长篇小说的心愿之后，我对全国煤矿的安全状况格外关注。我国的基础能源是煤炭，在各种能源构成中，将近百分之七十来自煤炭这种化石能源。中国这架庞大的经济机器能够隆隆前行，它的动力主要来自煤炭。国家用煤多，从事采矿的人员就多，安全状况不容乐观。远的不说，进入 21 世纪的前些年，全国煤矿的工亡人数平均每年还多达数千人。从 2004 年 10 月 20 日到 2005 年 2 月 14 日，在不到四个月的时间里，全国煤矿就接连发生了三起重大瓦斯爆炸事故。在事故中，河南大平矿死亡一百四十八人；陕西陈家山矿死亡一百六十六人；辽宁阜新孙家湾矿死亡二百一十四人。五百多条年轻宝贵的生命突然丧失，同时使多少妻子失去了丈夫，使多少父母失去了儿子，使多少子女失去了爸爸，严酷的现实，让人何其惊心，多么痛心！一种强烈的使命感鞭策着我，催我赶快行动起来，深入挖掘素材，尽快投入长篇创作。

我选择了到阜新孙家湾深入生活。我做了充分准备，打算在矿上多住些日子。到了阜新我才知道，深入生活并不那么容易，不是想深入就能深入下去的。我只到了矿务局，还没到矿上，局里管宣传的朋友知道了我的意图，就把我拦下了。他们对我很客气，好吃好喝地招待我，拉我看这风景那古迹，就是不同意我到矿上去，不给我与工亡矿工家属有任何接近的机会。他们认为矿难是负面的东西，既然负面的东西已经过去了，就不必再提了。想宣传阜新的话，就多了解一些正面的东西吧。他们甚至认为，矿难就是一块伤疤，伤疤有什么好看的呢！结果，我那次深入生活是彻底以失败告终，只得怏怏而回。

去阜新空手而归，使我对自己的心愿能否实现有些怀疑，也有些悲观，觉得自己的心愿恐怕难以实现了。任何心愿的实现都需要条件，都不是无条件。我的条件就是要搜集材料，而且是大量的材料。一部长篇小说所需要的材料是很多的，如果缺乏材料，那是无法想象的。

转眼十多年过去了，到了2013年，我申报了中国作家协会支持定点深入生活的项目，希望到河南大平煤矿深入生活，获得批准。当年中秋节前夕，我正准备前往大平煤矿时，收到了墨西哥孔子学院的邀请，邀我到墨西哥进行文化交流。以前我没去过墨西哥，很想到墨西哥走一走。可是，因为时间安排上的冲突，如果我答应去墨西哥，深入生活的计划就有可能落空。于是，我谢绝了墨西哥方面的邀请，坚持向近处走，不向远处走；向熟悉的地方走，不向陌生的地方走；向内走，不向外走；向深处走，不在表面走；在一个地方走，不到处乱走。去矿上之前，我在日记本上自我约法：这次深入生活，要少喝酒，少应酬，少讲话，少打手机；多采访，多听，多记，多思索；一定要定下心来，深入下去。我把这个约法叫作"四少四多一定"。自己长期以来的心愿能否实现，取决于这次深入生活的效果，所以我非常珍惜这次深入生活的机会，决心把自己放下来，姿态放低再放低，以真诚、虚心、学习劳动的态度，把深入生活做深、做细、做实。我在河南文学界和新闻界有不少朋友，有朋友约我到郑州喝酒，被我谢绝了。中秋节期间，有朋友打电话要到矿上看我，也被我谢绝了。大概是水土不服的原因，到矿上的第三天，我的肠胃出现了严重消化不良的症状，拉肚子拉得我浑身酸疼，眼冒金星，夜里呼呼地出虚汗，把被子都濡湿了。在这种情况下，我意志坚定，深入生活的决心没有丝毫动摇，坚持一边吃药，一边到矿工家中走访。中秋节那天上午，我买了礼品，登门去看望一位遇难矿工的妻子和她的儿女们。我还让她的女儿领着我，特地到山坡上她丈夫的坟前伫立默哀。定点深入生活结束时，矿上举行仪式，授予我大平煤矿"荣誉矿工"称号。

回到北京后，我利用半年时间，把深入生活得到的材料，加上以前多次采访矿难积累的素材，加以整理、糅合、消化，一一打上自己心灵的烙印。接着我就静下心来，投入一场日复一日的"马拉松"长跑。我不说赛跑，说是长跑。场地上只有我一个人，我不跟任何人赛跑，只跟我自己赛跑。从2014年6月开始，又用了半年时间，到2014年的12月25日，也就是圣诞节那天，我跑完了属于我自己的"马拉松"全程，意犹未尽地为小说结了尾。

对了，值得回过头来提一句的是，在写长篇之前，我选取深入生活所获得的万千素材中的一点，像赛前热身一样，先写了一个短篇小说《清汤面》。小说写了工亡矿工家属的互相关爱，并写了矿工群体集体性的人性之美。《清汤面》在《人民日报》副刊发表后，收到了不错的社会效果，中宣部主办的《学习活页文选》，《求是》杂志社主办的《红旗文摘》，还有《中国煤炭报》，都转载了这篇小说。

《黑白男女》与《生命悲悯》《清汤面》，有着一些内在的联系，是一脉相承下来的。如果把《黑白男女》说成是《生命悲悯》的虚构版，或是《清汤面》的扩大版，也不是不可以。

我之所以处心积虑地要写《黑白男女》这部小说，并不是因为它能挂得上什么大道理、大逻辑，也不是因为它能承载多少历史意义，主要的动力是来自情感。小说总是要表达人类的情感，而生死离别对人的情感造成的冲击最为强烈。别说人类了，其他一些结成伴侣的动物，一旦遭遇生死离别，也会悲恸欲绝。加上矿工遇难往往是突发的、年轻化的、非命化的，他们的离去只能使活着的亲人们痛上加痛，悲上加悲。小说总是要表现人世间男男女女的恩恩怨怨，矿难的发生，使男女恩怨有着集中的、升级的体现。小说总是要关注生与死之间的关系和意义，表现生者对死亡的敬畏。矿难造成的死亡常常是大面积的，一死就是一大片。众多生命不可逆转的丧失，无数家庭命运的转折，使亲人的生变成了向死而生，对今后的生活和人生的尊严构成了严峻的考验。这些都给作者的想象提供了广阔的空间和更多的可能。实际上，失去亲人，是每个人都必然会遇到的问题，对失去亲人后怎样都要做出自己的回答和选择。在这个意义上，我想超越行业，弘扬中华民族坚韧、顽强、吃苦、耐劳、善良、自尊、牺牲、奉献等宝贵精神。

总的来说，写这部书，在境界上我对自己的要求是：大爱，大慈，大悲悯。在写作过程中，我力争做到：心灵化，诗意化，哲理化。想实现的目标是：心灵画卷，人生壮歌，生命赞礼。我对读者的许诺是：读后既可得到心灵的慰藉，又可以从中汲取不屈的力量。

至于能否达到预期的效果，还有待于包括矿工兄弟在内的读者的检验和时间的检验。

2015 年 7 月 20 日

于北京和平里

文学写作是一种心灵慈善事业

大同煤矿有一位作家朋友，我曾送给她一本长篇小说。在她母亲住院卧床治病期间，她天天为她母亲读我的长篇小说。她在电话里告诉我，她母亲很爱听，听得很安静。她还跟我说了一句话，我一下子就记住了。她母亲说，好书能治病啊！后来她母亲还是去世了，已经去世好几年了。但她母亲说过的那句话我再也不会忘怀。

回想起来，我和我弟弟也为我们的母亲读过我的小说，长篇小说和短篇小说都读过。母亲说我写得不假呀，都是真事儿。母亲夸我记性好，说这孩子，从小儿就记性好，对过去的事记得很清。母亲还提起我爷爷，说我爷爷最喜欢听别人给他念书。我爷爷要是活到现在，看到他孙子不光会念书，还会写书，不知有多高兴呢！

由此，我想到了慈善事业。在此之前，我从不敢把文学写作与慈善事业联系起来。我知道，所谓慈善事业，主要是指民间拥有一定财富的团体和个人，从人道主义出发，自愿组织和开展的，对社会中遇到灾难和不幸的人们，实施救助和无私奉献的一项事业。慈善事业的核心价值观是利他，体现的是人文关怀，意义近乎神圣。慈善事业中虽说也有精神疏导和心灵抚慰，但其主要特点还是在于它的物质性、实用性和有效性。而文学写作是一件很个人化的事情，它常常是从个人出发，从内心出发，听从的是内心的召唤，凝视的是心灵的景观。在很大程度上，作家写作是出于表达情感和思想的内在需要，也是自我修行和完善自我的需要。这让作家对自己的作用不是很自信，往往怀疑自己是不是一个白吃干饭的闲人，是不是一个对社会无用的人。这样的人，所干的那点儿写作的事情，怎么能攀得上慈善事业呢！可不知怎么了，得到朋友和亲人对读书听书的积极反馈之后，我的确一次再次地联想到慈善事业。

我的联想也许有些牵强，但往深里想了想，我还是愿意认为，文学写作与慈善事业并不相悖，并不遥远，并不是没有任何联系，并不是没有可以打通的地方。当然了，文学作品不是物质性的东西，它不当吃，不当喝，不当穿，不当戴，不能为饥饿者果腹，不能为衣单者御寒。文学也不是医学，它并不是真的能治病。可是，每一个生命个体的存在，既有身体，也有心灵；既需要物质的供给，也需要精神的支撑。当一个劳动者在为生计打拼之余，静下心来读一读优美的作品，是不是可以得到美好的艺术享受呢？当一个人的心灵受到伤害，变得心灰意冷之际，读到一些知冷知热、贴心贴肺的作品，是不是可以得到心灵的慰藉，重新燃起对生活的希望呢？当一个人为尘世生活的纷争所烦恼，找一本自己喜爱的书来读，是不是可以让自己眼睛湿一湿，走一走神儿，暂时放飞一下灵魂呢？再有就是像朋友所做的那样，当亲人生病时，守在病床前给亲人读一读书，这样是不是可以使亲人进入别样的心灵世界，减少一点儿病痛呢？慈善事业是面向弱者的。从某种意义上说，文学写作也是同情、关注和面向弱者的。这不正是文学写作和慈善事业共同的地方吗！所不同的是，慈善事业偏重于物质，文学写作偏重于心灵。把文学写作说成是一种心灵慈善事业，还是说得过去的吧！

慈善事业是给予，是付出。我的体会是，我们的写作也是一种付出。日复一日的长期写作，就是与日俱增的持续付出。我们付出时间，付出劳动，付出精力，付出体力，同时也付出智慧，付出思想，付出感情，付出泪水。正是在付出的过程中，我们得到了写作的快乐。我写作我快乐的实质是，我付出我快乐。这种快乐的质量要比得到的快乐质量更高。我们之所以对写作乐此不疲，多是源于付出得到的快乐。这种快乐形成一种动力，推动我们的写作不断前进，不断深化。

做慈善事业的慈善之人，必定有一颗慈善之心。一个写作者何尝不是这样呢！每一个真正的写作者，无不希望通过自己所写的作品，作用于人的精神，使人的人性变得更善良，心灵变得更纯洁，灵魂变得更高贵，社会变得更美好，而不是相反。要做到这些，有一个前提条件，那就是写作者本人必须是一个天性善良的人。这个条件是最起码的条件，也是最高的条件。只有写作者的天性善良了，才能保持对善的敏感，才能发现善，表现善，弘扬善。同样的道理，只有写作者的天性是善良的，才会对恶人恶行格外敏感，才能发现恶，揭露恶，鞭挞恶。作家勇于揭露和批判一些恶的东西，正是因为有善的力量做底子，正是出于善良的愿望。

衡量一部作品是否有益于世道人心，是否达到了心灵慈善的标准，有一个最简单的判断方法，是看作者愿不愿、敢不敢把自己的作品送给朋友看，带给亲人看，甚至是拿给自己的孩子看。我这样说，不是把读者对象化，不是设定为哪些读者写作，而是认为好作品无界限，适合所有的读者阅读。如果发表了作品掖着藏着，连自己亲近的人都不敢让看，对这样的作品恐怕要打一个问号。问号不是读者要打，作者心里打鼓，自己就把问号打上了，不然的话，为何不敢将作品示人呢？

　　慈善不会一劳永逸，须反复提醒，持续修炼。而一个作者写作的过程，无疑就是自我提醒和自我修炼的过程。无数事实一再表明，一个人长期处于写作状态，其心态会与别人有所不同。特别是一个花长时间正在写长篇小说的人，他的心不在现实世界，而是沉浸在自己所想象和创造的另一个心灵世界。在心灵世界里，他的心应该是静远之心、仁爱之心、感恩之心、温柔之心。他的情绪会随着作品中人物的欣喜而欣喜，忧伤而忧伤。同时，他会增强生命意识，提前看到生命的尽头，以及尽头的身后事，这样他的境界就不一样了，所谓看淡、看开、看破尘世中的一切，无非就是这样的境界。有了这样的境界，他不但不会悲观、厌世，而是会更加珍爱生命，珍爱人生。稍稍具体一点儿说吧，当一个作者正写得满眼泪水的时候，心里正爱意绵绵、温存无边的时候，不管他看见一朵花还是一棵草，一块云还是一只鸟，都会觉得那么美好，那么可爱。这时候如遇到一些事情，他的反应可能会慢一些，因为他还没有从自己的小说情景里走出来，他看待事情的目光还是文学的目光、情感的目光、善待一切的目光。他的慈善就这样在写作中延续，想不让他慈善都难。

2018 年 5 月 3 日至 5 日（手上正写长篇小说，
插进来写了这篇创作谈）于北京和平里

怀念翟墨

翟墨是我国独树一帜的美学家，他离开我们已经七年了。每当看到"美术""美学""美育"以至"水墨""笔墨"这样的字眼，我都会油然想起他。他长我十岁，生前见面时我都是称他老兄，他则叫我庆邦弟，我们两个有着兄弟般的情谊。

我认识翟墨是在上个世纪 70 年代初期，那时他还没有使用翟墨这个笔名，发表作品时的署名是翟葆艺。其时他在郑州市委宣传部当新闻干事，我在郑州下属的新密矿务局宣传部也是当新闻干事，我们因上下级工作关系而认识。至于他写过哪些新闻作品，说来惭愧，我一篇都记不起了。而他在《河南日报》发表的一首诗，让我一下子记住了翟葆艺这个名字。那是一首写麦收的诗，其中两句恐怕我一辈子都不会忘记。诗句是："镰刀挥舞推浪去，草帽起伏荡舟来。"须知当时报纸上充斥的多是一些诸如斗争、批判、打倒、专政等生硬的东西，翟葆艺的诗从金色的大地取材，从火热的劳动生活中获得创作灵感，呈现的是图画般美丽动人的情景。在今天看来，这样的诗句也许算不上多么出类拔萃，但在"文化大革命"的气候里，它就不大一般，显示的是难能可贵的艺术性质，并崭露出作者独立的审美趣味。

我很快就知道了，翟葆艺是毕业于郑州大学中文系的高才生，当过中学老师、晚报记者，业余时间一直在写诗。对于有文学才华的人，我似乎天生有一种辨识能力，不知不觉间就被对方的才华所吸引，愿意和"腹有诗书"的人接近，以表达我的敬意。除了欣赏翟葆艺的才华，我还注意到了他葆有一种与众不同的气质。什么样的气质呢？是羞涩的气质。几个人在一块儿闲谈，说笑话，话题或许跟他有关，或许与他一点儿关系都没有；有人或许看了他一眼，或许没看，几乎没什么来由，他的脸却一下子就红了。他的皮肤比较白净，加上他常年戴的是一副黑框眼镜，对比之下，他的脸红不但有些不可掩饰，反而显得更加突出。他也许不想让自己脸红，但这是血液的事，是骨子里的事，他自己也管不住自己。真的，我这样说对葆艺兄没有半点儿不恭，他羞涩的天性真像是一个女孩子啊！后来读到一些哲学家关于人性的论述我才明白了，因羞涩而脸红，关乎一个人的敏感、善良、自尊、爱心，以及丰富的内心世界和温柔的感情，这正是一个优秀艺术家的心灵性和气质性特征。

1978 年，我和翟葆艺同一年到了北京，我是到一家杂志社当编辑，他是考进了中国艺术研究院美术系研究生部，在我国著名美学家王朝闻先生亲自指导下读研。在读研期间，我到研究院看望过他。我知道考研是一件难事，除了考专业课，还要考外语。我问他考的是什么外语，他说是日语。我又问他以前学过日语吗，他说没有，是临时自学的，因日语里有不少汉字，连学带蒙，就蒙了过去。他自谦地边说边笑，脸上又红了一阵。我心想，要是让我临时学外语，恐怕无论如何都难以过关。他在短时间内就能把一门外语拿下，其聪明程度可见一斑。

我们家在北京没有亲戚，就把葆艺家当成亲戚走。1989年春节，我带妻子到他家拜年，他送给我他所出的第一本署名翟墨的书——《美丑的纠缠与裂变》。读朋友的书，除了感到亲切，更容易从中学到东西。我自知艺术理论功底浅，这本书正是我所需要的。这是一本谈美说艺的短论结集，所论涉及文学、绘画、书法、音乐、戏剧等多个艺术门类。他的论述深入浅出，用比较简单的语言说明复杂的道理，用含情的笔墨探触理性的奥秘，读来让我很是受益。比如谈及书法之道时，他借用古人的理论，阐明初学者求的是平正，接着追求险绝，而后复归平正。"初谓未及，中则过之，后乃通会。"读到这样的论述，我联想到自己的小说创作，似乎正处在追求险绝的阶段，要达到"通会"的境界，尚需继续学习。

让人赞赏不已的，是翟墨的文论所使用的语言。我之所以在文章一开始就认定翟墨是"独树一帜的美学家"，在很大程度上，是因为他的语言有着独特的韵味。他的语言有写诗的功夫打底，是诗化的语言。他的文论是诗情与哲理的交融，读来如同一篇篇灵动飞扬、意味隽秀的散文诗，既可以得到心智的启迪，又可以得到艺术的享受。王朝闻先生在序言里对这部著作给予相当高的评价："翟墨在艺坛探索，所写出来的感受已经引起了一些读者的浓厚兴趣，这一现象也能表明艺术评论有写什么与如何写的自由。""他很重视诗化的理论形态，……这本集子里的文章，在内容与形式方面都是有个性的。"

翟墨早早加入了中国作家协会，在文学评论方面也有很深的造诣。1990年《当代作家评论》第五期，为我的小说创作发了一个评论小辑，小辑里发了五篇文章，四篇是评论家们写的评论，还有一篇是我自己写的创作谈。其中有一篇评论为翟墨所写，评论的题目是"向心灵的暗井掘进"。评论从我的《走窑汉》《家属房》《保镖》等几篇写矿工生活的小说文本出发，着重以小说对人性恶的挖掘为切入点，对小说进行了深入分析。分析认为："人的本性中的邪恶一旦释放出来，在种种内在和外在原因的作用下，会像滚雪球一样越滚越大。差之毫厘而谬之千里。恶性循环使他们无法自我遏止。在他们进行了各式各样的丑恶表演之后，一个个落得害人害己的悲惨下场。"这样的分析高屋建瓴，鞭辟入里，着实让人诚服。

后来翟墨到我家找过我，对我说了他的处境，问我能否调到我所在的中国煤炭报工作。因他的妻子和孩子户口都不在北京，住房条件迟迟得不到改善。他希望通过工作调动，改善一下住房条件。我把他的想法跟报社的领导说了，领导认为他的学历太高了，职务上不好安排，等于回绝了他的要求。

翟墨去世时才六十八岁，他离开这个世界太早了！尽管他生前已出版了包括《艺术家的美学》《当代人体艺术探索》《吴冠中画论》等在内的十八部著作，尽管他主编了七十多部丛书，尽管他当上了《中国美术报》的副主编和博士生导师，我还是觉得他去世太早了。凭着他深厚的学养、勤劳的精神、高尚的人格，如果再活十年或二十年，他一定会取得更加丰硕的创作成果，赢得更广泛的影响。

我为翟墨兄感到惋惜，并深深怀念他！

2016 年 6 月 16 日

于北京和平里

在哪里写作

　　幸运的是，我比较早地理解了自己，意识到自己喜欢写作。每个人都只有一生，在短短的一生里，不可能做很多事情，倾其一生，能把一件事情做好就算不错，就算没有虚度光阴。文章千古事，写作正是一件需要持之以恒的事，只有舍得投入自己的生命，才有可能在写作这条道上走到底，并写得稍稍像点儿样子。

　　老一代作家，如鲁迅、萧红、沈从文、老舍他们，所处的时代不是战乱，就是动乱，不是颠沛流离，就是横遭批斗，很难长时间持续写作。而我们这一代作家赶上了国泰民安的好时候，不必为安定和生计发愁，写作时间可以长一些，再长一些。其实在安逸的条件下，我们面临的是新的考验，既考验我们写作的欲望和兴趣，也考验我们的写作资源和意志力。君不见，有不少作家写着写着就退场了，不知是哪个环节出了问题。

　　还好，自从我意识到自己喜欢写作，就把笔杆子牢牢抓在自己手里，再也没有放弃。几十年来，不管是在煤油灯下，还是在床铺上；不管是在厨房，还是在公园里；不管是在酒店，还是在国外，我的写作从未中断。其间也遇到了一些困难和干扰，我都及时克服了困难，排除了干扰，咬定青山，硬是把写作坚持了下来。我并不认为自己的写作天分有多高，对自己的才华并不是很自信，但我就是喜欢写作，且对自己的意志力充满自信，相信自己能够战胜自己。

在煤油灯下写作

我在老家时，我们那里没有通电，晚间照明都是用煤油灯。煤油灯通常是用废弃的墨水瓶子做成的省油的灯，灯头缩得很小，跟一粒摇摇欲坠的黄豆差不多。我那时晚上写东西，都是借助煤油灯的光亮，趴在我们家一张老式的三屉桌上写。灯头小光线弱不怕，年轻时眼睛好使，有一粒光亮就够了，不会把黑字写到白纸外头。

我1964年考上初中，应该1967年毕业。我心里暗暗追求的目标是，上了初中上高中，上了高中上大学。但半路杀出个短路的，1966年"文化大革命"一来，我的学业就中断了，上高中上大学的梦随即破灭。无学可上，只有回家当农民，种地。说起来，我们也属于"老三届"的知青，城里下乡的叫下乡知青，从学校就地打回老家去的，叫回乡知青。可我一直羞于承认自己是个知青，好像一承认就是把身份往城市知青身上贴。人家城里人见多识广，算是知识青年。我们土生土长，八字刚学了一撇，算什么知识青年呢！不过出于自尊，我也有不服气的地方。我们村就有几个开封下来的知青，通过和他们交谈，知道他们还没有我读过的小说多，他们不但一点儿都不敢看不起我，还非常欢迎我到他们安在生产队饲养室里的知青点去玩。

回头想想，我和别的回乡知青是有点儿不大一样。他们一踏进田地，一拿起锄杆，就与书本和笔杆告别了。而我似乎还有些不大甘心，还在到处找书看，还时不时地涌出一股子写东西的冲动。我曾在夜晚的煤油灯下，为全家人读过长篇小说《迎春花》，小说中的故事把母亲和两个姐姐感动得满眼泪水。那么，我写点儿什么呢？写小说我是不敢想的，在我的心目中，小说近乎神品，能写小说的近乎神人，不是谁想写就能写的。要写，就写篇广播稿试试吧。我家安有一只有线舌簧小喇叭，每天三次在吃饭时间，小喇叭嗞嗞啦啦一响，就开始广播。除了广播中央和省里的新闻，县里的广播站还有自办的节目，节目内容主要是播送大批判稿。我端着饭碗听过一次又一次，大批判广播稿都是别的公社的人写的，我所在的刘庄店公社从没有人写过，广播里从未听到过我们公社写稿者的名字。怎么，我们公社的地面也不小，人口也不少，难道就没有一个人写稿子吗？我有些来劲，别人不写，我来写。

文具都是从学校带回的，一支蘸水笔，半瓶墨水，作业本上还有剩余的格子纸，我像写作业一样开始写广播稿。此前，我在煤油灯下给女同学写过求爱信，还以旧体诗的形式赞美过我们家门前的石榴树。不管我写什么，母亲都很支持，都认为我干的是正事。我们家只有一盏煤油灯，每天晚上母亲都会在灯下纺线。我说要写东西，母亲宁可不纺线，也要把煤油灯让给我用。我那时看不到报纸，写稿子没什么参考，只能凭着记忆，按从小喇叭里听来的广播稿的套路写。我写的第一篇批判稿是批判"阶级斗争熄灭论"，举本村的例子说明，阶级斗争还存在着。我不惜鹦鹉学舌，小喇叭里说，阶级敌人都是屋檐下的洋葱，根焦叶烂心不死。我此前从没见过洋葱，不知道洋葱是什么样子。可人家那么写，我也那么写。稿子写完，我把稿子装进一个纸糊的信封，并把信封剪了一个角，悄悄投进公社邮电所的信箱里去了。亏得那时投稿子不用贴邮票，要是让我投一次稿子花八分钱买邮票，我肯定买不起。因买不起邮票，可能连稿子也不写了。稿子寄走后，对于广播站能不能收到，能不能播出，我一点儿信心都没有。我心里想的是，能播最好，不能播拉倒，反正寄稿子的事只有我自己知道，我有能力把失败嚼碎咽到肚子里去。让我深感幸运的是，我写的第一篇广播稿就被县人民广播站采用了。女广播员在铿锵有力地播送稿子时，连刘庆邦前面所冠的贫农社员都播了出来。贫农社员的字样是我自己写上去的，那可是我当年的政治标签，如果没有这个重要标签，稿子能不能通过都很难说。一稿即播全县知，我未免有些得意。如果这篇广播稿也算一篇作品的话，它可是我的第一篇公开发表的作品哪！我因此受到鼓励，便接二连三地写下去。我接着又批判了"唯生产力论""剥削有功论""读书做官论"等。我弹无虚发，写一篇广播一篇。那时写稿没有稿费，但县广播站会使用印有沈丘县人民广播站大红字样的公务信封，给我寄一封信，通知我所写的哪篇稿子已在什么时间播出。我把每封信，连同信封，都保存下来，作为我的写作取得成绩的证据。

煤油灯点燃时，会冒出黑腻腻的油烟子，长时间在煤油灯下写作，油烟子吸进鼻子里，我的鼻孔会发黑。用小拇指往鼻孔里一掏，连手指都染黑了。还有，点燃的煤油灯会持续释放出一种毒气，毒气作用于我的眼睛，眼睛会发红，眼睑会长小疮。不过，只要煤油灯能给我一点儿光明，那些小小不言的副作用就不算什么了。

在床铺上写作

1970年夏天，我到河南新密煤矿参加工作，当上了工人。一开始，我并没有下井采煤，而是被分配到水泥支架厂的石坑里采石头。

厂里用破碎机把石头粉碎，掺上水泥，制成水泥支架，运到井下代替木头支架支护巷道。

当上工人后，我对写作的喜好还保持着。在职工宿舍里，我不必在煤油灯下写作了，可以在明亮的电灯光照耀下写作。新的问题是，宿舍里没有桌子，也没有椅子，面积不大的一间宿舍支有四张床，住了四个工友，我只能借用其中一个工友的一只小马扎，坐在低矮的马扎上，趴在自己的床铺上写东西。我们睡的床铺，都是用两条凳子支起的一张床板，因我铺的褥子比较薄，不用把褥子掀起来，直接在床铺上写就可以。我以给矿务局广播站写稿子的名义，向厂里要了稿纸，自己买了钢笔和墨水，就以床铺当写字台写起来。八小时上班之余，就是在单身职工宿舍的床铺上，我先后写了广播稿、豫剧剧本、恋爱信、恋爱抒情诗，和第一篇被称为小说处女作的短篇小说。

怎么想起写小说呢？还得从我在厂里受到的打击和挫折说起。矿务局组织文艺会演，要求局属各单位都要成立毛泽东思想文艺宣传队。厂里有人知道我曾在中学、大队、公社的宣传队都当过宣传队员，就把组织支架厂宣传队的任务交给了我。我以自己的自负、经验和组织能力，从各车间挑选文艺人才，很快把宣传队组建起来，并紧锣密鼓投入节目排练。我自认为任务完成得还可以，无可挑剔。只是在会演结束、宣传队解散之后，我和宣传队其中一名女队员交上了朋友，并谈起了恋爱。我们都处在谈恋爱的年龄，谈恋爱应该是正常现象，无可厚非。但不知为什么，车间的指导员和连长（那时的车间也叫民兵连）千方百计阻挠我们的恋爱。可怕的是，他们把我趴在床铺上写给女朋友的恋爱信和抒情诗都收走了，审查之后，他们认为我被资产阶级的香风吹晕了，所写的东西里充满小资产阶级情调。于是，他们动员全车间的工人批判我们，并分别办我们的学习班，让我们写检查，交代问题。厂里还专门派人到我的老家搞外调，调查我父亲的历史问题。我之所以说可怕，是后怕。亏得我在信里无涉时政，没有任何可授人以柄的不满言论，倘稍有不慎，被人找出可以上纲上线的阶级斗争新动向，其恶果不堪设想。因为没抓到什么把柄，批判我们毕竟是瞎胡闹，闹了一阵就过去了。如果没有批判，我们的恋爱也许显得平淡无奇，正是因为有了多场批判，才使我们的爱情经受了考验，提升了价值，并促进了我们的爱情，使我们对来之不易的爱情倍加珍惜。

既然找到了女朋友，既然因为爱写东西惹出了麻烦，差点儿被开除了团籍，是不是从此之后就放弃写作呢？是不是好好采石头，当一个好工人就算了呢？不，不，我还要写。我对写作的热爱就表现在这里，我执拗和倔强的性格也在写作问题上体现出来。我不甘心只当一个体力劳动者，还要当一个脑力劳动者；我不满足于只过外在的物质生活，还要过内在的精神生活。还有，家庭条件比我好的女朋友之所以愿意和我谈恋爱，主要看中的就是我的写作才能，我不能因为恋爱关系刚一确定就让她失望。

恋爱信不必再写了，我写什么呢？想来想去，我鼓足勇气，写小说。小说我是读过不少，中国的，外国的，古典的，现代的，都读过，但我还从没写过小说，不知从哪里下手。我箱子里虽藏有从老家带来的《红楼梦》《茅盾文集》《无头骑士》《血字的研究》等书，那些书当时都是禁书，一点儿都不能参照，只能蒙着写。有一点我是知道的，写小说可以想象，可以编，能把一个故事编圆就可以了。我的第一篇小说是1972年秋天写的。小说写完了，它的读者只有两个，一个是我的女朋友，另一个就是我自己。因为当时没地方发表，我也没想着发表，只把小说拿给女朋友看了看，受到女朋友的夸奖就完了，就算达到了目的。后来有人问我最初的写作动机是什么，我的回答是为了爱，为了赢得爱情。

转眼到了1977年，全国各地的文学刊物纷纷办了起来。此前我已经从支架厂调到矿务局宣传部，从事对外新闻报道工作。看了别人的小说，我想起来我还写过一篇小说呢！从箱底把小说翻出来看了看，觉得还说得过去，好像并不比刊物上发表的小说差。于是，我改巴改巴，抄巴抄巴，就近寄给了《郑州文艺》。当时我最想当的是记者，没敢想当作家，小说寄走后，没怎么挂在心上。若小说寄出后无声无息，会对我能否继续写小说产生消极影响。不料编辑部通过外调函对我进行了一番政审后，我的在箱底沉睡了六年的小说竟然发表了。不但发表了，还发表在《郑州文艺》1978年第2期的头题位置，小说的题目叫"棉纱白生生"。

在厨房里写作

1978年刚过罢春节，我被借调到北京煤炭工业部一家名叫"他们特别能战斗"的杂志编辑部当编辑。一年之后，我和妻子、女儿举家正式调入北京。其实，对于调入北京，当初我的态度并不是很积极，当编辑部负责人征求我的意见时，我所表达的明确意见是拒绝的。负责人不解，问为什么，我说我想从事文学创作，想在煤矿基层多干些时间，多积累一些写作素材。负责人认为我做编辑还可以，没有发现我在文学创作方面的才能。对于这样的判断，我无可辩驳。因为我拿不出像样的作品证明自己的文学才能，同时，对于能不能走文学这条路，我只有愿望，并没有多少底气。我想我还年轻，才二十多岁，有年龄优势，愿意从头学习，所以还是坚持要回到基层去。可作为一个下级工作人员，我的坚持最终还是服从了上级的坚持。

到了北京，实现了当编辑和记者的愿望，好好干就是了。是的，我没有辜负领导的信任和期望，确实干得不错。编辑部里的老同志比较多，只有我一个年轻编辑，我愿意多多干活儿，有时一期杂志所发的稿子都是我一个人编的。我还主动往基层煤矿跑，写一些有分量或批评性的稿子，以增加刊物的影响力。那时我们刊物每期的发行量超过了十万册，在全国煤矿的确很有影响。

不必隐瞒，在做好本职工作的前提下，我利用业余时间，一直在悄悄地写小说。1980 年，我在《奔流》发表了以三年困难时期的生活为题材的短篇小说《看看谁家有福》。1981 年，我的第一部中篇小说《在深处》，登上了《莽原》第三期的头条位置。前者引起了争议，被翻译到了美国，《剑桥中华人民共和国史》还介绍了这篇小说。后者获得了河南省首届优秀文学作品奖。因《看看谁家有福》这篇小说，单位领导专门找我谈话，严肃指出，小说的内容不太健康。我第一次听说用健康和不健康评价小说，觉得挺新鲜的。我并不认为自己的小说有什么不健康。改革开放的大幕已经拉开，我对领导的批评没有太在意，该写还是写，该怎么写还怎么写。

到了 1983 年底，我们的杂志先是改成了《煤矿工人》，接着由杂志变成了报纸，叫《中国煤炭报》。报纸一创办，我就要求到副刊部当编辑。这时，报社开始评职称。因我没读过大学，没有大学文凭，报社准备给我评一个最初级的助理编辑职称，还要对我进行考试。这让我很是不悦，难过得哭了一场。在编辑工作中，我独当一面，干活儿最多。要评职称了，我却没有评编辑的资格。那段时间，大家一窝蜂地去奔文凭。要说我也有拿文凭的机会，比如煤炭记者协会先后在复旦大学和武汉大学办了两次新闻班，去学个一年两年，就可以拿到一个新闻专业的毕业文凭。可是，我的两个孩子还小，我实在不忍心把两个孩子都留给妻子照顾，自己一个人跑到外地去学习。一个负责任的顾家的男人，应该使自己的家庭得到幸福，而不是相反。我宁可不要文凭，不评职称，也要和妻子一起共同守护我们的一双儿女。同时我认准了一个方向，坚定了一个信念，那就是我要著书，通过著书拿到一种属于我自己的别样的"文凭"。我已经写过几篇短篇小说和几篇中篇小说，但还没出过一本书。我要向长篇小说进军，通过写长篇出一本属于自己的书。我明白写一部长篇小说的难度，它起码要写够一定字数，达到一定长度，才算是一部长篇小说。它要求我必须付出足够的时间、精力和耐心，并做好吃苦和失败的准备。这些我都不怕，千里之行，始于足下，只管干起来吧。

虽说从矿区调到了首都北京，但我的写作条件并没有得到多少改善。刚调到北京时，我们一家三口住在六楼一间九平方米的小屋，还是与另外一家四口合住，我们住小屋，人家住大屋，共用一个卫生间和一个厨房。过了一两年，生了儿子后，我们虽然从六楼搬到了二楼，小房间也换成了大房间，但还是两家合住。只是住小房间的是刚结婚的小两口，人家下班后只是在房间里住宿，不在厨房做饭，厨房归我们家独用。这样一来我就打起了厨房的主意，决定在厨房里开始我的长篇小说创作。

写小说又不是炒菜，无须使用油盐酱醋味精等调料，为何要在厨房里写作呢？因为不做饭的时候，厨房是一个相对安静的空间。想想看，我的两个孩子还小，母亲又从老家来北京帮我们看孩子，屋子里放了两张床，显得拥挤而又凌乱，哪里有容我静心写作的地方呢？到了晚上十点以后，等家里人都睡了，我倒是可以写作。可是，白天上了一天班，我也是只想睡觉，哪里还有精力写作。再说，我要是开灯写作，也会影响母亲、妻子和孩子睡觉。我别无选择，只能一大早爬起来，躲进厨房里写作。

我家的厨房是一个窄条，恐怕连两个平方米都不到，空间相当狭小。厨房里放不下桌子，我也不能趴在灶台上写，因为灶台的面积也很小，除了两个煤气灶的灶眼，连一本稿纸都放不下。我的办法是，在厨房里放一只方凳，再放一只矮凳，我坐在矮凳上，把稿纸放在方凳上面写。我用一只塑料壳子的电子表定了时间，每天凌晨四点，电子表里模拟公鸡的叫声一响，我便立即起床，到厨房里拉亮电灯，关上厨房的门，开始写作。进入写作状态，就是进入自己的内心世界，也是进入回忆、想象和创造的状态。一旦进入状态，厨房里的酱油味、醋味和洗菜池里返上来的下水道的气味就闻不见了。在灶台上探探索索爬出来的蟑螂，也可以被忽视。我给自己规定的写作任务是，每天写满十页稿纸，也就是三千字，可以超额，不许拖欠。从四点写到六点半，写作任务完成后，我跑步到建国门外大街的街边为儿子取牛奶。等我取回预订的瓶装牛奶，家人就该起床了，大街上也开始喧闹起来。也就是说，当别人新的一天刚刚开始，本人已经有三千字的小说在手，心里觉得格外充实，干起本职工作来也格外愉快。

在地下室和公园里写作

在我写第一部长篇小说时，还没有双休日，一周只休息一天，只有星期天休息。星期天对我来说是宝贵时间，我必须把它花在写小说上。除了凌晨在厨房里写一阵子，还有整整一个白天，去哪里写呢？去办公室行吗？不行。我家住在建国门外的灵通观，而我上班的地方在安定门外的和平里，住的地方离办公室太远了。上班的时候，我和妻子每天都是早上坐班车去，下班时坐班车回。星期天没有班车，我如果搭乘公共汽车去办公室，要转两三次车才能到达，需要自己花钱买票不说，差不多有一半时间都浪费在路上了，实在划不来。

只要想写，总归能找到地方。我们住的楼楼层下面有地下室，我到地下室看了看，下面空空洞洞，空间不小，什么用场都没派。别看楼上住那么多人，楼下的地下室却是无人之境。我在地下室里走了一圈，稍有些紧张。地下室里静得很，我似乎听到了自己的呼吸。这么安静的地方，不是正好可以用来写东西吗！我对妻子说："我要到地下室里写东西。"妻子说："你不害怕吗？"我说："那有什么可怕的！"我拿上一个小凳子，背上我的黄军挎，就到地下室里去了。我把一本杂志垫在双膝并拢的膝盖上，把稿纸放在杂志上，等于在膝盖上写作。在地下室里写了两个星期天，给我的感觉不是很好。地下室的地板上积有厚厚的像是水泥一样的尘土，用脚一踩就是一个白印。可能有人在地下室撒过尿，里面弥漫着挥之不去的尿臊味。加之地下室是封闭的，空气不流通，让人感觉压抑。写作本身也是一种呼吸，呼吸不到好空气，似乎自己笔下也变得滞涩起来。不行，地下室里不能久待，还是换地方好。

我家离日坛公园不远，大约一公里的样子。我多次带孩子到公园里玩过，还在公园里看过露天电影。公园不收门票，进出都很方便。又到了星期天，我就背着书包到日坛公园里去了。那时的日坛公园内没什么建筑，也没怎么整理，除了一些树林子，就是大片大片长满荒草的空地。我对那时的日坛公园印象挺好的，觉得人为的因素不多，更接近自然的状态。我踏着荒草，走进一片柿树林子里去了。季节到了秋天，草丛里开着星星点点的野菊花，一些植物高高举起了球状的果实。柿子黄了，柿叶红了，有的成熟的柿子落在树下的草丛里，呈现的是油画般的色彩。熟金一样的阳光普照着，林子里弥漫着暖暖的成熟的气息。我选择了一棵稍粗的柿树，背靠树干在草地上坐下开始了我的公园写作。公园里没有多少游人，环境还算安静。有偷吃柿子的喜鹊，刚在树上落下，发现树下有人，赶紧飞走了。有人大概以为我在写生，画画，绕到我背后，想看看我画的是什么。当发现我不是写生，是在写字，就离开了。

就这样，我早上在厨房里写，星期天到公园里写，用了不到半年的业余时间，第一部长篇小说《断层》就完成了。这部二十三万字的书稿，由郑万隆推荐给刚成立不久的中国文联出版公司的文学编辑室主任顾志成，由秦万里做责任编辑，书在 1986 年 8 月出版。书只印了九千册，每本书的定价还不到两元钱，我却得到了六千多块钱的稿费。这笔稿费对我们家来说可是一笔大钱，一下子改善了家里的经济状况，使我们可以买电视机和冰箱。说到稿费，我顺便多说两句。发第一篇短篇小说时，我得到的稿费是三十元。妻子说："这个钱不能花，要保存下来做个纪念。"发第一篇中篇小说时，我得到的稿费是三百七十元。当年我们的儿子出生，我们夫妻因超生被罚款，生活相当拮据。收到这笔稿费，岳母说是我儿子有福，儿子出生了，钱就来了。还有，这本书获得了首届全国煤矿长篇小说"乌金奖"。也是因为这部书的出版，我被列入青年作家行列，参加了 1986 年底在北京京丰宾馆召开的全国青年文学创作会议。

在办公室里写作

我家的住房条件逐步得到改善。1985 年冬天，我们家从灵通观搬到静安里，住房也由一居室变成了两居室。还有一个有利条件是，新家离办公室近了，骑上自行车，用不了二十分钟，就可以从家里来到办公室。

这样，我早上起来就不必窝蜷在厨房里写作了。长时间在厨房里写作，身体重心下移，我觉得自己的肚子有些下坠，好像要出毛病似的。搬到新家以后，妻子给我买了两个书柜，把小居室布置成一间书房，让我在书房里写作。到了星期天和节假日，为了寻找比较安静的写作环境，我也不用再去公园，骑上自行车，到办公室里写作就是了。

在煤炭报工作将近二十年，每年的劳动节、国庆节和春节，在一分钱加班费都没有的情况下，在别人都不愿意值班的情况下，我都主动要求值班。值班一般来说没什么事，我利用值班时间主要是写小说。煤炭工业部是一座工字形大楼，煤炭报编辑部在大楼的后楼。在工作日，大楼里工作人员进进出出，有近千人上班。而一到节假日，整座大楼变得空空荡荡，寂静无声。有一年国庆节，我正在办公室里写小说，窗外下起了雨，秋雨打在窗外发黄的杨树叶子上哗哗作响。抛书人对一树秋，一时间我对自己的行为有些质疑：过节不休息，还在费神巴力地写小说，这是何苦呢？质疑之后，我对自己的解释是：没办法，也许这就是自己的命吧！还有一年春节的大年初一，我一个人在办公室里写小说时，听着大街上不时传来的鞭炮声，甚至生出一种为文学事业献身的悲壮的情感。

　　尽管我只是业余时间在办公室里写小说，有人还是对我写小说有意见，认为新闻才是我的正业，写小说是不务正业。有时我在办公室里愣一会儿神，有人就以开玩笑的口气问我，是不是又在构思小说呢？不管别人对我写小说有什么样的看法，我对文学创作的信念没有改变。有一年报社改革，所有编辑部主任要通过发表演说进行竞聘，才有可能继续上岗当主任。我在竞聘副刊部主任时明确表态："文学创作是我的立身之本，不管在什么情况下，我不会放弃文学创作。这个部主任我可以不当，要是让我从此不写小说，我做不到。"听到我这样的表态，有的想当主任的人就散布舆论，说刘庆邦既然热衷于写小说，主任就让别人当呗！我已经做好了当普通编辑的准备，当不当主任无所谓，真的无所谓。好在当时报社的主要领导比较开明，他在会上说："办报需要文化，报社需要作家，作家当副刊部主任更有说服力，也更有影响力。"竞聘的结果，让我继续当副刊部主任。

在国外写作

　　国家改革开放以后，我曾先后去过马来西亚、泰国、日本、埃及、希腊、意大利、丹麦、瑞典、冰岛、加拿大、肯尼亚、南非等二三十个国家。去了，也就是浮光掠影地走一走，看一看，回头顶多写上一两篇散文，或什么都不写，就翻过去了。我从没有想过在外国住下来写作。可到了 2009 年春天，美国一家以诗人埃斯比命名的文学基金会，邀请中国作家去美国进行为期一个月的写作，中国作家协会派我和内蒙古的作家肖亦农一同前往。

我们来到位于西雅图奥斯特维拉村的写作基地一看，觉得那里的环境太优美了，空气太纯净了。我们住的地方在海边的原始森林里，漫山遍野都是高大的古树。大尾巴的松鼠在树枝上跳跃，红肚皮的小鸟在树间飞行。树林下面是草地，一两只野鹿在草地上悠闲地吃草。那里的气候是海洋性的，阴一阵，晴一阵；风一阵，云一阵；雪一阵，雨一阵，空气一直很湿润。粉红的桃花开满一树，树叶还没长出来，长在树枝上的是因潮湿而生的丝状的青苔。我们住的是一座木结构两层楼别墅，我住在二楼的一个房间。房间的窗户很大，却不挂窗帘，我躺在床上，即可望见窗外的一切。窗外是草地，草地里有一堆堆像是土拨鼠翻出的新土，每个土堆上都戴着一顶雪帽。再往远处看，是大海。海的对岸是山，山上有积雪，一切都像图画一样。

然而，我们不是单纯去看风景的，也不是专门去呼吸清新空气的，我们担负的使命是写作。于是，我尽快调整时差，跟着美国的时间走，还是一大早起来写东西。除了通过写日记，把每天的所见所闻记下来，我还着手写短篇小说和散文。每天写一段时间，看到外面天色微明，我就到室外的小路上去跑步。跑步期间，小路上静悄悄的，一个人影都没有，我未免有些紧张。因为树林边有标示牌提醒，此地有熊出没，我害怕突然从密林里冲出一只熊来，把我拖走。还好，我没有遇到过熊。只有一次，我遇到了一位穿着帽衫遛狗的男人，他的巨型狗看见我，不声不响向我走来。狗要干什么，难道要咬我吗？我吓得赶紧立定，大气都不敢出。狗只是嗅了嗅我的手，就被它的主人唤走了。

我们在美国写作遇到的困难是，美国朋友把我们两个往别墅里一放，只发给我们一些生活费，就不管了，没人给我们做饭吃。两个大老爷们儿，一时面面相觑，这可怎么办？肖亦农说，他在家里从来没做过饭，我说我做饭水平也一般。民以食为天，总归要吃饭，我只好动手做起来。我蒸米饭，做烩面，烧红薯粥，还摸索着学会了烤鸡和烤鱼，总算把肚子对付住了。利用那段时间，我写了一篇短篇小说《西风芦花》，还写了两篇散文。其中一篇散文《漫山遍野的古树》，写的就是奥斯特维拉的原始自然生态。

有了在美国写作的经历，以后再出国，我都会带上未写完的作品，走到哪里写到哪里。我一般不参加夜生活，朋友晚上拉我外出喝酒我也不去，我得保证睡眠，以免影响写作。从文后所记的写作时间和地点可以看出，我在摩洛哥的卡萨布兰卡和莫斯科都完成过短篇小说。

在宾馆里写作

写作几十年，多多少少积累了一些名声。有外地的朋友愿意在吃住行等方面提供便利，让我到他们那里写作。我感谢朋友们的美意，同时也婉言谢绝了他们的邀请。

有一种说法是，现在有的作家住在宾馆里写作，吃饭有美食，出门有轿车，生活安逸得几乎贵族化了。说这样的作家因脱离了劳苦大众，不了解人民的疾苦，很难再写出有悲悯情怀、与大众心连心的作品。对于这样的说法，我并不认同。托尔斯泰郊区有庄园，城里有楼房，服务有仆人，本身就是一位贵族，但他的作品始终葆有对底层劳动人民的同情，充满宗教情怀和人道主义精神。看来问题不在于在什么条件下写作，而在于有没有一颗对平民的爱心。

我自己不愿到外地宾馆写作，在向朋友们解释时，上面这些话我都不会说，我只是说，我习惯在家里写作，金窝银窝都不如自己的螵窝。只有在自己家里，闻着自己房间的气味，守着自己的妻子，写起来才踏实，自在。

无奈的是，作为一个社会人，我有时必须到宾馆里去住。比如说，作为北京市的一名政协委员，十五年了，每年的年初我都会去宾馆参加开会，头五年住京西宾馆，后十年住五洲大酒店，每次一住就是六七天。在宾馆里住这么长时间怎么办？还要不要写东西呢？去开会之前，我手上一般都会有正在写的作品，如果不带到宾馆接着写，我就会中断写作。三天不写手生，倘若中断了写作，回头还得重新找感觉。为了不中断写作，我只好把未完成的作品带到宾馆继续写。因为我的习惯是一大早起来写作，所以并不影响按时参加会议和写提案履职。加上我一个人住一个房间，洗澡，休息，喝茶，吃水果，都很方便，不会影响别人休息。算起来，我在宾馆里写的作品也有好几篇了。例如我手上正写的这篇比较长的散文，在家里写了开头，就带到五洲大酒店去写。在酒店里仍没写完，拿回家接着写。

此外，我在西安、上海、广州、深圳等地的宾馆，也写过小说和散文。

总之，一支笔闯天下，我是走到哪里，写到哪里。我说了那么多写作的地方，其实有一个最重要的地方我还没说到，那就是我的心，我一直在自己的心里写作。不管写作的环境怎么变来变去，在心里写作是不变的。心里有，笔下才会有。只要心里有，不管走到哪里，我们都能写出来。我尊敬的老兄史铁生说得好，我们的写作是源自心灵，是内在生活，写作的过程，也是塑造自我、完善自我的过程。

2017 年 1 月 11 日至 24 日
于北京五洲大酒店和小黄庄

《走窑汉》是怎样"走"出来的

——我与《北京文学》

《北京文学》是我的"福地",我是从这块"福地"走出来的。1985 年 9 月,我在《北京文学》发表了短篇小说《走窑汉》,这篇小说被文学评论界说成是我的成名作。林斤澜先生另有独特的说法,他在文章里说:"刘庆邦通过《走窑汉》,走上了知名的站台。"汪曾祺先生也曾对我说:"你就按《走窑汉》的路子走,我看挺好。"

在《北京文学》创刊七十周年之际,我主要想回顾一下《走窑汉》的发表过程,作家、评论家对它的关注,以及它所产生的一系列影响。

我的老家在河南,1970 年 7 月,我到河南西部山区的煤矿参加了工作。我一开始写的小说,在河南的《奔流》和《莽原》杂志上发表得多一些,一连发表了八九篇吧。时在《北京文学》当编辑的刘恒,看到我在河南的文学杂志上发表的小说,写信向我约稿,希望我给《北京文学》写稿子。我给《北京文学》写的第一篇小说叫"对象",发表在《北京文学》1982 年第 12 期。大概因为这篇小说比较一般,发了也就过去了。但这篇小说能在《北京文学》发表,对我来说是重要的、难忘的。我认为《北京文学》的门槛是很高的，能跨过这个门槛，对我的写作自信增加不少。刘恒继续跟我约稿，他给我写的信我至今还保存着。他在信中说："再一次向你呼吁，寄一篇震的来！把大旗由河南移竖在北京文坛，料并非不是老兄之所愿了。用重炮向这里猛轰！祝你得胜。"刘恒的信使我受到催征一样的强劲鼓舞，1985年夏天，在我写完了长篇小说《断层》之后，紧接着就写了短篇小说《走窑汉》。写完之后，感觉与我以前的小说不大一样，整篇小说激情充沛，心弦紧绷，字字句句充满内在的张力。我妻子看了也说好，她的评价是，一句废话都没有。这篇小说我没有通过邮局寄给刘恒，趁一个星期天，我骑着自行车，直接把小说送到了《北京文学》编辑部。那时我家住在建国门外大街的灵通观，《北京文学》编辑部在西长安街的六部口，我家离编辑部不远，骑上自行车，十几分钟就可到达。因为那天是休息日，我吃不准编辑部里有没有人上班。我想，即使去编辑部找不到人也没什么，我到长安街遛一圈也挺好。我来到编辑部一间比较大的编辑室一看，见有一个编辑连星期天都不休息，正在那里看稿子。而且，整个编辑部只有他一个人。那个编辑是谁呢？巧了，正是我要找的刘恒。我们简单聊了几句，刘恒接过我送给他的稿子，当时就翻看起来。一般来说，作者到编辑部送稿子，编辑接过稿子就放下了，会说，稿子他随后看，看过再跟作者联系，不会立即为作者看稿子。然而让我难忘和感动的是，刘恒没有让我走，马上就为我看稿子。他特别能理解一个业余作者的心情，善于设身处地地为作者着想。刘恒在一页一页地看稿子，我就坐在那里一秒一秒地等。他看我的稿子，我就看着他。屋里静得似乎连心脏的跳动声都听得见。我心里难免有些打鼓，不知道这篇小说算不算刘恒说的"震"的，亦不知算不算

"重炮"，一切听候刘恒定夺。在此之前，我在《奔流》上读过刘恒所写的小说，感觉他比我写得好，他判断小说的眼光应该很高。小说也就七八千字，刘恒用了不到半个小时就看完了。刘恒的看法是不错，挺震撼的。刘恒还说，小说的结尾有些出乎他的预料。我的小说结尾出乎他的预料，刘恒的做法也出乎我的预料，他随手拿过一张提交稿子专用的铅印稿签，用曲别针把稿签别到了稿子上方，并用刻刀一样的蘸水笔，在稿签上方填上了作品的题目和作者的名字。

1985 年 9 月号的《北京文学》，是一期小说专号。我记得在专号上发表小说的作家有郑万隆、何立伟、乔典运、刘索拉等，我的《走窑汉》所排列的位置并不突出。但在上个世纪 80 年代，人们主要关注的是作品本身的文学品质，对作品排在什么位置并不是很在意，看作品也不考虑作者的名气大小。对于文学杂志上出现的新作者，大家带着发现的心情，似乎读得更有兴趣。

小说发表后，我首先听到的是上海方面的反应。王安忆看了《走窑汉》，很是感奋，用她的话说："好得不得了！"她立即推荐给上海的评论家程德培。程德培读后激动不已，随即写了一篇评论，发在 1985 年 10 月 26 日的《文汇读书周报》上，评论的题目是"这'活儿'给他做绝了"。程德培在评论里写道："短短的篇章，它表现了诸多人的情与性，爱情、名誉、耻辱、无耻、悲痛、复仇、恐惧、心绪的郁结、忏悔、绝望、莫名而无尽的担忧、希望而又失望的折磨，甚至生与死，在这场灵魂的冲突和较量中什么都有了。这位不怎么出名的作者，这篇不怎么出名的小说写得太棒了！"当年，程德培、吴亮联袂主编了一本厚重的《探索小说集》，由上海文艺出版社出版。小说集收录了《走窑汉》。后来，王安忆以《走窑汉》

为例，撰文谈了什么是小说构成意义上的故事，并谈到了推动小说发展的情感动力和逻辑动力。说实在话，在写小说时，我并没有想那么多。王安忆的分析，使我明白了一些理性的东西，对我今后的创作有着启发和指导性的意义。

北京方面的一些反应，我是隔了一段时间才听到的。有年轻的作家朋友告诉我，在一次笔会上，北京的老作家林斤澜向大家推荐了《走窑汉》，说这篇小说可以读一下。1986 年，林斤澜当上了《北京文学》主编。在一次约我谈稿子时，林斤澜告诉我，他曾向汪曾祺推荐过《走窑汉》。汪曾祺看过一遍之后，并没觉得有什么特别的好。林斤澜坚定地对汪曾祺说："你再看!"等汪曾祺再次看过，林斤澜打电话追着再问汪曾祺对《走窑汉》的看法。汪曾祺这次说："是不错。"汪曾祺问："作者是哪里的?"林斤澜说："不清楚，听说是北京的。"汪曾祺又说："现在的年轻作家，比我们开始写作时的起点高。"在全国第五次作家代表会上，林斤澜把我介绍给汪曾祺，说这就是刘庆邦。汪曾祺像是一时想不起刘庆邦是谁，伸着头瞅我佩戴的胸牌，说他要验明正身。林斤澜说："别看了，《走窑汉》!"汪曾祺说："《走窑汉》，我知道。"

可以说，是《走窑汉》让我真正"走"上《北京文学》，然后走向全国。将近四十年来，我几乎每年都在《北京文学》发作品，有时一年一篇，有时是一年两篇。前天我专门统计了一下，迄今为止，我已经在《北京文学》发表了三十五篇短篇小说、五部中篇小说、一篇长篇非虚构作品，还有七八篇创作谈，加起来有六十多万字，出两本书都够了。

"走窑汉"，是对煤矿工人的称谓。我自己也曾走过窑。煤还在挖，走窑汉还在"走"。我的持续不断的写作，与走窑汉挖煤有着同样的道理。"走窑汉"往地层深处"走"，是为了往上升；"走窑汉"在黑暗里"行走"，是为了采掘和奉献光明。

2020 年 1 月 20 日至 22 日

于北京和平里

我和贾平凹的缘分

　　我本不想用"缘分"这个词，甚至对这个词有点儿排斥。不是缘分字意不好，是因为这个词眼下被人用得太多了，滥了，俗了。可是，说到我与贾平凹的相遇和交往，不用这两个字又不行，怎么躲都躲不开。我想这不是汉字的局限，便是我的无能。罢罢罢，请允许我就用这一次吧。谁能说我和"缘分"这两个修炼已久的字不是有着扯不断的缘分呢！

　　今年年初，我奉命去西安参加全国煤矿订货会，负责组织会议报道。一说去西安，我就想这是奔贾平凹去的。贾平凹是那里的一个巨大的存在。不知怎么搞的，在我的心目中，他的存在盖过了那座古城许多也不算小的存在，到了西安，想绕过他不大容易办到。

　　工作上的事情干完后，一天晚上，我们报社驻西安记者站一位姓明的朋友请我去吃当地的一种小吃——涎水面。他说这种小吃好得很，一个人一次可以吃几十碗。我吃过正宗的兰州牛肉拉面、河南羊肉烩面、山西刀削面、贵阳肠旺面、银川老搓面等，而且都是在当地吃的，却没吃过什么涎水面，以前连听说都没听说过。我是在河南农村长大的，爱吃面食，听说涎水面这般诱人，不可不尝。

出租车的汽车司机不知专卖涎水面的老乾州面馆在哪里，拉着我们乱转，兜了好几个圈子也没找到。陪同我们去吃面的还有一位当地城市早报的年轻女记者，女记者掏出手机，向她的朋友打听老乾州在哪里。我说我也有一位朋友在西安。女记者问是谁。我说："贾平凹呀！"女记者的眼睛马上就亮了，很惊喜的样子。她埋怨我为什么不早说。她们报社要她写一篇名人的访问记，让名人谈新年的打算。她想访问贾平凹，正愁怎样才能找到贾平凹呢。她要求我马上引见她去和贾平凹认识一下。我没有答应女记者的要求，以玩笑的口气对她说："不行呀，我不能带你去见贾平凹，贾平凹那么大的魅力，你要是见了他，就不跟我们在一起了。"

其实我心里是另有想法。

我和贾平凹是在1996年底的第五次全国作家代表大会上认识的。在此之前，平凹的文章我读过不少了。通过读平凹的文章，我知道我俩年龄相近，经历相近，性格也比较接近，所以一握手便有些一见如故的感觉。我知道平凹的字写得很漂亮，请他给我写一幅。他说没问题，回去就给我写。他说会上不是说话的地方，以后有机会好好聊聊。还说什么时候到西安，让我一定去找他。散会回到西安不久，平凹就把字给我寄来了，他写的是："战国风趋下，斯文日中天。"平凹的字古朴，有力，透着一股子大气，让人喜爱。随同书法作品，平凹还给我写了一封短信，信上说："在北京您给我的印象极好，您文章好，人好。却也是个矮个儿，这使我没想到……"我收到平凹的字和信是在1997年春节前夕，除了向平凹表达感激之情，记得我给平凹回信里还说，这是我今年收到的最宝贵的礼物，有了这样的礼物，就可以过一个好年了。

我到西安的前些天里，每天都想给平凹打一个电话，告诉他我来了。但我每天都没打。我知道打扰平凹的人够多的了，以致使平凹到了害怕敲门的地步。平凹的身体也不是很好，他需要静，需要休息。试想想，突然领上一个年轻貌美的女记者去造访平凹，我是不忍心的，那样也显得太不够朋友。我想好了，等我临离开西安时，给平凹打一个电话告辞一下就行了。

我们终于来到了老乾州涎水面馆。上得二楼的一个餐厅，见一个人独自在墙角一张餐桌前坐着，在喝一点儿茶。你道怎的？这个人不是别人，正是贾平凹。平凹也看见我了，从座位上站了起来。我叫着平凹，赶紧走过去，感叹着，与平凹的手紧紧握在一起。我说："我一直想给你打电话，怕打扰你，就没打，没想到在这里遇见了。"平凹说："缘分缘分！"他说，一个朋友约他吃饭，他不想走远，就指定了离他家较近的这个老乾州面馆。他来了一会儿了，可约他的人还没来。我说："约你的人最好别来了。"

于是我们就坐到了一处。我顺水送人情，把和我同来的明朋友和女记者介绍给平凹。刚才还说找平凹不易，不承想转眼之间，那人正在灯火阑珊处。明朋友和女记者都深感惊奇。我注意到，那位初出茅庐的女记者激动得脸都红了。

交谈中得知，平凹刚从医院出来没几天，他是 1999 年 12 月 31 日坚决要求出院的。按当时的说法，过了年就进入下一个世纪了，平凹说住院不能跨世纪。西安这么大，谈到能在这个不起眼的小地方相会，我们只能用缘分来解释。我说："我兜了好几个圈子，好像专门来找你的。"他说："是呀，我也像专门在这里等你的。"我们喝了一点儿陕西特有的稠酒，互相拜年，互道珍重。

女记者当然不愿放过这个难得的机会，开始采访贾平凹。平凹说："我没啥说的，你好好采访采访庆邦吧，他的短篇小说写得特别好。"我说平凹鼓励我。他说："真的，我跟好多人说过你的短篇小说写得好。"女记者当然还是盯着贾平凹不放，问贾平凹在新的一年有什么新的打算。平凹说："时间无所谓新旧，时间都是一样的。"他说到了他主编的《美文》，说原来想搞一个大动作，办成半月刊，出一个社会版，因上面不同意，没搞成。

采访正进行着，约他吃饭的朋友来了，后面还跟着一帮子人，有男有女，八九个。平凹埋怨人家不守时，人家打着哈哈搪塞过去了。因人多，他们只好簇拥着贾平凹到一个雅间去了。然而平凹又回来了，邀我一会儿到他家去看看。我说好，一定去。吃饭间，他又过来一次，关照我慢慢吃，说他还得应酬一会儿。我说不着急。涎水面的吃法是很独特，可能因为心思不在吃上，我没吃出什么好儿来。

过了一小会儿，平凹就背着一个小帆布包过来了，说咱走。我们一行到了平凹住在六楼的家。平凹的家可真不得了，简直像一个小型博物馆，环墙壁的架子上放着许多无价之宝。为了给平凹保密，恕我不一一介绍了。平凹指给我看一块鱼化石，说是当天新买的。那是一块不规则的石片，上面都是栩栩如生的小鱼。小鱼有的围成"国"字，有的排成"田"字，还有的互相叠加，层次很深。小鱼多得数不清。可平凹说，人家是数着上面鱼的条数卖的，一块钱一条。我们说一块钱买一条亿万年前的鱼，太便宜了。平凹说，如果碰见贵重的文物，他也不给人家钱，给人家他的字，拿他的字换人家的文物。

看到那么多宝贝东西，我对平凹说："千万别让别人再看了。"平凹说："看看没关系，看了才知道宝贵。"我说："看了太让人羡慕了，我就羡慕得不得了。"

我为平凹收藏这么多宝贵东西感到惊奇。平凹说，收藏有个场，比如说他前一段收藏一个大陶罐子，过一段时间，另一个与之配对的大陶罐子跟着就来了。他指给我看客厅沙发后面两个大陶罐子，果然是一对。平凹说："这像是一公一母，母的来了，公的受到吸引，很快就寻来了。"

不知怎么又说到我们两个这次相遇，明朋友说："你们两个也是互相吸引。"我们都笑了。

平凹说："咱们不知修了多少年，才有这次相遇。"平凹信这个。

临别时，我跟平凹相约，等到七十岁那年我们两个在报上互致问候。平凹记住了，说："咱们这么好的人，怎么也得活个八九十岁吧。"

我说："咱们七十岁问候过，到九十岁再问候一次。"

贾平凹笑着同意了。

"小文武"的道行

徐小斌出道挺早的，她在北京的文坛上大展身手时，我作为一个外省来京的生坯子，还只能在坛下远远地望着她。我也想为她喝一个彩，又怕她问我：你是谁？

不承想，后来一来二去，三来四去，我竟和徐大师认识了。且不说多次在国内一块儿登寨游沟，看山玩水，光外国我们就一同去了八九个国家。其中包括土耳其、埃及、丹麦、瑞典、挪威、冰岛，还有越南、俄罗斯等。交往多了，我对小斌的印象应逐渐清晰才是，真是奇了怪了，印象不但没有清晰，反倒越发模糊。好比神龙见首不见尾，让我写小斌，无论写什么，都不能尽意，不过是云中所见一鳞半爪而已。

小斌本来是学财经金融的，但她肯定像贾宝玉和林黛玉一样，对仕途经济方面的学问不感兴趣，并心生叛逆，宁可当一个游仙、散仙，整天和艺术之类的东西厮混在一起。她艺术方面的异秉最早表现在绘画和制作工艺品上，后来在刻纸艺术创作上亦有独特建树。听说她曾在中央美院画廊举办过"徐小斌刻纸艺术展"，还得到了艾青先生的好评。好家伙，在中央美院举办画展，这可不是闹着玩儿的。如愚之辈，去美院看画都没资格，她却把个人画展办到了中国美术的最高学府，好生了得！

我听过小斌唱歌。有一年秋天，北京一帮作家被安排去郊区走访。在一个联欢晚会上，你方唱罢我登场之后，有人鼓动徐小斌来一个，徐小斌，来一个！小斌连连摆手，说她不会唱。但经不住大家一再鼓掌，一再推动，她还是走上台去唱了一支歌。小斌不唱则已，一唱就把那帮哥们儿姐们儿给震傻了。这个徐小斌，平日不显山不露水的，原来训练有素嘛，功底深厚嘛，专业水准嘛，山是高山，水是深水嘛！我很快就知道了，小斌曾在黑龙江生产建设兵团的宣传队当过女高音独唱歌手。哎呀，这就不难理解小斌为何唱得这样好了。我在公社和煤矿也参加过宣传队，知道挑一个女高音歌唱演员有多么难。唱女高音，后天的训练固然重要，更重要的是一个人的音乐天赋。如果天赋不行，恐怕努掉腰子都无济于事。无疑，小斌的音乐天赋是拔萃的，她没有接着唱真是浪费天才。好在她的音乐天赋在她的小说里得到了发挥和延伸，她的每一篇小说几乎都有着音乐的节奏、旋律、华彩、飞翔、超越和普世意义。到了最新出版的长篇小说《天鹅》，可以说把极难表达的音乐写到了一种极致。

小斌外语说得也挺溜，她常常一个人在国外独来独往，语言对她构不成障碍。2005 年 7 月，北京一行十几个作家到北欧采风。在法兰克福机场转机时，因走错了路，我们被困住了。眼睁睁看着一个个大胖子在面前走过，我们无法向人家问路，不免有些焦急。走投无路之际，徐小斌站出来了。不知她嘀嘀咕咕跟德国人说了些什么，反正我们解困了，没耽误转机。同行的人纷纷赞许徐小斌，说小斌，你外语可以呀！小斌有些得意，说她也就是一个二把刀。

让人不可思议的是，小斌还会预测人的凶吉祸福，甚至敢于预测人的寿命。她悄悄对我说过我们所熟悉的一位作家的大限，着实把我吓了一跳。我感谢小斌对我的信任，同时又觉得小斌的预测是冒险的。我在心里记下那个数字，绝不会对任何人提及。一年又一年过去，眼看小斌的预测就要破灭。我一边为那位作家祝福，一边准备好了要笑话一下小斌，我会对她说：尊敬的小斌同志，怎么样，失算了吧！然而，你不想承认都不行，你不想倒吸一口凉气也不行，到头来，还是被小斌预测准了。再见到小斌，我对她说："小斌，你太可怕了！"小斌的心情有些沉重，按下我的话，没让我往下说。

朋友们，你们看看，这个叫徐小斌的作家是不是有点儿神？她跟神灵是不是有点儿接近？

话题归结到小斌的小说上，小斌的小说如得天启，如有神助，每一篇小说都是很神的。我和小斌多次聆听林斤澜老师的教诲。林老说："写小说没什么，就是主观和客观轮着转。有人写主观多一些，有人写客观多一些。有时主观占上风，有时客观占上风。"以林老的意思判断，小斌写主观多一些，我写客观多一些。客观是雷同的，因主观的不同而不同。因我的主观能力比较薄弱，多年来，我的小说一直被现实的泥淖所纠缠，不能自拔。而小斌的主观能力足够强大，近乎神性，所以她的小说如羽蛇行空、菩萨散花，总是很超拔，很空灵。

"小文武"是林斤澜老师为小斌起的名字。林老有一篇小说分别以章德宁和徐小斌为原型，一个叫"小立早"，一个叫"小文武"。我觉得"小文武"这个名字挺好的。有文有武，就得有文武之道。但"小文武"的道不是所谓宽严相济、劳逸结合的一张一弛，而是一种神道。不能把神道说成神神道道，一重叠就离谱了。至于"小文武"的道行如何，一切尽在不言中。把白居易的两句诗送给小斌：
"道行无喜退无忧，舒卷如云得自由。"

2014 年 5 月 6 日

于北京和平里

莹然冰玉见清词

——付秀莹小说印象

　　我国从乡村走出来的男作家很多，多得数不胜数，恐怕很难数清。相比之下，真正从村子里走上文坛的女作家要少一些，屈着指头从北国数到南国，从"北极村"数到"歇马山庄"，也就是可以数得过来的那些个。从华北平原深处的"芳村"走出来的付秀莹，衣服上沾着麦草和油菜花花粉的付秀莹，是其中之一。

　　之所以会出现这样的情况，与庄稼人长期以来重男轻女、不让女孩子上学有关。拿我们家来说，我大姐、二姐各只上过三年学，我妹妹连一天学都没上过。我敢说，我的姐姐和妹妹天资都很聪慧，倘若她们受过一定的教育，也拿起笔写作的话，说不定比我写得还要好一些。因后天条件的限制，也是迫于生计，她们的天资生生地被埋没了。人只有一生，我为她们的天资没能得到发挥感到惋惜。好在总算有一些同样是出生在农村的姐妹，她们的家庭条件好一些，父母也不反对她们读书，使她们有机会受到教育，并代表着千千万万农村的姐妹，一步一步走上了写作的道路。

　　我看过一些当过下乡知青的城里女作家写的农村生活的小说，

由于对农村的风土人情缺乏足够深入的了解，她们有的小说显得不够自信，不够自由，不够自然，还常常露出捉襟见肘的痕迹。像付秀莹这样有过童年和少年农村生活经历的女作家就不一样了，她们写起农村生活来入情入理，丝丝入扣，纯朴自然，读来给人以贴心贴肺的亲切感。

读付秀莹的小说，我心中暗暗有些称奇，这个作家的小说写得怎么像我们老家的事呢，不仅地理环境、四季植物、风俗民情等，和我们老家相似，连使用的方言，也几乎都是一样的。比如，我们老家把唢呐说成响器，在付秀莹的小说里，唢呐班子写的也是响器班子。再比如，我们老家把客说成且，来客了说成来且了。付秀莹小说中的乡亲们也是这么说的。方言是什么，方言是一块地方的语言胎记，方言一出，人们即可把说话者的来路判断个八九不离十。读了付秀莹的小说，我几乎可以判定，付秀莹的老家和我的老家相距不会太远，至少从地域文化上说，我们有着共同的文化源头。及至见到付秀莹，随着和付秀莹有了一些交往，证实我的判断大致是不错。我的老家在大平原，她的老家也是在大平原；遍地金黄的麦子是我们老家的风景线，也是她们老家的风景线；麦秸垛是我们老家故事的一个生长点，也是她小说故事的生长点之一。只不过，我的老家在豫东平原，她的老家在华北平原。她的老家在黄河以北，我的老家在黄河以南。有东必有西，有南来必有北往，一条波浪宽的大河隔不断两岸的文化，或许正是两岸平原文化的源泉和纽带。

付秀莹人很好，与我读过她的小说之后对她的想象是一致的。她敏感，羞怯，娴静，内向，优雅而不失家常，微笑中充满善意。她就像人们常说的邻家女孩儿，或者说像叔叔家的堂妹，堂弟的弟媳。付秀莹的小说写得也很好，一如她本人的本色。我无意全面评价付秀莹的小说，也无能对付秀莹的小说细致梳理，我只想说一点，读付秀莹的小说，你才会领略到什么叫文字好，什么是好文字，你才会为精灵一样的文字着迷，眼湿。

人们说一个作家的作品好，一个重要的评判标准是说他的语言好，我却说付秀莹的文字好。虽说文字是语言的基础，语言好的作家文字也不会差到哪里去，但我觉得这二者还是有微妙区别的。与语言相比，文字的单元更小，更细分，更有颗粒感，也更具独立性。好比一穗儿高粱和一些高粱种子的关系，如果说高粱穗儿是语言，那么高粱的种子就是文字。取来一穗儿高粱，谁都不能保证穗儿头里的高粱没有秕子，没有虫眼，谁都不会把每一粒高粱都当作种子。而美好的文字呢，恰似一粒粒种子一样，饱满，圆润，闪耀着珠玑一样的光彩，蕴藏蓬勃的生命力。每一粒种子都能生根，发芽，开花，结果。这么说吧，我们赞赏一位西方作家，可以说他的语言好，但不会说他的文字好。他们用拼音字母拼成了语言，但每一个字母都不能独立，都称不上是文字。只有中国的文字，每一个字都是有根的、有效的，都可以自成一体，作品中既有语言之美，也有文字之美。

付秀莹的文字是日常化的。我国的四大名著当中，《三国演义》的文字是历史化的、智慧化的，《水浒传》的文字是传奇化的、暴力化的，《西游记》的文字是戏剧化的、魔幻化的，而只有《红楼梦》中的文字才是日常化的。付秀莹所倾心的是《红楼梦》的文学传统。"世事洞明皆学问，人情练达即文章。"风霜雨雪，春播秋收；吃饭穿衣，油盐酱醋；男婚女嫁，生老病死；家长里短，鸡毛蒜皮。村头的一缕炊烟，池塘里的几片浮萍；石榴树上的一捧鸟窝，柴草垛边的几声虫鸣。这些日常的景观，构成了付秀莹文字的景观。它遵守的是日常生活的逻辑，一切发生在逻辑的框架内，受逻辑的约束，从不反逻辑。它是道法自然，重视人和自然的关系，重视环境对人的心灵的影响。这样的景观洋溢的是泥土气息、烟火气息、家庭气息和生活气息。

付秀莹的文字是心灵化的。付秀莹说过，她喜欢探究心灵的奥秘，愿意捕捉和描摹人物内心汹涌的风景和起伏的潮汐。要实现这样的愿望，须有一个前提，那就是必须使用心灵化的语言和文字。心灵化不是现实化，不是客观化。它从现实中来，却超越了现实的时间和空间，使日常生活发生在心灵的时间和空间内。现实世界是雷同的，表现在文学作品中，因心灵的不同而不同。对小说而言，没有实现心灵化的文字是僵硬的、表面化的，毫无艺术意义。只有心灵化的文字才是灵动的、飞扬的，充满欢腾的艺术生命。从付秀莹的小说中随意截取一段文字，我们都能看出，那些文字在付秀莹心灵的土壤里培育过，用心灵的雨露滋润过，用心灵的阳光照耀过，——打上了付秀莹心灵的烙印，变成了"秀莹式"的文字。那么，心灵化的文字是怎么炼成的呢？付秀莹也有着明确的回答。她认为作家的写作是从内心出发，探究别人，也正是探究自己。付秀莹说的是心里话，也是交底的话，说得挺好的。

付秀莹的文字是诗意化的。我国是诗的国度，诗的成就是文学的最高成就。作家对诗意化写作的追求，也是最高的追求。沈从文说过，作家从小说中学写小说，所得是不会多的。他主张写小说的人要多读诗歌。我相信，付秀莹一定喜欢读诗，一定受到过古典诗词的深度熏陶，不然的话，她的小说不会如此诗意盎然。我原本不打算引用付秀莹小说中的文字了，但有些禁不住，还是引用一段吧。"夏天过去了，秋天来了。秋天的乡村，到处流荡着一股醉人的气息。庄稼成熟了，一片，又一片。红的是高粱，黄的是玉米、谷子，白的是棉花。这些缤纷的色彩，在大平原上尽情地铺展，一直铺到遥远的天边。还有花生、红薯，它们藏在泥土深处，蓄了一季的心思，早已膨胀了身子，有些等不及了。"如果把这些句子断开，按诗的形式排列，谁能说它们不是诗呢！如此饱含诗情画意的文字，在付秀莹的小说里俯拾即是。这样诗意化的文字至少有三个特点：一是短句，节奏感强，字里行间带出的是作家的呼吸和气质；二是以审美的眼光看取万事万物，有诗的意境和诗的韵味；三是摒弃一切污泥浊水，保持对文字的敬畏、珍爱和清洁精神。

我对秀莹的建议是：除了日常化、心灵化、诗意化，还要注意对哲理化的追求。

2015 年 9 月 16 日

于北京和平里

第 二 辑

父亲的纪念章

我写过一篇《母亲的奖章》，记述的是母亲当县里劳动模范的事。在纪念中国人民抗日战争胜利七十周年之际，我该写一写父亲的纪念章了。父亲是一位抗战老兵。在这个世界上，如果他的子女不提起他，恐怕没人会记得我们的父亲了。以前，我从没想过要写父亲。父亲1960年去世时，我还不满九周岁。父亲生前，我跟他没什么交流，父亲留给我的印象不是很深。因为我们父子年龄差距较大，在我很小的时候，就觉得父亲已经变成了一个老头儿。他不像是我的亲生父亲，像是一个与我相隔的隔辈人。不熟悉父亲，缺少感性材料，只是我没想写父亲的次要原因。更主要的原因是，长期以来，父亲给我的心灵留下的阴影太大，或者说我对父亲的历史误会太深。别的且不说，就说我初中毕业后两次报名参军吧，体检都合格，一到政审就把我刷了下来。究其原因，人家说我父亲在国民党的军队里当过军官，属于历史反革命分子。一个反革命分子的儿子，人家当然不许你加入革命队伍。我弟弟跟我的遭遇是一样的，他高中毕业后报名参军，也是政审时被拒之门外。在当时强调突出政治和阶级斗争天天讲的情况下，国民党军官和历史反革命分子的说法是骇人的，足以压得我们兄弟姐妹低眉自危，在人前抬不起头来。

对于父亲的经历和身份，我们不是很了解。让我们不敢争辩的是，我们在家里的确看到了父亲留下的一些痕迹。比如有一次，惯于攀爬的二姐，爬到我家东间屋的窗棂子上，在窗棂子上方一侧的墙洞子里掏出一个纸包来。打开纸包一看，里面包的是一张大幅的黑白照片。照片上的人穿军装，光头，目光炯炯，一副很威武的样子。不用说，这个看上去有些陌生的男人就是我们的父亲。看到父亲的照片，像是看到了某种证据，我和大姐、二姐都有些害怕，不知怎样处置这样的照片才好。

母亲也看到了照片，母亲的样子有些生气。像是要销毁某种证据一样，母亲采取了果断措施，一把火把父亲的照片烧掉了。母亲的态度是决绝的，她不仅烧掉了这张照片，随后把父亲的所有照片，连同她随军时照的穿旗袍的照片，统统烧掉了。后来听母亲偶尔讲起，烧毁与父亲相关的东西，不是从她开始的，父亲还活着时自己就动手烧过。父亲刚从军队退休时，每年都可以领取退休金。领取退休金的凭证是一张张卡片，卡片上印的是宋美龄抱着小洋狗的精美图案。卡片是活页，连张，可折叠，可打开。折叠起来像一副扑克牌，一打开有一扇门板那么大。随着国民党政权撤离大陆，退居台湾，无处领取退休金的父亲就把那些卡片烧掉了。

那么，父亲的遗物一件都没有了吗？一个人戎马一生，可追寻的难道只是一座坟包吗？幸好，总算有两枚父亲佩戴过的纪念章被保存了下来。也许因为纪念章是金属制品，不大容易烧毁。也许母亲不知道纪念章往哪里扔，担心被别人捡到又是事儿。也许因为纪念章比较小，隐藏起来比较方便。不管如何，反正两枚纪念章躲过了一劫或多劫，一直存在着。纪念章先是由当过生产队妇女队长和县里学习毛主席著作积极分子的二姐保存。二姐出嫁后，趁我从煤矿回家探亲，二姐就把两枚纪念章包在一方白底蓝花的小手绢里，交给了我。我把纪念章带到工作单位后，把纪念章夹在我参加工作后的第一本工作证里，仍用原来的手绢包好，放在箱底一角。之后我走到哪里，就把纪念章带到哪里。1978年开春，我从河南的一座煤矿调到了北京，就把纪念章带到了北京。

我没有忘记纪念章的存在，但我极少拿出来看。父亲的历史不仅影响了我参军，后来还影响了我入党，我对父亲的纪念章有一些忌讳。我隐约记得纪念章上有文字，却不敢辨认是什么样的文字。我的做法有一点儿像掩耳盗铃，好像只要我自己不去辨认，纪念章上的文字就不存在。纪念章的事情还考验着我守口如瓶的能力，妻子跟我结婚四十多年了，我从未对妻子提及纪念章的事，更不要说把纪念章拿给妻子看。妻子的父亲当年参加的是共产党领导的八路军，跟我父亲不在一个阵营。若是让妻子知道了我父亲的历史，我怕妻子不大容易接受。

进入2015年以来，随着中国人民纪念抗日战争胜利七十周年的声浪越来越高，随着报刊上发表的回忆抗战的文章越来越多，随着一些网战发起的寻找抗战老兵活动的开展，5月17日那天下午，望着办公室窗外的阵阵雷雨，我心里一阵激动，突然觉得到时候了，该把父亲的纪念章拿出来看看了。

我终于把父亲的纪念章看清楚了，一枚纪念章正中的图案是青天白日旗，纪念章上方的文字是"军政部直属第三军官大队"，下方的文字是"同学纪念章"。另一枚纪念章的图案是一朵金蕊白梅，上方的文字是"中央训练团"，下方的文字是"亲爱精诚"。纪念章像是被砖头或棒槌一类的硬物重重砸过，纪念章背面的铜丝别针，一个扁贴在纪念章上，一个已经没有了。可纪念章仍不失精致，仍熠熠生辉，像是无声地对我诉说着什么。

亏得有这两枚纪念章的存在，我才能够以纪念章上的文字为线索，追寻到了父亲戎马生涯的一些足迹。父亲刚当兵时还是一个未成年人，在冯玉祥的部队当号兵。冯玉祥的部队被整编后，父亲一直留在冯玉祥当年的得力干将之一孙连仲的部队。孙连仲是著名的抗日将领，率领部队在华北、中原一带的抗日战场上转战，参加了良乡窦店、娘子关、阳泉、信阳、南阳等抗日战役。尤其在台儿庄大战中，孙连仲两万余人的部队在伤亡一万四千多人的情况下仍顽强坚守阵地，为最后的大捷赢得了时机。孙连仲也因此名载中华民族抗日史册。

可以肯定地说，我父亲作为孙连仲部下的一名军官，听从的是孙连仲的指挥，孙连仲的部队打到哪里，我父亲也会打到哪里。曾听随军的母亲讲过抗战的惨烈。母亲说她亲眼看见，一场战役过后，人死得遍野都是，像割倒的谷捆子一样。热天腐败的尸体很快滋生了密密麻麻的绿头大苍蝇，有一次，母亲和随军转移的太太们乘敞篷卡车从战场经过时，绿头大苍蝇蜂拥着向她们扑去。为了驱赶疯狂的苍蝇，部队给每位太太发了一把青艾。她们的丈夫们在与日本鬼子作战，她们在和苍蝇作战。到达目的地时，她们把青艾上的叶子都打光了。经过那么多的枪林弹雨，父亲受伤是难免的。听二姐说，父亲的脚受过伤，大腿根也被炮弹皮划破过。父亲没有死在战场上，算是万幸。

抗战胜利后的1946年正月，母亲在部队驻地新乡生下了我大姐。有了大姐不久，母亲就带着大姐回到了我们老家。此时，担任了河北省政府主席的孙连仲，把他的部队从新乡调往北平。父亲本可以在北平继续带兵，但由于祖母对我母亲不好，母亲让人给父亲写信，强烈要求父亲退伍回家，如果父亲不回家，她就走人。为了保住妻子和孩子，父亲只好申请退伍。

父亲叫刘本祥，在部队时叫刘炳祥。在国民党的军官档案里，应该可以查到我父亲的名字。父亲生于1909年，如果活到现在应是一百零六岁。要是父亲还活着就好了，我会让他好好跟我讲讲他的抗战经历，他的儿子手中有一支笔，说不定可以帮他写一本回忆录。然而，父亲已经去世五十五年，他已经走得很远很远了。

父亲，今年是中国人民抗日战争胜利七十周年，您注意到了吗？您留下的两枚纪念章，我怎样还给您呢？

2015 年 6 月 12 日

于北京和平里

母亲的奖章

　　母亲去县里参加劳动模范表彰大会的时间，是 1957 年的春天。几十年过去了，母亲也已经下世十多年。时间如流水，这个时间我们兄弟姐妹之所以记得确凿无疑，因为它有一个标记，或者说有一个帮助我们找回记忆的参照点。母亲生前不止一次跟我们说过，她是抱着我弟弟去参加劳模大会的。弟弟那年还不满一周岁，正在吃奶，还不会走路。我们家离县城五六十里路，那时没有汽车可坐，母亲一路把弟弟抱到县城，开完劳模会后又把弟弟抱回。我说的参照点就是弟弟的生日，弟弟是 1956 年 7 月出生，母亲去参加劳模会可不就是 1957 年嘛。

　　从县里回来，母亲带回了一枚奖章，还有一张奖状，奖状和奖章是配套的。奖章上不刻名字，奖状上才会写名字，以证明母亲获得过这项荣誉。而我只对奖章有印象，对奖状没有什么印象。或许因为我只对金属质地的奖章感兴趣，对纸质的奖状不感兴趣，就把奖状忽略了。

　　那枚奖章相当精美，的确是一件不错的玩意儿。我们小时候主要是玩泥巴，没有什么像样的东西可玩。母亲的奖章，像是为我提供了一个终于可以拿得出手的玩具。母亲把奖章放在一只用牛皮做成的小皮箱里，小皮箱不上锁，我随时可以把奖章拿出来玩一玩。箱子里有母亲的银模梳、银手镯，还有选民证、工分什么的，我不玩别的东西，只愿意把奖章玩来玩去。奖章拿在手里沉甸甸的，恐怕把十片红薯片子加起来，都比不上奖章的分量重。奖章是五角星的形状，上面的图案有齿轮、麦穗儿什么的。麦穗儿很饱满，像是用手指头一捏，就能捡到一枝麦穗儿。奖章的颜色跟成熟的麦穗儿的颜色差不多，只不过，麦穗儿不会发光，奖章会发光。把奖章拿到太阳下面一照，奖章金光闪闪，好像变成了一个小太阳。整个奖章由三部分组成，上面是一个长条的金属板，金属板背面是别针。中间是红色的、丝织的绶带，绶带从一个金属卡子里穿过，把别针和下面的奖章联系进来。我没把奖章戴在身上试过。因没见母亲戴过，我不知把奖章戴在哪里。有一次，我竟把奖章挂在门口的石榴树上了，好像给石榴树戴了一个大大的耳坠儿一样，挺逗笑的。

　　我不仅自己喜欢玩奖章，别的小孩子到我们家玩耍，我还愿意把奖章拿出来向他们显摆，那意思是说：你们家有这个吗？没有吧！我只让他们看一看，不让他们摸。见哪个小孩子伸手想摸，我赶紧把奖章收了回来。

　　不知什么时候，奖章不见了。我一次又一次把小皮箱翻得底朝天，连奖章的一点儿影子都没找见。奖章没长翅膀，它却不声不响地"飞"走了。大姐、二姐怀疑我把奖章拿到货郎担上换糖豆吃了。我平日里是比较嘴馋，看见地上有一颗羊屎蛋儿，都会误以为是一粒炒豆儿。可是，在奖章的事情上我敢保证，我的确没拿母亲的奖章去换糖豆儿吃。如果真的换了糖豆儿，甜了嘴，我会留下深刻的印象。如果小时候怕挨吵，怕挨打，不敢说实话，现在都这么大岁数了，我不会再隐瞒下去。母亲的奖章的丢失，对我们兄弟姐妹来说是一个谜，这个谜也许永远都解不开了。

倘若母亲的奖章继续存在着，那该有多好，每看到奖章，我们就会想起母亲，缅怀母亲勤劳而光荣的一生。然而，奖章不在了，奖章却住进了我的心里。我放弃了对物质性的奖章的追寻，开始追寻奖章的精神性意义。

应该说母亲能当上劳动模范是很不容易的。据说每个公社只有几个劳动模范的名额，不是每个大队都能推选出一个劳模。当劳模不是百里挑一，也不是千里挑一，而是万里挑一。那么，一个普普通通的农村妇女，怎么就当上了劳动模范呢？怎么就成了那个"万一"呢？既然模范是以劳动命名，恐怕就得从劳动上找原因。听大姐、二姐回忆说，母亲干起活儿来只有两个字，那就是要强。往地里挑粪，母亲的粪筐总是装得最满，走得最快。麦季在麦田里割麦，不用看，也不用问，那个冲在最前面的人一定是我们的母亲。有一种大轮子的水车，铁铸的大轮子两侧各有一个绞把，绞动大轮子，带动小齿轮，把水从井里抽出来。别的妇女绞水车时，都是一次上两个人。而母亲上阵时，坚持一个人绞一台水车。她低着头，塌着腰，头发飞，汗也飞，一个人就把水车绞得哗哗的，抽出的水水头蹿得老高。

要知道，我们兄弟姐妹较多，母亲两三年就要生一个孩子。母亲下地劳动，都是在怀着孩子或奶着孩子的情况下进行的。怀孩子从不影响母亲下地干活儿。直到不把孩子生下来不行了，她才匆匆从地里赶回家，把孩子生下来。母亲生孩子从不去医院，也不请接生婆接生，都是自己生，自己接。生完孩子，母亲稍事休息，又开始了新一轮劳动。

母亲并不高，才一米五多一点儿。母亲也不重，也就是百斤左右。可是，母亲哪里来的那么大的力量呢？以前我不能理解，后来才慢慢理解了。母亲的力量源于她的强大的意志力，也就是我们那里的人所说的心劲儿。我要是跟母亲说意志力，母亲肯定不懂，她不识字，不会给自己的力量命名，说不定还会说我跟她瞎转文。我要是说心劲儿，估计母亲会认同。一个人的力量大不大，主要不在于体力，而是取决于心劲儿，也就是心上的力量。心上的力量大了，一个人才算真正有力量。体力再好，如果心劲儿不足，无论如何都称不上有力量。一个人心上的力量，说到底就是战胜自己的力量。只有能够战胜自己，才能战胜困难，战胜别人。倘若连自己都不能战胜，先败在自己手里，还指望能战胜谁呢？

　　与母亲相比，我的心劲儿差远了。说实话，小时候我是一个懒人。挑水做饭有大姐，烧锅刷碗有二姐，拾柴放羊有妹妹，我被说成是"空儿里人"，除了上学，几乎啥活都不用我干。时间长了，我几乎养成了好吃懒做的习惯。后来参加工作到煤矿，我才失去了对家庭的依赖。一个人孤身在外，由于环境的逼使，我不得不学着自己照顾自己。好在母亲勤劳的遗传基因很快在我身上发挥了作用，同时也是自尊、自立和成家的需要，我开始挖掘自身的劳动潜能，并在劳动中逐步认识劳动的意义。我知道了，劳动创造了人，人生来就是为劳动而来。或者说人只要活着，就得干活儿。只有不惜力气，不惜汗水，干活儿干得好，才会被人看得起，才能得到社会的尊重。在当工人期间，虽然我没当过劳动模范，但我觉得自己干活儿干得还可以，起码没有偷过懒，没有耍过滑，工友们评价我时，对我伸的是大拇指。

　　不过，我没想过要当劳动模范，从没有把劳动模范和自己联系起来。在很长一段时间里，我几乎把母亲当过劳动模范的事忘记了。调到北京当上《中国煤炭报》的编辑、记者之后，我采访了全国煤矿不少劳动模范和劳动英雄，写了不少他们的事迹。我为他们的事迹所感动，所写的稿子块头也不小，但你是你，我是我，我把自己当成了一个局外人。我甚至认为，那个时期的劳模都是"老黄牛"型的，是"工具"性的，我可以尊重他们，并不一定愿意向他们学习。有一次，我和读者座谈，谈到我每年的大年初一早上还要起来写小说，有读者就问我："你是想当一个劳动模范吗？"这本来是好话，可我没当好话听，好像还从中听出了一点儿揶揄的意味。我说过奖了，我可不想当什么劳动模范。

看来我的悟性还是不够强，觉悟还是不够高。直到现在，我才稍稍悟出来了，原来劳动不是别人强加给我们的，是生命的一种需要。我们劳动的过程，是修行的过程，也是不断自我完善的过程。如果人的一生还有点儿意义的话，其意义正是通过不断辛勤劳动赋予的。从这个意义上讲，能当一个劳动模范是多么的光荣！

人说闻道有先后，人的觉悟也有早晚。而我现在才对劳动模范重视起来，未免有点儿太晚了吧，恐怕再怎么努力，当劳动模范也没戏了吧！不晚不晚，没关系的。从现在起，我要好好向母亲学习，天天按劳动模范的标准要求自己，体力可以衰退，心劲儿永远上提。就算别人不评我当劳动模范，我自己评自己还不行吗？

2015 年元旦期间

于北京和平里

勤劳的母亲

小时候就听人说，勤劳是一种品德，而且是美好的品德。我听了并没有往心里去，没有把勤劳和美德联系起来。我把勤劳理解成勤快，不睡懒觉，多干活儿。至于美德是什么，我还不大理解。我隐约觉得，美德好像是很高的东西，高得让人看不见、摸不着，一般人的一般行为很难跟美德沾上边。后来在母亲身上，我才把勤劳和美德统一起来了。母亲的身教告诉我，勤劳不只是生存的需要，不只是一种习惯，的确关乎人的品质和人的道德。人的美德可以落实到人的手上、腿上、脑上和日常生活中，可以通过勤奋的劳动体现出来。

我想讲几件小事，来看看母亲有多么勤劳。

拾麦穗儿

那是 1976 年，我和妻子在河南新密煤矿上班，母亲从老家来矿区给我们看孩子。我们的女儿那年还不到一周岁，需要有一个人帮我们看管。母亲头年秋后到矿区，到第二年过春节都没能回家。母

119

亲还有两个孩子在老家——我的妹妹和我的弟弟。妹妹尚未出嫁，弟弟还在学校读书。过春节时母亲对他们也很牵挂，但为了不耽误我和妻子上班，为了照看她幼小的孙女，母亲还是留了下来。母亲舍不得让孩子哭，我们家又没有小推车，母亲就一天到晚把孩子抱在怀里。在天气好的时候，母亲还抱着孩子下楼，跟别的抱孩子的老太太一起，到几里外的矿区市场去转悠。往往是一天抱下来，母亲的小腿都累肿了，一摁一个坑。见母亲的腿肿成那样，我心里很不是滋味。但我当时只是劝母亲注意休息，别走那么远，为什么不给孩子买一辆小推车呢？事情常常就是这样，多年之后想起，我们才会感到心痛，感到愧悔。可愧悔已经晚了，想补救都没了机会。

除了帮我们看孩子，每天中午母亲还帮我们做饭。趁孩子睡着了，母亲抓紧时间和面，擀面条。这样，我们下班一回到家，就可以往锅里下面条。

矿区内包含着一些农村，农村的沟沟坡坡都种着麦子。母亲对麦子很关心，时常跟我们说一些麦子生长的消息。麦子甩齐穗儿了。麦子扬花儿了。麦子黄芒了。再过几天就该动镰割麦了。母亲的心思我知道，她想回老家参与收麦。每年收麦，生产队都把气氛造得很足，搞得很隆重，像过节一样。因为麦子生长周期长，头年秋天种上，到第二年夏天才能收割，人们差不多要等一年。期盼的时间越长，割麦时人们越显得兴奋。按母亲的说法，都等了大长一年了，谁都不想错过麦季子。然而我对收麦的事情不是很热衷。我觉得自己既然当了工人，就是工人的身份，而不是农民的身份。工人阶级既然是领导阶级，就要与农民阶级拉开一点儿距离。所以在母亲没有明确说出回老家收麦的情况下，我也没有顺着母亲的心思，主动提出让母亲回老家收麦。我的理由在那里明摆着，我们的女儿的确离不开奶奶的照看。

收麦开始了，母亲抱着孙女站在我们家的阳台上，就能看见拉着麦秧子的架子车一辆一辆从楼下的路上走过。在一个星期天，母亲终于明确提出，她要下地拾麦。母亲说，去年在老家，她一个麦季子拾了三十多斤麦子呢！母亲的这个要求我们无法阻止，星期天妻子休息，可以在家看孩子。那时还凭粮票买粮食，我们全家的商品粮供应标准一个月还不到八十斤，说实话有点儿紧巴。母亲要是拾到麦子，多少对家里的口粮也是一点儿添补。在粮店里，我们所买到的都不知道是放了多少年的陈麦磨出的面。母亲若拾回麦子，肯定是新麦。新麦怎么吃都是香的。

到底让不让母亲去拾麦，我还是有些犹豫。大热天的让母亲去拾麦，我倒不是怕邻居说我不孝。孝顺孝顺，孝和顺是连在一起的。没让母亲回老家收麦，我已经违背了母亲的意志，若再不同意母亲去拾麦，我真的有些不孝了。之所以犹豫，我担心母亲人生地不熟的，没地方去拾麦。我的老家在豫东，那里是一马平川的大平原，麦地随处可见。矿区在豫西，这里是浅山地带，麦子种在山坡或山沟里，零零碎碎，连不成片。我把我的担心跟母亲说了。母亲让我放心，说看见哪里有收过麦的麦地，她就到哪里去拾。我让母亲一定戴上草帽，太阳毒，别晒着。母亲同意了。我劝母亲带上一壶水，渴了就喝一口。母亲说不会渴，喝不着水。我还跟母亲说了一句笑话："您别走那么远，别迷了路，回不来。"母亲笑了，说我把她当成小孩子了。

母亲中午不打算回家吃饭，她提上那只准备盛麦穗儿用的黄帆布提包，用手巾包了一个馒头，就出发了。虽然我没有随母亲去，有些情景是可以想象的。比如母亲一走进收割过的麦地，就会全神贯注，低头寻觅。每发现一棵麦穗儿，母亲都会很欣喜。母亲的眼睛已经花了，有些秕麦穗儿她会看不清，拾到麦穗儿她要捏一捏，麦穗儿发硬，她就放进提包里，若发软，她就不要了。提包容积有限，带芒的麦穗儿又比较占地方，当提包快盛满了，母亲会把麦穗儿搓一搓，把麦糠扬弃，只把麦子儿留下，再接着拾。母亲一开始干活就忘了饿，不到半下午，她不会想起吃馒头。还有一些情况是不敢想象的。我不知道当地农民许不许别人到他们的地里拾麦子，他们看见一个外地老太太拾他们没收干净的麦子，会不会呵斥我母亲。倘母亲因拾麦而受委屈，岂不是我这个当儿子的罪过？

傍晚，母亲才回来。母亲的脸都热红了，鞋上和裤腿的下半段落着一层黄土。母亲说，这里的麦子长得不好，穗子都太小，她走了好远，才拾了这么一点儿。母亲估计，她一整天拾的麦子，去掉麦糠，不过五六斤的样子。我接过母亲手中的提包，说不少不少，很不少。让母亲洗洗脸，快歇歇吧。母亲好像没受到什么委屈。第二天，母亲还要去拾麦，她说走得更远一点儿试试。妻子只好把女儿托给同在矿区居住的我的岳母暂管。

母亲一共拾了三天麦穗儿。她把拾到的麦穗儿在狭小的阳台上用擀面杖又捶又打，用洗脸盆又簸又扬，收拾干净后，收获了二三十斤麦子。母亲似乎感到欣慰，当年的麦季她总算没有白过。

妻子和母亲一起，到附近农村借用人家的石头碓窑，把麦子外面的一层皮舂去了，只留下麦仁儿。烧稀饭时把麦仁儿下进锅里，嚼起来筋筋道道，满口清香，真的很好吃。妻子把新麦仁儿分给岳母一些，岳母也说新麦好吃。

没回生产队参加收麦，母亲付出了代价，当年队里没分给母亲小麦。母亲没挣到工分，用工分参与分配的那一部分小麦当然没有母亲的份儿，可按人头分配的那一半人头粮，队里也给母亲取消了。母亲因此很生气，去找队长论理。队长是我的堂叔，他说，他以为母亲不回来了呢！母亲说，她还是村里的人，怎么能不回来！

后来我回家探亲，堂叔去跟我说话，当着我的面，母亲又质问堂叔，为啥不分给她小麦。堂叔支支吾吾，说不出像样的理由，显得很尴尬。我赶紧把话题岔开了。没让母亲回队里收麦，责任在我。

捡布片儿

在上个世纪 80 年代的中后期，我们家搬到北京朝阳区的静安里居住。这是我们举家迁至北京的第三个住所。第一个住所在灵通观一座六层楼的顶层，我们家和另一家合住。我们家住的是九平方米的小屋。第二个住所，我们家从六楼搬到该楼二楼，仍是与人家合住，只不过住房面积增加至十五平方米。搬到静安里一幢新建居民楼的二楼，我们才总算有了独门独户的二居室和一个小客厅，再也不用与别人家共用一个厨房和厕所了。

住房稍宽敞些，我几乎每年都接母亲到城里住一段时间。一般是秋凉时来京，在北京住一冬天，第二年麦收前回老家。母亲有头疼病，天越冷疼得越厉害。老家的冬天屋内结冰，太冷。而北京的居室里有暖气供应，母亲的头就不怎么疼了。母亲愿意挨着暖气散热器睡觉。她甚至跟老家的人说，是北京的暖气把她的头疼病暖好了。

母亲到哪里都不闲着，仿佛她生来就是干活儿的，不找点儿活儿干，她浑身都不自在。这时我们的儿子已开始上小学，我和妻子中午都不能回家，母亲的主要任务是中午为儿子和她自己做一顿饭。

为了帮我们筹备晚上的饭菜，母亲每天还要到附近的农贸市场买菜。她在市场上转来转去，货比三家，哪家的菜最便宜，她就买哪家的。妻子的意见，母亲只把菜买回来就行了，等她下班回家，菜由她下锅炒。有些话妻子不好明说，母亲的眼睛花得厉害，又舍不得多用自来水，洗菜洗得比较简单，有时菜叶上还有黄泥，母亲就把菜放到锅里去了。因话没有说明，妻子不让母亲炒菜，母亲理解成儿媳妇怕她累着。而母亲认为，他的儿子和儿媳妇在班上累了一天，回家不应再干活，应该吃点儿现成饭才好。母亲炒菜的积极性越发的高。往往是我们刚进家门，母亲已把几个菜炒好，并盛在盘子里，用碗扣着，摆在了餐桌上。母亲炒的大都是青菜，如绿豆芽儿、芹菜之类。因样数儿比较多，显得很丰富。母亲总是很高兴的样子，让我们赶紧趁热吃。好在我妻子从来不扫母亲的兴，吃到母亲炒的每一样菜，她都说好吃，好吃。

倒是我表现得不够好。我肚子里嫌菜太素，没有肉或者肉太少，没什么吃头儿，吃得不是很香。还有，妻子爱吃绿豆芽儿，我不爱吃绿豆芽儿，母亲为了照顾妻子的口味，经常炒绿豆芽儿，把我的口味撇到一边去了。有一次，我见母亲让我吃这吃那，自己却舍不得吃，我说："是您炒的菜，您得带头儿多吃。"话一出口，我就有些后悔，可已经晚了。定是我的话里带出了不满的情绪，母亲的情绪一下子低落下来。我不应该有那样的情绪，这件事够我忏悔一辈子的。

买菜做饭的活儿不够母亲干，母亲的目光被我们楼门口前面一个垃圾场吸引住了。我们住的地方是新建成的住宅小区，配套设施暂时还跟不上，整个小区没有封闭式垃圾站，也没有垃圾桶，垃圾都倒在一个露天垃圾场上，摊成很大的一片。市环卫局的大卡车每两三天才把垃圾清理一次。垃圾多是生活垃圾，也有生产垃圾。不远处有一家规模很大的衬衫厂，厂里的垃圾也往垃圾场上倒，生产垃圾也不少。垃圾场引来不少捡垃圾的人，有男的，有女的；有本地人，也有外地人。他们手持小铁钩子，轮番在垃圾场扒来扒去，捡来捡去。母亲对那些生产垃圾比较感兴趣。她先是站在场外看人家捡。后来一个老太太跟她搭话，她就下场帮老太太捡。她捡的纸纸片片、瓶瓶罐罐，都给了老太太。再后来，母亲或许是接受了老太太的建议，或许是自己动了心，她也开始捡一些自己认为有用的东西拿回家来。母亲从生产垃圾堆里只捡三样东西：纱线、扣子和布片儿。她把乱麻般的纱线理出头绪，再缠成团。她捡到的扣子都是那种缀在衬衣上的小白扣儿，有塑料制成的，也有贝壳做成的。扣子都很完好，一点儿破损都没有（计划经济时期，工人对原材料不是很爱惜）。母亲把捡到的扣子盛到一只塑料袋里，不几天就捡了小半袋，有上百枚。母亲跟我说，把这些线和扣子拿回老家去，不管送给谁，谁都会很高兴。

母亲捡得最多的是那些碎布片儿。布片儿是衬衫厂裁下来的下脚料，面积都不大，大的像杨树叶，小的像枫树叶。布片儿捡回家，母亲把每一块布片儿都剪成面积相等的三角形，而后戴上老花镜，用针线把布片儿细细地缝在一起。四块三角形的布片就可以对成一个正方形。再把许许多多正方形拼接在一起呢，就可以拼出一条大面积的床单或被单。在我们老家，这种把碎布拼接在一起的做法叫对花布。谁家的孩子娇，需要穿百家衣，孩子的母亲就走遍全村，从每家每户要来一片布，对成花布，做成百家衣。那时各家都缺布，有的人家连块给衣服的破洞打补丁的布都没有，要找够能做一件百家衣的布片儿难着呢。即使把布片儿讨够了，花色也很单一，多是黑的和白的。让母亲高兴的是,在城里被人说成垃圾的东西里,她轻易就能捡出好多花花绿绿的新布片儿。

母亲对花布对得很认真,也很用心,像是把对花布当成工艺美术作品来做。比如在花色的搭配上,一块红的,必配一块绿的;一块深色的,必配一块浅色的;一块方格的,必配一块团花的;一块素雅的,必配一块热闹的等等。一条被单才对了一半,母亲就把花布展示给我和妻子看。花布上百花齐放,真的很漂亮。谁能说这样的花布不是一幅图画呢!这就是我的心灵手巧的母亲,是她把垃圾变成了花儿,把废品变成了布。

然而当母亲对妻子说,被单一对好她就把被单给我妻子时,我妻子说,她不要,家里放的还有新被单。妻子让母亲把被单拿回老家自己用,或者送给别人。妻子私下里对我说,布片儿对成的被单不卫生。垃圾堆里什么垃圾都有,布片儿既然扔到垃圾堆里,上面不知沾染了多少细菌呢。妻子让我找个机会跟母亲说一声,以后别去垃圾堆里捡布片儿了。妻子的意思我明白,她不想让母亲捡布片儿,不只是从卫生角度考虑问题,还牵涉我们夫妻的面子问题。这个问题我也考虑过。那些捡垃圾的多是衣食无着的人,而我的母亲吃不愁,穿不愁,没必要再去垃圾堆里捡东西。我和妻子毕竟是国家的正式职工,工作还算可以,让别人每天在垃圾场上看见母亲的身影,对我们的面子不是很有利。于是我找了个机会,委婉地劝母亲别去捡布片儿了。我说出的理由是,布片儿不干净,接触多了对身体不好。人有一个好身体是最重要的。母亲像是很快明白了我的意思,答应不去捡布片儿了。

我以为母亲真的不去捡布片儿了,也放弃了用布片儿对被单。十几年之后,母亲在老家养病,我回去陪伴母亲。有一次母亲让我猜，她在北京那段时间一共对了多少条被单。我猜了一条？两条？母亲只是笑。我承认我猜不出，母亲才告诉我，她一共对了五条被单。被单的面积是很大的，把一条被单在双人床上铺开，要比双人床长出好多，宽出近一倍。用零碎的小三角形布片儿对出五条被单来，要费多少功夫，付出多么大的耐心和辛劳啊！不难明白，自从我说了不让母亲去捡布片儿，母亲再捡布片儿，对床单，就避免让我们看见。等我和妻子上班去了，儿子上学去了，母亲才投入对被单的工作。估计我们该下班了，母亲就把布片儿和被单收起来，放好，做得不露一点儿痕迹。临回老家时，母亲提前就把被单压在提包下面了。

母亲把她对的被单送给我大姐、二姐和妹妹各一条。母亲去世后，她们姐妹把被单视为对母亲的一种纪念物，对被单都很珍惜。可惜，我没有那样一条母亲亲手制作的纪念品（写到这里，我泪流不止，哽咽不止）。

搂树叶儿

只要在家，母亲每年秋天都要去村外的路边塘畔搂树叶儿。如同农人每年都要收获粮食，母亲还要不失时机地收获树叶儿。我们那里不是扫树叶儿，是搂树叶儿。搂树叶儿的基本工具有两件，一件是竹笆子；另一件是大号的荆条筐。用带排钩儿的竹笆子把树叶儿聚拢到一起，盛到荆条筐里就行了。

不是谁想搂树叶儿就能搂到的，这里有个时机问题。如果时机掌握得好，可以搂到大量的树叶儿。错过了时机呢，就搂不到树叶儿，或者只能搂到很少的树叶儿。树叶儿在树上长了一春，一夏，又一秋，仿佛对枝头很留恋似的，不肯轻易落下。你明明看见树叶发黄了，发红了，风一吹它们乱招手，露出再见的意思，却迟迟没有离去。直到某天夜里，寒霜降临，大风骤起，树叶儿才纷纷落下。树叶儿不落是不落，一落就像听到了统一的号令，采取了统一的行动，短时间铺满一地。这是第一个时机。第二个时机是，你必须在树叶儿集中落地的当天清晨早点儿起来，赶在别人前面去树下搂树叶儿，两个时机都抓住了，你才会满载而归。在我们村，母亲是一贯坚持每年搂树叶儿的人之一，也是极少数能把两个时机都牢牢抓住的搂树叶儿者之一。

母亲对气候很敏感，加上母亲睡觉轻，夜间稍有点儿风吹草动就醒了。一听见树叶儿哗哗落地，母亲就不睡了，马上起床去搂树叶儿。院子里落的树叶儿母亲不急着搂，自家的院落自家的树，树叶儿落下来自然归我们家所有。母亲先去搂的是公共地界上落的树叶儿。往往是村里好多人还在睡觉，母亲已大筐大筐地把树叶儿往家里运。母亲搂回的树叶儿种类很多，有大片的桐树叶儿；中片的杨树叶儿和柿树叶儿；还有小片的柳树叶儿和椿树叶儿。树叶儿有金黄的，也有玫瑰红的。母亲把树叶儿摊在院子里晾晒，乍一看还让人以为是满院子五彩杂陈的花瓣儿呢！

母亲搂树叶儿当然是为了烧锅用。在人民公社和生产队那会儿，社员都买不起煤。队里的麦草和玉米秸秆不是铡碎喂牲口了，就是沤粪用了，极少分给社员。可以说家家都缺烧的。烧的和吃的同样重要，按母亲的话说，有了这把柴火，锅就烧滚了，缺了这把柴火呢，饭就做不熟。为了弄到烧的，人们不仅把地表的草毛缨子都收拾干净，还挖地三尺，把河坡里的茅草根都扒出来了。女儿一岁多时，我把女儿抱回老家，托给母亲照管。母亲一边看着我女儿，仍

128

不耽误她一边搂树叶儿。母亲不光自己搂树叶儿，还用一根大针纫了一根线，教我女儿拾树叶儿。女儿拾到一片树叶儿，就穿在线上，一会儿就穿了一大串。以至我女儿回到矿区后，一见地上的落叶儿就惊喜得不得了，一再说："咋恁多树叶子呀！"挣着身子，非要去捡树叶儿给奶奶烧锅。

上了年纪，母亲的腿脚不那么灵便了，可她每年秋天搂树叶儿的习惯还保持着。按说这时候母亲不必搂树叶儿了。分田到户后，粮食打得多，庄稼秆儿也收得多，各家的柴草大垛小垛，再也不用为缺烧的发愁。有的人家甚至把多余的玉米秆在地里点燃了，弄得狼烟动地。我托人从矿上给母亲拉了煤，并让人把煤做成一个个蜂窝形状的型煤，母亲连柴火都不用烧了。可母亲为什么还要到村外去搂树叶儿呢？

树叶儿落时正是寒风起时，母亲等于顶着阵阵寒风去搂树叶儿。有时母亲刚把树叶儿搂到一起，一阵大风刮来，又把树叶儿刮散了，母亲还得重新搂。母亲低头把搂到一堆的树叶往筐里抱时，风却把母亲的头巾刮飞了，母亲花白的头发飞扬着，还得赶紧去追头巾。母亲搂着树下的树叶儿，树上的树叶还在不断落着。熟透了的树叶儿像是很厚重，落在地上啪啪作响。母亲搂完了一层树叶儿，并不马上离开，等着搂第二层第三层树叶儿。在沟塘边，一些树叶儿落在水里，一些树叶儿落在斜坡上。落进水里的树叶儿母亲就不要了，落在斜坡上的树叶儿，母亲还要小心地沿着斜坡下去，把树叶儿搂上来。刘姓是我们村的大姓，我在村里有众多的堂弟。不少堂弟都劝我母亲不要搂树叶儿了。他们管我母亲叫大娘，说大娘要是没烧的，就到他们的柴草垛上抱去。这么大年纪了，还起早贪黑地搂树叶子，何必呢！有的堂弟还提到了我，说："大娘，俺大哥在北京工作，让我们在家里多照顾您。您这么大年纪了还自己搂树叶子烧，大哥要是知道了，叫我们的脸往哪儿搁呢？"

这话说得有些重了，母亲不做出解释不行了，母亲说，搂树叶儿累不着她，她权当出来走走，活动活动身体。

我回家看望母亲，一些堂弟和叔叔婶子出于好心好意，纷纷向我反映母亲还在搂树叶儿的事。他们的反映带有一点儿告状的性质，仿佛我母亲做下了什么错事。这就是说，不让母亲搂树叶儿，在我们村已形成了一种舆论，母亲搂树叶儿不仅要付出辛劳，还要顶着舆论的压力。母亲似乎有些顶不住了，有一天母亲对我说："他们都不想让我搂树叶儿了，这咋办呢？"

我知道，母亲在听我一句话，我要是也不让母亲搂树叶儿，母亲也许再也不去搂了。我选择了支持母亲，说："娘，只要您高兴，想搂树叶儿只管搂，别管别人说什么。"

朋友们，在这件事情上，我没有做错吧？

就算我没有做对，你们也要骗骗我，不要说我不对。在有关母亲的事情上，我已经脆弱得不能再脆弱了。

2005 年 1 月 17 日至 19 日北京

母亲和树

2004 年清明节，母亲去世一周年之际，我和弟弟为母亲立了一块碑。碑是弟弟在古城开封定制的。开封有着悠久的勒碑传统，石碑勒制得很是讲究，一见就让我们生出一种庄严感，不由得想在碑前肃立。和石碑同时运回老家的，还有六棵树，四棵柏树，两棵松树。墓地里最适合栽种的树木就是四季常青的松柏。松柏是守卫墓碑的，也是衬托墓碑的，有松柏树起，墓碑就不再孤立，就互相构成了墓园的景观。

栽树时，我们兄弟姐妹五人都参加了，有的刨坑，有的封土，有的浇水，把栽树当成了一种仪式，都在用心见证那一时刻。我们对树的成活率没有任何怀疑，因为我们那里的土地非常肥沃，如人们所说，哪怕是在地里埋下一根木棒，都有望长出一棵树来。何况弟弟从开封运回的都是生机勃勃的树苗，每棵树的根部都用蒲包裹着一包原土。我们开始憧憬，若干年后，当松柏的树冠如盖时，松是苍松，柏是翠柏，那将是一派多么让人欣慰的景象。我们还设想，等松柏成了气候，人们远远地就把松柏看到了，当是对母亲很好的纪念，绿色的纪念。

在我少年的记忆里，我们村二老太爷家的坟茔就是一个柏树园子。园子里的柏树有几十棵，每一棵岁数都超过了百岁。远看柏树园子黑苍苍的，那非凡的阵势让少小的我们几乎不敢走近。到了春天，飞来不少鹭鸶在柏树上搭窝，孵育小鹭鸶。那洁白的鹭鸶在树顶翻飞，如同一朵朵硕大无朋的白莲在迎风开放，甚是好看！可惜在 1958 年大炼钢铁时，那些柏树被青年突击队员们一夜之间全部伐倒，并送进小铁炉里烧掉了。从那以后，直到我们在母亲墓碑周围栽松柏之前，四十多年间，村里再也无人栽过松柏树。乡亲们除了栽种一些能收获果品的果树，就是栽一些能很快卖钱的速成树。因松柏树生长周期长，短时间内很难取得经济效益，人们就把松柏树放弃了。我们反其道而行之，把松柏树重新栽回到家乡那块土地上，所取不是什么经济效益，看重的是松柏的品质，以及为世人所推崇的精神价值。我们不敢奢望墓园里的松柏能形成柏树园子那么大的规模，也不敢奢望有限的几棵松柏能长成像柏树园子那样呼风唤雨的阵势，只期望六棵松柏树能顺利成长就行了。

让人意想不到的是，栽好松柏树，我回到北京不久，妹妹就给我打电话，说有一棵柏树因靠近别人家的麦地，人家往麦地里打除草剂时，喷雾飘到柏树上，柏树就死了。我一听，心里顿时有些沮丧。我听人说过，除草剂是很厉害的。地里长了草，人们不再像过去一样用锄头锄，只需用除草剂一喷，各种野草便统统死掉。柏树虽然抗得住冰雪严寒，哪里经得起除草剂的伤害！我有什么办法？我对妹妹说："死就死了吧，死掉一棵，不是还有五棵嘛！"

更严重的情况还在后头。现在收麦都是使用联合收割机，机器收麦留下的麦茬比较深，机器打碎的麦秸也泄在地里。收过麦子，人们要接着种玉米，就放一把火，烧掉麦茬和麦秸。据说火烧得很大，很普遍，夜间几乎映红了天际。就在我们种下松柏树的当年麦季，烧麦茬和麦秸的火焰席卷而来，波及松柏，使松柏又被烧死三棵，只剩下一棵柏树和一棵塔松。秋天我回老家看到，那棵幸存的柏树的树干还被收麦的机器碰掉了一块皮，露出白色的木质。小时候我们的手指若受了伤，习惯在伤口处撒点儿细土止血。我给柏树的伤口处揉了些黄土，祝愿它的伤口能早日愈合，并希望它别再受到伤害。

我母亲生前很喜欢栽树，对树也很善待。我家院子里的椿树、桐树等，都是母亲栽的。看见哪里生出一棵树芽，母亲赶紧找一个瓦片把树芽盖起来，以防快嘴的鸡把树芽啄掉。母亲给新栽的桐树绑上一圈刺棵子，以免猪拱羊啃。每年的腊八，我们喝腊八粥的同时，母亲也会让我们给石榴树的枝条上抹些粥。母亲的意思是说，石榴树也有感知能力，人给石榴树吃了粥，它会结更多的石榴。我们在母亲的长眠之处栽了松柏，母亲的在天之灵肯定是喜欢的。母亲日日夜夜都守护着那些树，一会儿都不愿离开。在我的想象里，夜深人静时，母亲会悄悄起身，把每棵树都抚摸一遍，一再赞叹：多好啊，多好啊！母亲跟我们一样，也盼着松柏一天天长大。然而，化学制剂来了，隆隆的机器来了，熊熊的烈火来了，就在母亲旁边，那些树眼睁睁地被毁掉了。母亲着急，母亲心疼，可母亲已经失去了保护树的能力，母亲很无奈啊！

按理说，我和弟弟还有能力保护那些树。只是我们早就离开了家乡，在城里安了家，只在每年的清明节和农历十月初一才回去一两次，不可能天天照看那些树。我想，就算我们天天在老家守着，有些东西来了，我们也挡不住。也就是说，我们只有栽树的能力，却没有保卫树的能力。好在六七年过去了，剩下的那棵松树和那棵柏树没有再受到伤害。塔松一年比一年高，已初具塔的形状。柏树似乎长得更快一些，树干有茶杯口那么粗，高度超过了石碑楼子，树冠也比张开的伞面子大得多。有风吹过，柏树只啸了一声，没有动摇。

在母亲去世八周年之际的清明节，弟弟又从开封拉回了四棵树，两棵松树，两棵金边柏。以前栽的树死掉了四棵，如今又拉回四棵，弟弟的意思是把缺失的树补栽一下。说起来，在母亲去世前，我们的祖坟地并没有在我们家的责任田里，母亲名下的一亩二分责任田在另一块地里。母亲逝世时，为了不触及别人家的利益，我们就与人家协商，把母亲名下的责任田交换过来，并托给一个堂哥代种。也就是说，我们在坟地里立碑也好，栽树也好，和村里别的人家的田地没有任何关涉，别人不会提出任何异议。

让人痛心和难以接受的是，2012 年麦季烧麦茬和麦秸的大火，不仅把我们新栽的四棵松柏烧死了三棵，竟连那棵已经长成的柏树也烧死了。秋后我回老家给母亲烧纸时到墓园里看过，那棵柏树浑身上下烧得乌黑乌黑，只剩下树干和一些树枝。我给柏树照了一张相，算是为它短暂的生命立了一个存照。

我有一个堂弟在镇里当干部，他随我到墓园里去了。我跟堂弟交代说："这棵被烧死的柏树，你们谁都不要动它，既不要刨掉它，也不要锯掉它，就让它立在那里，能立多久立多久！"

2013 年 2 月 18 日至 20 日

于北京和平里

不让母亲心疼

父亲去世那年我九岁，正读小学三年级。有一天，母亲对我说："以后在外边别跟人家闹气，人家要是欺负了你，你爹不在了，我一个妇女家，可没法儿替你出气。"要是母亲随口那么一说，我或许听了就过去了，并不放在心上。那天母亲特意对我叮嘱这番话时，口气是悲伤的，眼里还闪着泪光。这样就让人觉得事情有些严肃，我一听就记住了。

从那时起，带刺的树枝我不摸，有毒的马蜂我不惹。热闹场合，人家上前，我靠后。见人打架，我更是躲得远远的。以前放学后，我喜欢和同学们到铺满麦苗的地里去摔跤，常摔得昏天黑地，扣子掉了，裤子也撕叉了。听了母亲的话，我不再去摔跤，放了学就往家里跑。有时同学拉我去摔跤，我很想去，但我没去，我忍住了。

我这样小心，还是被人打了。打我的人是我的同班同学，一个远门子叔叔。那年我已经上小学五年级，每天早上和中午要往返好几里路到镇上的小学去上学。那个同学在上学的路上打了我。我至今都想不起他打我的理由是什么，我没招他，没惹他，他凭什么要打我呢？后来我想到，他比我大两三岁，辈分又比我长，学习成绩却比我差得多。我是班里少先队的中队长，他在班里什么干部都不是。他心里不平衡，就把气撒到了我身上。我也不是那么好欺负的，我打不过他，就骂他。我越是骂他，他打我打得越厉害。他把我按倒在地，用鞋底抽我的背，以致把我的后背抽得火辣辣的疼。

我在第一时间想到母亲对我的叮嘱，这事若是让母亲知道了，不知母亲有多心疼呢！我打定主意，要把挨打的事隐瞒下来。到了学校，我做得像没受任何委屈一样，老师进课堂上课时，我照样喊着口令，让同学们起立和坐下，照常听课和写作业，没把无端挨打的事报告给老师。晚上回到家，我觉得后背比刚挨过打时还要疼。我看不见自己的后背，估计后背是紫红的，说不定有的地方还浸了血。我从小长到十几岁，母亲从来没舍得打过我一下。母亲要是看见我被别人打成这样，除了心疼，还有可能拉上我去找人家说理，那样的话，事情就闹大了。算了，所有的疼痛还是我一个人受吧。为了不让母亲看到我的后背，晚上睡觉时，直到吹灭了油灯，我才把汗褂子脱下来。第二天早上，天还不亮，我就把汗褂子穿上了。一天又一天，一年又一年，几十年过去了，直到母亲去世，我始终没把那次挨打的事对母亲说出来。

后来又发生了一件事，我却没能瞒过母亲。在放学回家的路上，一个外村的同学，拿起一块羊头大的砂姜，一下子砸在我头上。我意识到被砸，刚要追过去和他算账，那小子已经像兔子一样蹿远了。我觉得头顶有些热，取下帽子一摸，手上沾了血。坏了，我的头被砸破了，帽子没破，头破了。我赶紧蹲下身子，抓了一把干黄土，揞在伤口上。砸我的同学跟我不是一个班，我在五年级二班，他在五年级一班，他跟我的堂哥是一个班。他砸我的原因我知道，因为我堂哥揍过他，他打听到我是堂哥的堂弟，就把对堂哥的报复转嫁到我头上。背后砸黑砖，这小子太不像话！可是，我受伤流血的事万不敢让母亲知道。还是那句话，我宁可让自己头疼，也不能让母亲心疼。我把伤口捂了好一会儿，直到不再流血，我才戴上帽子回家。

有一天下雨，母亲对我说："来，我看看你头上生虱子没有？"母亲让我坐在她跟前，她用双手在我浓密的头发里扒拉。说来还是怨我，好几年过去，我把头皮上受过伤的事儿忘记了。母亲刚把头发扒拉两下，还没找到虱子，却把我头顶的伤疤发现了，母亲甚是吃惊，问："这孩子，你头上啥时候落了个疤瘌？"我心里也是一惊，才把受过伤的事想起来了。但我说："我也不知道。"我想把受过伤的事遮掩过去。母亲认为不可能，人不说话疤说话，自己受了伤，怎么会不知道呢？母亲让我说实话，什么时候受的伤？见实在瞒不过，我只好把受伤的过程对母亲讲了。母亲心疼得嘴啧啧着，问我："你跟老师说了吗？"我说："没有。"母亲又问："你跟砸你那个同学讲理了吗？"我说："没有，他一见我就躲。"母亲说："躲也不行，一定得问问他，为啥平白无故地砸你！"我说："只砸破了一点儿皮儿，很快就好了。"母亲说："万一发了炎，头肿起来，可怎么得了！你当时为啥不跟我说一声呢？"我跟母亲讲理："你不是说不让我跟人家闹气吗？"母亲说："说是那样说，你在外边受了气，回来还是应该跟娘说一声，你这个傻孩子啊！"母亲把我头抱住了。

2010 年 9 月 7 日
于北京和平里

怎不让人心疼

有些事情老也不能忘记，每每记起，似含有提醒和催促之意。提醒，是要人们把该记的事情用笔记下来；催促，是说欠着的东西不可久拖不还。我意识到了，有一件事情我必须马上以文字的形式记述下来，以缓解隐隐的心头之痛。也许在有的人看来，这件事情是小事一桩，不值得一提。我可不这么认为，不能忘怀的事情自有它深重的道理在。

时间是1981年初冬，我们的儿子出生一个多月，妻子休产假即将结束，要去上班，只得请母亲从河南老家到北京来帮我们看孩子。在开封工作的弟弟给母亲买了火车票，送母亲在郑州登车。弟弟提前到邮局给我发了电报，报明车次和到站时间，让我到北京站接母亲。岔子出在那天是个星期天，弟弟又把电报发在了我所供职的报社。等星期一我看到电报，早上八点半都过了。我叫了一声不好，顿时急出了一身汗。须知母亲乘坐的火车早上六点多就到了北京，已下车出站两个多小时。母亲以前从没有到过北京，老人家不识字，不知道我家的地址，她只能在车站等我。不难想象，母亲在车站等了一个多小时，又等了一个多小时，迟迟不见她的儿子出现，不知

138

有多么焦急呢！我放下一切事情，马上坐公交车往车站赶。

我们报社在地坛公园附近，离火车站比较远，坐车从报社赶到车站，至少还需要半个小时。我第一次嫌车行速度太慢，第一次体会到心急如焚是什么滋味。平日里我做事比较从容，可那一次，我无论如何都管不住自己的心急。我两眼盯着汽车前方，恨不能让自己乘坐的汽车变成飞机，把所有的汽车和行人都超越过去。我恨不能自己插上翅膀，一翅子飞到车站去。

终于到了车站，我一步跳下汽车，一路跑着向站前广场跑去。广场上人山人海，只有一个人是我母亲，母亲好像被人海淹没了，我到哪里找我的母亲呢？广场上的人流向不同方向快速流动，像是形成了巨大的旋涡，我不管往哪里走，都如同顶着逆流。我逆流而上，先来到出站口，看看母亲是否还在那里等我。我看遍了等在出站口的所有的人，没有，没有我母亲。广场不是我们村，要是在我们村，我放开喉咙，大声喊几声娘，母亲会听得到。可车站广场不适合大声喊叫，就算喊了，广场上人声嘈杂，母亲也不一定听得到。那时候要是有手机就好了，我会给母亲买一个手机，不管母亲走到哪里，我随时随地都可以跟母亲通话，及时找到母亲。可惜那时还没有手机，我只能盲目地找来找去。我相信母亲没有离开车站，一定还在车站等我接她回家。母亲不光是焦急，说不定还会恐惧。北京太大，车站里人太多，她的儿子在哪里呢？

看到了，我看到母亲了，母亲背着东西，正走在摩肩接踵的人群里。我叫了一声娘，赶快走到母亲身边，接过母亲背着的东西。母亲说，老也看不见我接她，她都想回去了。母亲不是赶一趟集，想回去不是那么容易。母亲显然是生气了，在说气话。我赶紧向母亲解释了没能及时接她的原因，说好了，咱们回家吧。母亲带的东

139

西有些沉，我问母亲带的什么东西，母亲说，提包里是她给孙子带的新棉花和她新织的布，口袋里是新打下来的黄豆。黄豆至少有十几斤，我说母亲带的黄豆太多了，路上多沉哪！母亲说，这些黄豆是她一颗一颗挑出来的，可以生豆芽吃。

这就是说，母亲不是空着手在车站广场上走，而是背负着沉重的行李在广场上走，那么急匆匆地，来来回回走了三个多小时。母亲累坏了，我把母亲领上公交车，母亲的腿抖得站立不稳，一下子蹲坐在车门口脚踏板上方的台阶上。

这一幕留在了我的脑海里，永远留在了我的脑海里。二十多年之后，母亲离开了我们。母亲去世后，这一幕不但没有模糊，反而越来越清晰。有一回，我梦见母亲正向我走来，母亲身上背的正是棉花、棉布和黄豆。醒来后，我再也睡不着，满脑子再现的都是负重的母亲在茫茫人海中走来走去的情景。这个情景几乎成了一种象征，它象征着每位母亲都在寻找自己外出走远的儿子。在儿子未出现之前，谁都不知道她的儿子是谁。

母亲不在了，火车站还在。有一次我去北京站接客人，自然而然想起了母亲。我想到，那次母亲着急受累，其实我是没有责任的。只想到一点点儿，我就自责地否定了自己的想法。有些事情是不分责任的，不是责任所能衡量的。心疼是心的问题，不是责任问题。

2014 年 2 月 4 日至 6 日（马年大年初五至初七）

于北京和平里

大姐的婚事

　　堂嫂给我大姐介绍了一个对象，是堂嫂娘家那村的。堂嫂家和我们家同住一个院子，我大姐当时又是生产队的妇女队长，堂嫂和大姐可以说天天见面。可是，堂嫂没有把介绍对象的事直接对大姐说，而是先悄悄地跟我母亲说了。母亲暂且把事情放在心里，也没有对大姐提及。母亲认为这是我们家的一件大事，需要和我商量一下。父亲去世后，我作为家里的长子，母亲把我推到了户主的位置，遇到什么大事都要征求一下我的意见。我当年正读初中二年级，在镇上中学住校，每个星期天才回家一次。等到星期天我回家，母亲才把堂嫂给大姐介绍对象的事对我说了。大姐比我大五岁，是到了该找对象的年龄。大姐找什么样的对象，的确是我们家的一件大事，必须慎重对待。

　　堂嫂给大姐介绍的对象，是一位在县城读书的在校高中生。高中生的父亲是我的老师，教我们班的地理课。我在我们学校的篮球场上见过那个高中生，他的身材、面貌都不错，据说学习也可以。让人不能接受的是，他的家庭成分是富农。在那个以阶级斗争为纲的年代，人与人之间是以家庭成分画线的，一个人的家庭成分对一个人的命运几乎起着决定性的作用。不仅如此，一个不好的家庭成分，还会对其所构成的社会关系起到负面的辐射作用。这就是说，如果我们家和那个高中生结成了亲戚，在我们家的亲戚关系中，就得写上其中一家是富农。这对我们兄弟姐妹今后的进步会很不利。我，还有二姐、妹妹和弟弟，第一个找对象的大姐，应该给我们开一个好头儿。还有一个不容回避的问题是，我父亲曾在冯玉祥部当过一个下级军官，被人说成是"历史反革命"。因为这个问题，我们已经饱受歧视，几乎成了惊弓之鸟。在这种情况下，如果再给大姐找一个富农家的孩子做对象，我们家招致的歧视会更多，社会地位还得下降。于是，我断然否定了这门亲事。母亲说是跟我商量，其实是以我的意见为主。母亲把我的意见转告给堂嫂，堂嫂就不再提这件事。我甚至对堂嫂也有意见，在心里埋怨堂嫂不该给大姐介绍这样的对象，不该把我们的大姐往富农家庭里推。

别人给大姐介绍对象，决定权应该属于大姐。同意不同意，应该由大姐说了算。就算不能完全由大姐决定，大姐至少应该有知情权。然而，我和母亲把大姐瞒得严严的，就把堂嫂给大姐介绍的对象给回绝了。

接着，又有人给大姐介绍了一个对象，还是堂嫂那村的。这个对象识字不多，但家里的成分是贫农。既然成分好，我就没有什么理由反对大姐和人家见面。这个对象后来成了我们的大姐夫。大姐夫勤劳，会做生意，对大姐也很好。据大姐说，刚和大姐夫结婚时，他们家只有两间草房，家里穷得连一块支整子的砖头都找不到，连一个可坐的板凳头儿都没有。为了攒钱把家里的房子翻盖一下，大姐夫贩过粮食，贩过牛，还贩过石灰和沙子。有一回，大姐夫从挺远的地方用架子车往回拉沙子，半路下起雨来。他舍不得花钱住店，夜里就睡在一家供销社窗外的窗台上。为防止睡着后从窗台上摔下来，他解下架子车上的襻绳，把自己拴在护窗的铁栅栏上。他带的有一块防雨的塑料布，但他没有把塑料布裹在自己身上，而是盖在了沙子上面。风吹雨斜，把他的衣服都淅湿了。大姐夫和大姐苦劳苦挣，省吃俭用，终于盖起了四间砖瓦房，还另外盖了两间西厢房和一间灶屋。大姐夫特意在院子里栽了一棵柿子树，每到秋天，红红的柿子挂满枝头，连柿叶都变成了红色。

大姐家的好日子刚刚开头，大姐夫却因身患重病于2005年5月1日去世了。大姐夫去世时，还不到六十岁。大姐夫的去世，对大姐是一个沉重的打击。

当年农历十月初，我回老家为母亲烧纸，大姐和二姐也去了。在烧纸期间，大姐在母亲坟前长跪不起，大哭不止。大姐一边哭，一边对母亲说："娘啊，你咋不说话呢？你咋不管管俺家的事呢？夜这样长，我可怎么熬得过去啊！"我劝大姐别哭了。劝着大姐，我的泪水也模糊了双眼。倒是二姐理解大姐，二姐说："别劝大姐，让大姐好好哭一会儿吧。大姐心里难过，哭哭会好受些。"旷野里一阵秋风吹来，把坟前黑色的灰烬吹上了天空。我听从了二姐的话，没有再劝大姐。我强忍泪水，用带到坟地的镰刀，清理长在母亲坟上的楮树棵子和吊瓜秧子。

为了陪伴和安慰大姐，这次回老家，我到大姐家住了几天。在和大姐回忆过去的事情时，我才对大姐说明，堂嫂曾给大姐介绍过一个对象。大姐一听，显得有些惊奇，说她一点儿都不知道。因为同村，那个人大姐是认识的，大姐叫出了那个人的名字，说人家现在是中学的校长。我还能说什么呢，因为我的年少无知、短视、自私和自以为是，当初我做出的可能是一个错误的决定。四十多年过去了，这件事情我之所以老也不能忘记，是觉得有些对不起大姐。大姐一点儿都没有埋怨我，说那时候都是那样，找对象不看人，都是先讲成分。

2011 年 4 月 29 日于北京

留守的二姐

在我国各地农村，留守儿童以数千万计。留守儿童所面临的种种问题，已受到社会的广泛关注。每每看到有关留守儿童的报道，我都比较留意。因为我总会联想起二姐和二姐家的留守儿童。这么多年来，二姐为抚育和照顾她的孙辈，付出得太多了，二姐太累了！

二姐喜欢土地，她认为人到什么时候都得种庄稼，都得靠土地养活，土地是最可靠的。村里的青壮男人和女人一批又一批外出打工，二姐却一年又一年留在家里种地，从来没有出去过。二姐重视土地是一方面，还有一个主要的原因，是二姐被她家的留守儿童拴住了，脱不开身。

二姐有三个孩子，两个儿子和一个女儿。大儿子和大儿媳去上海打工，把他们的两个孩子都留给了二姐。这两个孩子，一个男孩儿，一个女孩儿。男孩儿刚上小学，女孩儿才两三岁。冬冬夏夏，二姐管他们吃饭、穿衣，更在意他们的安全。村里有一个老爷爷，一眼没看好留守的孙子，孙子就掉到井里淹死了。爷爷心疼孙子，又觉得无法跟儿子、儿媳交代，抱着孙子的小尸体躺在床上，自己也喝农药死了。这件事让二姐非常警惕，心上安全的弦绷得很紧。

145

一会儿看不见孙子、孙女，她就赶快去找。哪个孩子若有点儿头疼脑热，二姐一点儿都不敢大意，马上带孩子去医院看，并日夜守护在孩子身边。直到孩子又活泼起来，二姐才放心。

大儿子的两个孩子还没长大，二儿子的孩子又出生了。二姐的二儿子和二儿媳都在城里教书，二儿媳急着去南京读研，她生下的婴儿刚满月，就完全交给了二姐。因家穷供不起，二姐小时候只上过三年学就辍学了。二姐对孩子们读书总是很支持，并为有出息的孩子们感到骄傲。二姐对二儿媳说："去吧，好好读书吧。孩子交给我，你只管放心。"喂养婴儿可不是一件容易的事，二姐日夜把婴儿搂在怀里，饿了冲奶粉，尿了换尿不湿，所受的辛苦可想而知。二姐不愿让婴儿多哭，有时半夜还抱着婴儿在床前走来走去。有一年秋天我回老家看二姐，见二姐明显消瘦，而她怀里的孙子却又白又胖。孙子接近三岁，该去城里上幼儿园了，他的爸爸妈妈才把他接走。这时他不认爸爸妈妈，只认奶奶。听说爸爸妈妈要接他走，他躲在门后大哭，拉都拉不出去。二姐只好把他送到城里，又陪他在城里住了一段时间，等他跟爸爸妈妈熟悉了，才离开。

到这里，我想二姐该休息一下了。不，二姐还是休息不成。2010年秋天，二姐的女儿生了孩子。二姐的女儿在杭州读研究生，因为要返校交毕业论文，还有答辩什么的，她的孩子还没有满月，就托给了二姐。新一轮喂养婴儿的工作又开始了，二姐再度陷入紧张状态。听二姐夫说，这个婴儿老是在夜间哭闹，闹得二姐整夜都不能睡。有时需要给婴儿冲奶粉，婴儿哭闹得都放不下。亏得二姐夫也没有外出打工，可以给二姐帮把手。在婴儿不哭的时候，二姐摸着婴儿的小脸蛋逗婴儿说："你这个小闺女儿，不该我看你呀！你

146

有奶奶，怎么该姥姥看你呢？"见外孙女被逗得咧着小嘴笑，二姐心里充满喜悦。

其实，二姐的身体并不是很好。年轻时，二姐早早就入了党。二姐当过生产队的妇女队长，当过县里学习毛主席著作积极分子，是全公社有名的"铁姑娘"。在生产队里割麦，二姐总是冲在最前头。从河底往河岸上拉河泥，别的女劳力都是两个人拉一辆架子车，只有二姐是一个人拉一辆架子车。因下力太过，二姐身上落下的毛病不算少。在我看来，二姐就是要强，心劲足，勇于担责，富于自我牺牲精神。换句话说，二姐的精神力量大于她的身体力量，她身体能量的超常付出，靠的是精神力量的支撑。

我们姐弟五个，我和弟弟早就在城里安了家，大姐和妹妹也相继随家人到了城里。现在仍在农村种地的只有我二姐。近年来，我每年回老家到母亲坟前烧纸，都是先到二姐家，由二姐准备好纸、炮和祭品，我们一块儿回到老家的院子里，把落满灰尘的屋子稍事打扫，再一块儿到坟地烧纸。我和二姐聊起来，二姐说，她这一辈子哪儿都不去了，在农村挺好的。想当年，二姐满怀壮志，一心想离开农村，往社会上层走。如今迁徙之风风起云涌，人们纷纷往城里走，二姐反倒塌下心来，只与农村、土地和庄稼为伍。二姐习惯关注国内外的大事，她注意到，现在世界上很多国家缺粮食，粮食还是最宝贵的东西。二姐说，等今年的新小麦收下来，她不打算卖了，晒干后都储存起来，万一遇到灾荒年，让我们都到她家去吃。二姐的说法让人眼湿。

今年临近麦收，二姐病了一场，在县医院打了十多天吊针，病情才有所缓解。岁月不饶人。二姐毕竟是年逾花甲的人了，已经不起过度劳累。我劝二姐，人的身体力量和精神力量都是有限的，凡事要量力而行，以自己的身体为重。

2011 年 6 月 20 日

于北京和平里

妹　妹

我妹妹不识字，她一天学都没上过。

我们姐弟六个，活下来五个。大姐、二姐各上过三年学。我上过九年学。弟弟上了大学。只有我妹妹从未踩过学校的门口。

不管是男孩子，还是女孩子，我们姐弟都很喜欢读书。比如我二姐，她比我大两岁。因村里办学晚了，二姐与我在同一个班，同一个年级。二姐学习成绩很好，在班里数一数二。1960 年夏天，我父亲病逝后，母亲就不让二姐再上学了。那天正吃午饭，二姐一听说不让她上学，连饭也不吃了，放下饭碗就要到学校里去。母亲抓住她，不让她去。她使劲往外挣。母亲就打她。二姐不服，哭的声音很大，还躺在地上打滚儿。母亲的火气上来了，抓过一只笤帚疙瘩，打二姐打得更厉害。与我家同住在一个院的堂婶儿看不过去，说哪有这样打孩子的，要母亲别打了。母亲这才说了她的难处，母亲说："几个孩子嘴都顾不住，能挣个活命就不错了，哪能都上学呢?"母亲也哭了。见母亲一哭，二姐没有再坚持去上学，她又哭了一会儿，爬起来到地里去薅草。从那天起，二姐就失学了。

我很庆幸，母亲没有说不让我继续上学。

妹妹比我小三岁。在二姐失学的时候，妹妹也到了上学的年龄。母亲没有让我妹妹去上学，妹妹自己好像也没提出过上学的要求。我们全家似乎都把妹妹该上学的事忘记了。妹妹当时的任务是看管我们的小弟弟。小弟弟有残疾，是个罗锅腰。我嫌他太难看，放学后，或星期天，我从不愿意带他玩。他特别希望跟我这个当哥哥的出去玩，我不带他，他就大哭。他哭我也不管，只管甩下他，跑走了。他只会在地上爬，不会站起来走，反正他追不上我。一跑到院子门口，我就躲到墙角后面观察他，等他觉得没希望了，哭得不那么厉害了，我才悄悄溜走。平日里，都是我妹妹带他玩。妹妹让小弟弟搂紧她的脖子，她双手托着小弟弟的两条腿，把小弟弟背到这家，背到那家。她用泥巴给小弟弟捏小黄狗，用高粱篾子给小弟弟编花喜鹊，还把小弟弟的头发朝上扎起来，再绑上一朵石榴花。有时她还背着小弟弟到田野里去，走得很远，带小弟弟去看满坡地的麦子。妹妹从来不嫌弃小弟弟长得难看，谁要是指出小弟弟是个罗锅腰，妹妹就跟人家生气。

妹妹还会捉鱼。她用竹篮子在水塘里捉些小鱼儿，炒熟了给小弟弟吃。那时我们家吃不起油，妹妹炒鱼时只能放一点儿盐。我闻到炒熟的小鱼儿很香，也想吃。我骗小弟弟，说替他拿着小鱼儿，他吃一个，我就给他发一个。结果有一半小鱼儿跑到我肚子里去了，小弟弟再伸手跟我要，就没有了。小弟弟突然病死后，我想起了这件事，觉得非常痛心，非常对不起小弟弟。于是我狠哭狠哭，哭得浑身抽搐，四肢麻木，几乎昏死过去。母亲赶紧找来一个老先生，让人家给我扎了几针，放出几滴血，我才缓了过来。

我妹妹下面还有一个弟弟，是我们的二弟弟。二弟弟到了上学年龄，母亲按时让他上学去了。这时候，母亲仍没有让妹妹去上学。

妹妹没有跟二弟弟攀比，似乎也没有什么怨言，每天照样下地薅草，拾柴，放羊。大姐、二姐都在生产队里干活儿，挣工分。妹妹还小，队里不让她挣工分，她只能给家里干些放羊拾柴的小活儿。我们家做饭烧的柴草，多半是妹妹拾来的。妹妹一天接一天地把小羊放大了，母亲把羊牵到集上卖掉，换来的钱一半给我和二弟弟交了学费，另一半买了一只小猪娃。这些情况我当时并不完全知道。妹妹每天下地，我每天上学，我们很少在一起。中午我回家吃饭，往往看见妹妹背着一大筐青草从地里回来。我们家养猪很少喂粮食，都是给猪喂青草。妹妹每天至少要给猪薅两大筐青草，才能把猪喂饱。妹妹的脸晒得通红，头发辫子毛茸茸的，汗水浸湿了打着补丁的衣衫。我对妹妹不是很关心，看见她跟没看见差不多，很少跟她说话。妹妹每天薅草，喂猪，我当时没觉得有什么不正常。至于家里让谁上学，不让谁上学，那是母亲的事，不是我的事。

妹妹是很聪明的，学东西很快，记性也好。我们村有一个老奶奶，会唱不少小曲儿。下雨天或下雪天，妹妹到老奶奶家去听小曲儿，听几遍就把小曲儿学会了。妹妹唱得声音颤颤的，虽说有点儿胆怯，却比老奶奶唱得还要好听许多。我们在学校里唱的歌，妹妹也会唱。我想定是我们在教室里学唱歌时，被妹妹听到了。我们的教室是土坯房，房四周裂着不少缝子，一唱歌传出很远。妹妹也许正在教室后面的坑边薅草，她一听唱歌就被吸引住了。妹妹不是学生，没有资格进教室，她就跟着墙缝子里冒出来的歌声学。不然的话，妹妹不会那么快就把我们刚学会的歌也学会了。我敢说，妹妹要是上学的话，肯定是一个好学生，学习成绩一定很好，在班里不能拿第一名，也能拿第二名。可惜得很，妹妹一直没得到上学的机会。

我考上镇里的中学后，就开始住校，每星期只回家一次。我星期六下午回家，星期天下午按时返校。我回家一般也不干活儿，主要目的是回家拿吃的。母亲为我准备下够一星期吃的红薯和红薯片子磨成的面，我带上就走了。秋季的一个星期天，我又该往学校背面了，可家里一点儿面也没有了。夏季分的粮食吃完了，秋季的庄稼还没完全成熟，怎么办呢？我还要到学校上晚自习，就怏怏不乐地走了。我头天晚上没吃饭，第二天早上也没吃东西，饿着肚子坚持上课。那天下着小雨，秋风吹得窗外的杨树叶子哗哗响，我身上一阵阵发冷。上完第二节课，课间休息时，同学们都出去了，我一个人在教室里待着。有个同学在外面告诉我，有人找我。我出去一看，是妹妹来了。她靠在一棵树后，很胆怯的样子。妹妹的衣服被雨淋湿了，打绺的头发沾在她的额头上。她从怀里掏出一个黑毛巾包递给我。我认出这是母亲天天戴的头巾。里面包的是几块红薯，红薯还热乎着，冒着微微的白汽。妹妹说，这是母亲从自留地里扒的，红薯还没长开个儿，扒了好几棵才这么多。我饿急了，拿过红薯就吃，噎得我胸口直疼。事后知道，妹妹冒着雨在外面整整等了我一个课时。她以前从未来过我们学校，见很大的校园里绿树成荫，鸦雀无声，一排排教室里正在上课，就躲在一棵树后，不敢问，也不敢走动。她又怕我饿得受不住，急得都快哭了。直到下课，有同学问她，她才说是找我。

后来我到外地参加工作后，给大姐、二姐都写过信，就是没给妹妹写过信。妹妹不识字，给她写信她也不会看。这时我才想到，妹妹也该上学的，哪怕像两个姐姐那样，只上几年学也好呀。妹妹出嫁后，有一次回家问我母亲，她小时候为什么不让她上学。妹妹一定是遇到了不识字的难处，才向母亲问这个话。母亲把这话告诉我了，意思是埋怨妹妹不该翻旧账。我听后，一下子觉得十分伤感。我觉得这不是母亲的责任，是我这个长子长兄的责任。母亲一心供我上学，就没能力供妹妹上学了。实际上是我剥夺了妹妹上学的权利，或者说是妹妹为我做出了牺牲。牺牲的结果，我妹妹一辈子都是一个睁眼瞎啊！

在单位，一听说为"希望工程"捐款，我就争取多捐。因为我想起了我妹妹，想到还有不少女孩子像小时候的我妹妹一样，因家庭困难而上不起学。有一年春天，我到陕西一家贫困矿工家里采访。这家有一个正上小学六年级的女孩子，还是班长和少先队的大队长。我刚跟女孩子的母亲说了几句话，女孩子就扭过脸去哭起来。因为女孩子的父亲因意外事故死去了，家里为她交不起学费，女孩子正面临失学的危险。女孩子最害怕的就是不让她继续上学。这种情况让我马上想到了我二姐，还有我妹妹。我的眼泪哗啦啦地流，哽咽得说不成话，采访也进行不下去。我掏出一点儿钱，给女孩子的母亲，让她给女孩子交学费，千万别让女孩子失学。

我想过，给"希望工程"捐款也好，替别的女孩子交学费也好，都不能弥补我妹妹什么。可是，我有什么办法呢？

心　重

　　我的小弟弟身有残疾，他活着时，我不喜欢他，不愿带他玩。小弟弟病死时，我却哭得浑身抽搐，手脚冰凉，昏厥过去。母亲赶紧喊来一位略通医道的老爷爷，老爷爷给我扎了一针，我才苏醒过来。母亲因此得出了一个看法，说我是一个心重的孩子。母亲临终前，悄悄跟村里好几个婶子交代，说我的心太重，她死后，要婶子们多劝我，多关照我，以免我哭得太厉害，哭得昏死过去。

　　我对自己并不是很了解，难道我真是一个心重的人吗？回头想想，是有那么一点儿。比如有好几次，妻子下班或外出办事，该回家不能按时回家，我总是不由自主地为妻子的安全担心。我胡想八想，想得越多，心越往下沉，越焦躁不安。直到妻子终于回家了，我仍然心情沉闷，不能马上释怀。妻子说，她回来了，表明她没出什么事儿，我应该高兴才是。我也明白，自己应该高兴，应该以足够的热情欢迎妻子归来。可是，大概因为我的想象沿着不好的方向走得有些远了，一时还不能返回来，我就是管不住自己，不能很快调动起高兴的情绪。等妻子解释了晚回的原因，我们又说了一会儿话，我压抑的情绪才有所缓解，并渐渐恢复到正常状态。我想，这也许就是我心重的表现之一种吧。

许多人不愿意承认自己心重，认为心重是小心眼儿，是性格偏执，是对人世间的有些事情看不开、放不下造成的。有人甚至把心重说成是一种消极的心理现象，是不健康的心态。对于这样的认识和说法，我实在不敢认同。不是我为自己辩解，以我的人生经验和心理经验来看，我认为心重关乎敏感，关乎善良，关乎对人生的忧患意识，关乎对责任的担当，等等。从这些意义上说，心重不但不是什么负面的心理现象，而且是一种积极、健康、向上的心态。

我不揣冒昧，做出一个判断，凡是真正热爱写作的人，都是心重的人，任何有分量的作品都是心重的人写出来的，而非心轻的人所能为。一个人的文学作品，是这个人的生命之光、生命之舞、生命之果，是生命的一种精神形式。生命的质量、力量和分量，决定着文学作品的质量、力量和分量，有什么样的生命，只能写出什么样的作品。我个人理解，生命的质量主要是对一个人的人格而言，一个人有着善良的天性、高贵的心灵、高尚的道德、悲悯的情怀，他的生命才称得上是有质量的生命。生命的力量主要是对一个人的智性和思想深度而言，这个人勤学，善于独立思考，对世界有着独到的深刻见解，又勇于准确地表达自己的见解，这样的生命无疑是有力量的生命。生命的分量主要来自一个人的阅历和经历，它不是先天就有的，而是后天经年累月积累起来的。他奋斗过，挣扎过，痛苦过，甚至被轻视过，被批斗过，被侮辱过，加码再加码，锤炼再锤炼，生命的分量才日趋完美。沈从文在评价司马迁生命的分量时，有过精当的论述。沈从文认为，司马迁的文学态度来源于司马迁一生从各方面所得到的教育总量，司马迁的生命是有分量的生命。

这种分量和痛苦、忧患有关，不是仅仅靠积学所能成就。

回头再说心重。心重和生命的分量有没有关系呢？我认为是有的。九九归心，其实所谓生命的分量也就是心的分量。一个人的心重，不等于这个人的心就一定有分量。但拥有一颗有分量的心，必定是一个心重的人。一个人的心轻飘飘的，什么都不过心，甚至没心没肺，无论如何都说不上是有分量的心。

目前所流行的一些文化和艺术，因受市场左右，在有意无意地回避沉重的现实，一味搞笑，娱乐，放松，解构，差不多都是轻而又轻的东西。这些东西大行其道，久而久之，只能使人心变得更加轻浮，更加委琐，更加庸俗。心轻了就能得到快乐吗？也不见得。米兰·昆德拉的观点是：生命不能承受之轻。他说过，也许最沉重的负担同时也是一种生活最为充实的象征，负担越沉，我们的生活就越贴近大地，越趋近真切和实在。相反，完全没有负担，人变得比大气还轻，会高高地飞起，离别大地，运动自由而毫无意义。

有一年我去埃及，在不止一处神庙中看到内容大致相同的壁画。壁画上画着一种类似秤或天平样的东西，像是衡器。据介绍，那果然是一种衡器。衡器干什么用的呢？是用来称人心的。每个人死后，都要把心取出来，放在衡器上称一称。如果哪一个人的心超重，就把这个人打入另册，不许变成神，也不许再转世变成人。那么对超了分量的心怎么处理呢？衡器旁边还画着一条巨型犬，犬吐着红舌头，负责称心的人就手就把不合标准的心扔给犬吃掉了。我不懂埃及文化，不知道壁画背后的典故是什么，但听了对壁画的介绍，我难免联想到自己的心，不由得惊了一下。我承认过自己心重，按照埃及的说法，我死后，理应受到惩罚，既不能变成神，也不能再变

156

成人。从今以后，我是不是也想办法使自己的心变得轻一些呢？想来想去，我想还是算了，我宁可只有一生，宁可死后不变神，也不变人，还是让我的心继续重下去吧。

2011 年 12 月 22 日

于北京和平里

凭什么我可以吃一个鸡蛋

1967年初中毕业后，我回乡当了两年多农民。我承认，我不是一个好农民，因为我对种地总也提不起兴趣。我成天想的是，怎样脱离家乡那块黏土地，到别的地方去生活。我不敢奢望一定到城市里去，心想只要挪挪窝儿就可以。

若是我从来没有外出过，走出去的心情不会那么急切。在1966年秋冬红卫兵大串联期间，当年十五岁的我，身穿黑粗布棉袄、棉裤，背着跟当过兵的堂哥借来的黄书包，先后到了北京、武汉、长沙、杭州、上海、南京等大城市，在湘潭过了元旦，在上海过了春节。外出之前，我是一个黄巴巴的瘦小子。串到城市里的红卫兵接待站，我每天吃的是大米饭、白面馒头，有时还有鱼和肉。串了一个多月回到家，我的脸都吃大了，几乎成了一个胖子。这样一来，我的欲望就膨胀起来了，心也跑野了。我的头脑里装进了外面的世界，知道天外有天，河外有河，外面是那样广阔，那般美好。回头再看我们村庄，灰灰的，矮趴趴的，又瘦又小，实在没什么吸引人的地方。不行，我要走，我要甩掉脚上的泥巴，到别的地方去。

这期间，我被抽调到公社毛泽东思想文艺宣传队干了一段时间。

在宣传队也不错，我每天和一帮男女青年唱歌跳舞，移植革命样板戏，到各大队巡回演出，过的是欢乐的日子。宣传队没有食堂，我们到公社的小食堂，跟公社干部们一块儿吃饭。干部们吃豆腐，我们跟着吃豆腐；干部们吃肉包子，我们也吃肉包子。我记得，我们住在一家被打倒的地主家的楼房里，公社每月发给我们每人十五块钱生活费，生产队还按出满勤给我们记工分。我们的待遇很让农村青年们羡慕。要是宣传队长期存在就好了，那样的话，我就不用再回到庄稼地里去。不料宣传队是临时性的，它头年秋后成立，到了第二年春天，小麦刚起身就解散了。没办法，再留恋宣传队的生活也无用，我只得拿起锄头，重新回到农民的行列。

还有一条可以走出农村的途径，那就是去当兵。那时全国人民学习解放军的口号喊得震天响，农村青年对应征入伍都很积极。我曾两次报名参军，体检都没问题。但一到政治审查这一关，就把我刷下来了。原因是我父亲曾在冯玉祥部当过一个下级军官，被人说成是历史反革命。想想看，一个历史反革命的儿子，人家怎么能容许你混入革命队伍呢？第一次报名参军不成，已经让我感到深受打击。第二次报名参军又遭拒绝，使我几乎陷入一种绝望的境地。我觉得自己完蛋了，这一辈子再也没什么前途了。我甚至想到，这样下去，活着还有什么意思呢？

我消沉下来，不愿说话，不愿理人，连饭都不想吃。我一天比一天瘦，忧郁得都挂了相。憋屈得实在受不了，我的办法是躲到村外一片茂密的苇子棵里去唱歌。我选择的是一些忧伤的、抒情的歌曲，大声把歌曲唱了一支又一支，直唱得泪水顺着两边的眼角流下来，并在苇子棵里睡了一觉，压抑的情绪才稍稍有所缓解。

母亲和儿子是连心的，我悲观的情绪自然是瞒不过母亲的。我知道母亲心里也很难过，但母亲不能改变我的命运，也无从安慰我。"文革"一开始，母亲就把我父亲穿军装的照片和她自己随军时穿旗袍的照片统统烧掉了。照片虽然烧掉了，历史是烧不掉的。已经去世的父亲无论如何也想不到，他的那段历史会株连到他的儿子。母亲曾当着我的面埋怨过父亲，说都是因为父亲的过去把我的前程给耽误了。母亲埋怨父亲时，我没有说话，没有顺着母亲的话埋怨父亲，更没有对母亲流露出半点儿不满之意。母亲为了抚养她的子女，承受着一般农村妇女所不能承受的沉重压力，已经付出了万苦千辛，如果我再给母亲脸子看，就显得我太没人心。我不怨任何人，只怨自己命运不济。

　　有一天早上，母亲做出了一个决定——给我煮一个鸡蛋吃。我们家通常的早饭是，在锅边贴一些红薯面的锅饼子，在锅底烧些红薯茶。锅饼子是死面的，红薯茶稀汤寡水。我们啃一口锅饼子，喝一口红薯茶，没有什么菜可就，连腌咸菜都没有。母亲砸一点儿蒜汁儿，把鸡蛋剥开，切成四瓣，泡在蒜汁儿里，给我当菜吃。鸡蛋当时在我们那里可是奢侈品，一个人一年到头都难得吃一个鸡蛋。过麦季时，往面条锅里打一些鸡蛋花儿，全家人吃一个鸡蛋就不错了。有的人家的娇孩子，过生日时才能吃到一个鸡蛋。那么，差不多家家都养鸡，鸡下的蛋到哪里去了呢？鸡蛋一个个攒下来，拿到集上换煤油和盐去了。比起吃鸡蛋，煤油和盐更重要。没有煤油，就不能点灯，夜里就得摸黑。没有盐吃，人干活儿就没有力气。我家那年养有一只公鸡、两只母鸡。由于舍不得给鸡喂粮食，母鸡下蛋下得不是很勤奋，一只母鸡隔一天才会下一个蛋。以前，我们家

160

的鸡蛋也是舍不得吃，也是拿鸡蛋到集上换煤油和盐。母亲这次一改往日的做法，竟拿出一个鸡蛋给我吃。我在大串联时和宣传队里吃过好吃的，再吃又硬又黏的红薯面锅饼子，实在难以下咽。有一个鸡蛋泡在蒜汁儿里当菜就好多了，我很快就把一个锅饼子吃了下去。

问题是，我母亲没有吃鸡蛋，大姐、二姐没有吃鸡蛋，妹妹和弟弟也没有吃鸡蛋，只有我一个人每天早饭时吃一个鸡蛋。我吃得并不是心安理得，但让我至今回想起来仍感到羞愧甚至羞耻的是，我没有拒绝，的确一次又一次把鸡蛋吃掉了。我没有让给家里任何一个亲人吃，每天独自享用一个宝贵的鸡蛋。我那时还缺乏反思的能力，也没有自问：凭什么我就可以吃一个鸡蛋呢？要论辛苦，全家人数母亲最辛苦。为了多挣工分，母亲风里雨里，泥里水里，一年到头和生产队里的男劳力一起干活儿。冬天下雪，村里别的妇女都不出工了，母亲还要到场院里去给牲口铡草，一趟一趟往麦子地里抬雪。要数对家里的贡献，大姐、二姐都比我贡献大。大姐是妇女小组长，二姐是生产队的妇女队长，她们干起活儿来都很要强，只能冲在别人前头，绝不会落在别人后头。因此，她们挣的工分是妇女劳力里最高的。要按大让小的规矩，妹妹比我小两岁，弟弟比我小五岁，妹妹天天薅草，拾柴，弟弟正上小学，他们正是长身体的时候，更需要营养。可是，他们都没有吃鸡蛋，母亲只让我一个人吃。

我相信，他们都知道鸡蛋好吃，都想吃鸡蛋。我不知道，母亲在背后跟他们说过什么没有，做过什么工作没有，反正他们都没有提意见，没有和我攀比，都默默地接受了让我在家里搞特殊化的现实。大姐、二姐看见我吃鸡蛋，跟没看见一样，拿着锅饼子，端着红薯茶，就到别的地方吃去了。妹妹一听见刚下过蛋的母鸡在鸡窝里叫，就抢先去把温热的鸡蛋拾出来，递给母亲，让母亲煮给我吃。

我不是家长，家长还是母亲，我只是家里的长子。作为长子，应该为这个家多承担责任，多做出牺牲才是。我没有承担什么，更没有主动做出牺牲。我的表现不像长子，倒像是家里最小的孩子。

我们那里有句俗话，会哭闹的孩子有奶吃。我没有哭，没有闹，有的只是苦闷、沉默。也许在母亲看来，我不哭不闹，比又哭又闹还让她痛心。可能是母亲怕我憋出病来，怕我有个好歹，就决定让我每天吃一个鸡蛋。

姐妹兄弟们生来是平等的，在一个家庭里应该有着平等的待遇。如果父母对哪个孩子有所偏爱，或在物质利益上格外优待哪个孩子，会被别的孩子说成偏心，甚至会导致家庭产生矛盾。母亲顾不得那么多了，毅然做出了让我吃一个鸡蛋的决定。

如今，鸡蛋早已不是什么奢侈品，家家都有不少鸡蛋，想吃几个都可以。可是，关于一个鸡蛋的往事却留在我的记忆里了。时间过去了四十多年，记忆不但没有模糊，反而变得越发清晰。鸡蛋像是唤起记忆的一个线索，只要一看到鸡蛋，一吃鸡蛋，我心里一停，又一突，那个记忆就回到眼前。一个鸡蛋的记忆几乎成了我的一种心理负担，它教我反思，教我一再自问：凭什么我可以吃一个鸡蛋？自问的结果是，我那时太自私，太不懂事，我对母亲、大姐、二姐、妹妹和弟弟都心怀愧悔，永远的愧悔。

在母亲最后的日子里，我天天陪伴母亲。我的职业性质使我可以支配自己，有时间给母亲做饭，陪母亲说话。有一天，我终于对母亲把我的愧悔说了出来。我说："那时候我实在不应该一个人吃鸡蛋，过后啥时候想起来都让人心里难受。"我想，母亲也许会对我解释一下让我吃鸡蛋的缘由，不料母亲却说："都是过去的事了，你这孩子，还提它干什么！"

2012 年 12 月 20 日

于北京小黄庄

第 三 辑

推　磨

　　小时候我不爱干活儿，几乎是一个懒人。居家过日子，家里的这活儿那活儿总是很多，老也干不完。不管干什么活儿，都要付出劳动，我觉得都不好玩。拾麦穗我怕晒，捡羊粪蛋儿我嫌脏，从井里打水我嫌水罐子太沉，漫地里刨红薯我没有耐心。可我娘老是说，一只鸡带俩爪儿，一只蛤蟆四两力。娘的意思是说，小孩子也有两只手，比鸡爪子强多了；小孩子只要端得动饭碗，就比一只蛤蟆的力气大。在这样的观点支配下，一遇到合适的小活儿，娘就会拉上我，动用一下我的"俩爪儿"，发挥一下我的"四两力"。

　　秋天，生产队给各家各户分红薯。鲜红薯不易保存，把一块块红薯削开，削成一片片红薯片子，摊在地里晒干，才便于保存，并成为一年的口粮。削红薯片子是技术活儿，由娘和大姐操作。娘分派给我和二姐、妹妹的任务，是把湿红薯片子运到刚耩上小麦的麦子地里，一片一片摊开。队里分给我们的红薯是一大堆，一削成红薯片子呢，数量数倍增加，体积迅速增大，好像从一大堆变成了三大堆。这么多红薯片子，啥时候才能摊完呢，我一见就有些发愁。娘好像看出了我的畏难情绪，手上一边快速削着红薯片子，一边督

167

促我："快，快，手脚放麻利点儿！"我虽然不爱干活儿，却很爱面子，不愿让娘当着别人的面吵我，只得打起精神，用竹篮子把红薯片子装满，抵在肚子上，一趟一趟往附近的麦子地里运。天渐渐黑下来了，月亮已经升起，照得地上的红薯片子白花花的。当时我一点儿都不觉得美，更没有感到什么诗意，只想赶快把活儿干完，好回家吃饭。

要把红薯片子晒干，并不是那么容易，全看天意。若赶上好天好地好太阳，红薯片子两三天就晒干了，干得支棱着，一咬嘎嘣响。若遇上阴天下雨，那就糟了，红薯片子一见雨水，很快就会起黏，发面，烂掉。记得不止一次两次，半夜里我们睡得正死，娘会突然把我们喊醒，召集她的虾兵虾将，去地里拾红薯片子。娘说，天阴得重了，她已经闻到了雨气，得赶快把晒得半干的红薯片子拾回来。不然的话，红薯片子就白瞎了，一冬一春就没啥可吃。真倒霉，连个囫囵觉都不让人睡。我真不明白，娘怎么知道天阴重了呢，难道娘整夜都不睡觉吗？深更半夜里，小孩子还得扒开眼皮，到伸手不见五指的地里去干活儿，那种难受劲儿可想而知。按我的想法，宁可饿肚子，也不想下地拾红薯片子。可是不行啊，爹去世了，娘成了我们家的绝对权威，我们兄弟姐妹都得服从娘的意志，在黑暗里深一脚浅一脚往野地里摸。

比起晒红薯片子和拾红薯片子，最让我难忘的活儿是推磨。

现在的年轻人大都不知道何为推磨，为何推磨，我须先把推磨这个活儿简单介绍一下。从地里收获的粮食，如小麦、大豆、高粱、玉米等，叫原粮。把原粮煮一煮，或炒一炒，就可以用来充饥。但作为灵长类动物的人类，不甘心老是吃粗糙的原粮，还想变变花样儿，吃一些诸如馒头、面条、烙饼、饺子等细致的食品。而要把原粮变成这些更好吃的食品，必须先把原粮加工成面粉。原粮颗颗粒粒，每一粒都很结实，那时又没有打面机的铁齿钢牙，怎么才能把原粮变成面粉呢？没有别的办法，唯一的办法就是用石磨研磨粮食。我们那里是平原，没有山石，不产石磨。所用的石磨都是从外地的山区买来的。圆形的石磨呈暗红色，是用大块的火成岩雕制而成。石磨分两扇，下扇起轴，上扇开孔，把轴置于孔中，推动上扇以轴为圆心转起来，夹在两扇石磨间的粮食就可以被磨碎。推动石磨转动的动力来自哪里呢？一是来自驴子；二是来人人力。驴子属于公家，是生产队里的宝贝，不是谁想用就能用的。能使用的只能是人力，也就是各家各户自家人的力量。磨的上扇两侧，各斜着凿有一个穿透性的磨系眼，磨系眼上拴的绳套叫磨系子，把推磨棍穿进磨系子里，短的一头别在上扇的磨扇上，长的一头杠在人的肚子上，利用杠杆的原理，人往前推，石磨就转动起来。

在我的记忆里，我伸手刚能够得着磨系子，娘就要求我和大姐、二姐一块儿推磨。推磨伴随着我成长，也可以说我是推磨推大的。刚参与推磨时，我自己还抱不动一根磨棍，娘让我跟她使用同一根磨棍推。娘把磨棍放在小肚子上往前推，我呢，只能举着双手，举得像投降一样，低着头往前推。人的力量藏在身上看不见，只有干活儿的时候才能显现出来。可因为我和娘推的是同一根磨棍，我不知道能不能帮娘增加一点儿力量。娘一个劲儿鼓励我，说好，好，不错，男孩子就是劲儿大。得到娘的鼓励，我推得更卖力，似乎连吃奶的力气也使了出来。一开始我觉得推磨像是一种游戏，挺好玩的。好多游戏有一个共同的特点，那就是让不动的东西动起来，不转的东西转起来。推磨不就是这样吗！可很快我就发现，石磨可不是玩具，推磨也不是游戏，推磨的过程过于沉重、单调和乏味。只推了一会儿，我就不想推了，拔腿就往外跑。娘让我站住，回来！我没有听娘的话，只管跑到院子外边去了。

等我长得能够单独抱得动磨棍，就不好意思再推磨推到半道跑掉。娘交给我一根磨棍，等于交给我一根绳子，我像是被拴在石磨上，只能一圈接一圈推下去。推磨说不上前进，也说不上后退，因石磨和磨盘是圆形的，磨道也是圆形的，推磨的人只能沿着磨道转圈，转一圈又一圈，转一圈又一圈，循环往复没有尽头。我们家的石磨放置在灶屋里，一边是黑暗的墙夹角，一边是锅灶和水缸。从黑暗的夹角里转出来，满心希望能看到点儿什么，可看到的只是同样发黑的锅灶和水缸，别的什么好玩的东西都看不到。在磨道外侧看不到什么风景，难免扭脸往磨顶上看一眼，不看还好，一看更让人发愁。磨顶上堆的粮食总是很多，磨缝里磨出来的面粉总是很少，照这样磨下去，磨顶上的粮食什么时候才能下完啊！就这样，娘还嫌粮食下得太快，面磨得不够细，事先在下粮食的磨眼里插了一根用高粱秆子做成的磨筹，以降低粮食下行的速度。等磨顶上的原粮好不容易全部变成堆积在木制磨盘一圈的面粉，这次推磨是不是就此结束呢？不，面粉还要收进丝底细罗里，搭在由两根光滑木条做成的罗床子上来回罗。罗面也是技术活儿，通常由娘和大姐执行。通过来回筛罗，已经合格的面粉落在罗床子下面的大笸箩里，而留在罗底未获通过的部分还要倒回磨顶，再推第二遍、第三遍，甚至第四遍。什么叫折磨，这是真正的折磨啊！

比起娘和大姐、二姐，我推磨的次数、时间少多了。以上学为借口，我不知逃避了多少次推磨。尽管推磨不是很多，我对推磨已经深有体会。我的体会是，推磨不仅要付出体力，更要付出耐力。人类通过绳子和鞭子驯化了牲口，使牲口克服了野性，有了耐性。

人本来可以利用牲口的耐性代替人类的劳动，并为人类服务。可在人民公社时期，因人多牲口少，人只得把自己变成牲口，从事和牲口一样的劳动。大食堂时期还好些，那时还用驴子拉磨。当时我娘在生产队里专事为食堂磨面，我多次在磨坊里看见过驴子拉磨的情景。驴子拉磨时，嘴上须戴上笼嘴子，眼上须蒙上驴罩眼。戴笼嘴子的目的，是防止它偷吃面。戴上罩眼呢，是为了蒙蔽它，不让它看见磨顶上还有多少粮食。我注意到，驴子的耐心也是有限度的，拉磨拉到一定时候，它就站下不走了，不管娘怎样呵斥它，怎样用巴掌抽它的屁股，它对抗似的，就是不动。娘这时还有办法，娘的办法是欺骗驴子，拿起扫粮食用的小扫把在磨顶的空地方扫，故意发出唰啦唰啦的声响。每当粮食快磨完时，娘都会用扫把扫磨顶，驴子大概记住了这种声响，一听到这种声响，条件反射似的知道活儿快干完了，就会加快拉磨的速度。果然，驴子一听见娘在扫磨顶，便重新启动，继续拉起磨来。而人推磨时，不能蒙上眼睛，那样会发晕。既然大睁着眼睛推磨，磨顶上有多少粮食，都看得清清楚楚。还有，人的脑子是清醒的，不可能用骗驴子的办法骗人。人所有的苦处都在于人的脑子太过发达，过于聪明。那么聪明的人怎么办呢？只有采取笨办法，那就是使用耐心，使用比驴子还有耐心的耐心，以战胜驴子，也战胜自己。

每个人的耐心，都不是天生就足够，多是后天经过锻炼积累起来的。还拿推磨来说，对我的耐心最大的考验来自每年春节前的推磨。一年一度过春节，要蒸白馍、包饺子、炸麻花，需要比较多的面粉。所需面粉多，就得集中时间推磨，一连推上两三天不停脚。我们那里有一个说法，磨归石头神管着，石头神也要休息，从大年初一到正月十五都不许再动磨，半个月内吃的面粉必须提前磨出来。

过年主要是吃白面，白面都是由麦子磨出来的。在所有的粮食中，麦子因颗粒小，坚硬，是最难研磨的品种之一。没办法，人总得过年，总得吃饭，再难推的磨也得推。年前学校已经放寒假，我再也找不到逃避推磨的理由，只得硬着头皮加入推磨的行列。

推磨棍一上手，我怎么觉得磨推起来比平时沉重呢？噢，我想起来了，我们家的石磨请锻磨的老师儿刚刚锻过。锻磨其实是錾磨，可我们那里不说錾磨，都是说锻磨。经过一年的使用，磨上的槽沟已经变浅，磨齿几乎磨平。经过年复一年的使用，原本厚厚的石磨就会变薄。从这个事实上说，我们在吃面粉的同时，也在吃石头粉；在吃粮食的同时，也在吃石头。磨齿磨平后，推起来是比较轻了。然而轻了不见得是好事，磨变成平面滑行，粮食不易磨碎，效果就差多了。要取得好的磨面效果，就得用钢錾子把槽沟凿深，让磨齿凸起，使推磨的过程重新沉重起来。推磨的活儿如此沉重，又如此枯燥，要是能有人讲个故事就好了，一边推磨，一边听故事，我们的注意力或许会转移一些，沉闷的气氛或许会冲淡一些。可是，我们都不会讲故事，只会闷着头推磨。心里的希望还是有的，那就是推完了磨，到过年的时候可以吃到白面馍。平常我们吃不到白面馍，都是吃用红薯片子面做成的黑面锅饼子，锅饼子结实又粘牙，一点儿都不好吃。吃白面馍的希望构成了一种动力，推动我们把磨推下去。

后来我给自己提了一个问题，中国人什么时候开始使用石磨的呢？我想，在原始社会的旧石器时代和新石器时代，原始人虽然会加工和使用简单的石头制品，但不可能会制造石磨。大概到了冶铁时代，人们有了铁器，才有可能雕凿出结构相对复杂的石磨。这样推算下来，中国人使用石磨的历史至少也应该有两千多年了吧。

不能说出我们的祖先开始使用石磨的确切时间，但我可以以自己的亲历亲见高调宣称，我能说出石磨在我国终结的确切时间，那就是 20 世纪 80 年代，也就是中国开始改革开放的年代。随着农村通电和打面机的普遍使用，石磨就用不着了。我每年回老家，见村里的石磨扔得东一扇西一扇，都成了废弃之物。我娘下世后，我小时候反复推过的、曾磨炼过我的耐心的石磨，也不知扔到哪里去了。

　　推磨的时代结束了，怀念就开始了。我怀念我们家的石磨。

2017 年春节期间

于北京小黄庄

发 疟 子

在我们老家，把患疟疾病说成发疟子。谁今天怎么没出工呢？他在家里发疟子哩！在我小时候的印象里，夏天和秋天，人发疟子是一种普遍现象。好比人人都免不了被无处不在的蚊子叮咬，每人每年也会发上一两次疟子。那时候，我们不知道发疟子是寄生在我们体内的疟原虫在作怪，也不知道发疟子是由蚊子的传染而起，说是鬼附体造成的。那种鬼的名字叫疟子鬼。人对鬼历来无可奈何，一旦被疟子鬼看上，大部分人只能干熬着。熬上七八天或十来天，等把疟子鬼熬烦了，疟子鬼觉得老待在你身上不新鲜了，没啥趣味了，就转移了。疟子鬼一走，你的病就好了。

也有人性急，疟子鬼一上身，就想尽快把疟子鬼甩掉。流行的办法是跑疟子，也就是和疟子鬼赛跑。如果一个人跑得足够快，快到疟子鬼都追不上他的步伐，就有可能把讨厌的疟子鬼甩到屁股后面。跑疟子在时间上有一个条件，不能夜里跑，也不能早上跑，只能在正晌午头跑。在跑疟子过程中，有两条类似规则性的要求，那就是不能回头看，也不能停下奔跑的脚步。你要是回头，疟子鬼以为你在逗它玩，会对你紧追不舍。你要是停下来呢，疟子鬼乐不可支，会继续以你的脊梁板为舞台，大唱胜利者之歌。妇女、老人和孩子，自知身体较弱，不是疟子鬼的对手，从不敢与疟子鬼过招儿。敢于跑疟子的都是一些青壮年男人，他们自恃身强力壮，可以与隐身的疟子鬼较量一番。

我曾多次看见过我们村或外村的青壮男人在野地里跑疟子的情景。往往是，我正端着饭碗在村西护村坑里侧吃午饭，隔坑望去，见一个人在田间的小路上埋头奔跑。秋收已毕，刚刚种上的小麦尚未出芽，大面积的田野一望无际。秋阳当头照着，空旷的黄土地里荧荧波动着半人高的地气。据说日正午是各种鬼魅们活动和活跃的时间，其中包括疟子鬼。我仿佛看见，众多的疟子鬼手舞足蹈，在为那个附在奔跑者身上的疟子鬼助威加油，加油！加油！而在野地里奔跑的只有一个人，没有一个人去鼓励他，为他加油，他的身影显得古怪而孤独。我不知道跑疟子的效果到底如何，只知道整个夏季和秋季，我们那里没有一个人能吃胖，没有一个人脸上有红光，一个二个，不是面黄，就是肌瘦。那都是被肆虐的疟疾折磨的。

我自己发没发过疟疾呢？无一例外，当然发过。传说中的疟子鬼好像还比较喜欢我，我在老家期间，几乎每年都要发上一两回疟子。要不是听说屠呦呦因发明治疗疟疾的青蒿素得了诺贝尔奖，我或许想不起写一写小时候发疟子的事。屠呦呦获奖后，疟疾被人们重新反复提起，还说青蒿素在非洲每年可以挽救超百万人的生命，感叹之余，我想起我和疟疾也是有过关系的。我发疟子发得比较厉害，比较丢丑，几近疯狂的程度，回忆一下，还是蛮有意思的。

有两次发疟子，给我留下的记忆深刻一些。

一次是在夜间发疟子。疟子袭来，先发冷，后发烧。至于发烧烧到多少度，家里人谁都不知道。父亲摸摸我的额头，说烧得烫手。

母亲摸摸我的脸，说烧得跟火炭儿一样。发烧那么高怎么办？父亲的办法，是把我盖在被窝里，搂紧我，让我出汗。捂汗，这是我们那里对发烧的人普遍采取的措施，乡亲们认为，出汗就是散热，只要捂出汗来，发烧就会减低，或者散去。可能是因为父亲用棉被把我的头捂得太严了，被窝里一点儿都不透气，我的呼吸变得越来越费劲，差不多要窒息了。迷迷糊糊中，我大概是出于求生的本能，垂死挣扎了一下。我挣扎的办法，是嗷地叫了一声，双脚使劲一蹬，光着身子从被窝里蹿了出来。床头前面有一个盛粮食的圆形的囤，囤与床头之间有一个缝隙，我蹿出来后，就掉在缝隙之间的地上。父亲伸出一只手，拉住我的一只胳膊，往床上拽我。我定是发烧烧昏了头，失去了理智，竟张嘴在父亲的胳膊上咬了一口。以前，我只知道狗才会咬人，自己从没有咬人的想法。是发疟子发高烧，把我变成了一条狗。

更可笑的是，又有一次发疟子，把我烧成了"孙悟空"。这次疟子上来的时间是秋后的半下午。疟子鬼像是和我有约，一到半下午，它便微笑着如期而至。说实在话，我一点儿都不想和疟子鬼约会，这样的约会是它单方面发起的，是强加给我的，每次都把我害得很苦。可父母从没有带我去过医院，也不给我买什么药吃，似乎谁都无法拒绝疟子鬼的到来。可怕的是，明明知道疟子鬼下午要来，我只能坐在家门口等它。疟子鬼每次来，必给我带两样礼物，一样是冰，一样是火。我一得到冰，立即全身紧缩，冷得直打哆嗦。我听见我的上下牙齿因哆嗦磕得咯咯响，就是咬不住。一得到火，我身上就开始发热，起烧。烧到一定程度，我头晕目眩，看树不是树，看屋不是屋。我家灶屋旁边有一棵桐树，桐树本来长在地上，头晕时再看，桐树一升，一升，就升到天空上去了。目眩时看灶屋也是，灶屋像是遇到了旋风，旋风一旋，灶屋就随风而去。在家里负责看护我的二姐，见我烧得满脸通红，在堂屋的门槛上坐不住，就让我到大床上躺着。我躺到床上要是能睡一觉，也许会好受些。可我睡不着，闭眼睁眼都不行。闭上眼，我觉得自己的身体在往上浮，越浮越小，小着小着就没有了。为了证明自己的存在，我赶紧睁开眼。不料睁开眼更恐怖，我看到屋墙在摇晃，屋顶在倾斜，似乎随时都会墙倒屋塌，把我砸死在下面。不好，我要逃。我从床上一跃而起，蹬着床头的粮食囤，往用高粱秆做成的箔篱子上攀爬。箔篱子又薄又滑，很难爬得上去。我一抓住箔篱子，箔篱子就哗哗响起来。二姐听见动静进屋，问我干什么，让我下来。我要干什么呢？连我自己都不知道，既没有方向，也没有目的。我或许想爬上箔篱子上方的梁头，在又粗又大的梁头上暂避一时。二姐拉住我的脚，把我从箔篱子上拽了下来。

二姐没能终止我的行动，我夺门而出，向外面跑去。我们院子里住着好几户人家，院门是一个敞开式的豁口。按常规，我应该向豁口跑去。发烧烧得我头脑中没有了常规，我竟跑进了三爷家的菜园子，并翻过菜园子的后墙，向村后跑去。二姐在后面追赶我，大声喊着要我站住。我不会听二姐的，她越让我站住，我越是加快奔跑的速度。迷乱之中，我仿佛觉得自己正和疟子鬼赛跑，而二姐正是传说中的疟子鬼。很快跑到村后的坑边，我记得坑上搭着一根独木，跨过独木桥即可到村外。不知为何，独木桥没有了，眼前只有像堑壕一样深深的水坑。我有些不知天高地厚，想起爷爷讲的孙悟空的故事，我想我不就是孙悟空吗，孙悟空一个跟头十万八千里，这个小小的水坑算得了什么。于是我纵身一跳，向对岸跳去。跟头翻得不太理想，我垂直落入水中。好在我会凫水，加上秋水一激，我清醒了些。等二姐赶到水边，我正水淋淋地往岸上爬。

现在回想起来，我发疟子发得那样严重，没有丢掉小命儿，脑子也没有烧坏，如今还能正常运转，真是万幸！

大约是到了 1969 年，我看到我们生产队饲养室的后墙上用白石灰刷了大标语："疟疾蚊子传，吃药不要钱；得了疟疾病，快找卫生员；连吃八天药，防止今后犯。"赤脚医生给村里的每个人都发了药。几样药都很苦，我不知道其中有没有青蒿素。反正自从那年吃了药以后，我再也没发过疟子。

2015 年 10 月 21 日

于北京和平里

遭遇蝎子

有次去山东，见蝎子成了如今的一道菜。全须全尾被称为全虫的蝎子，用烈油炸过，一上桌就是一大盘。被炸熟的蝎子支楞八叉，呈现的是挣扎过程中被固定的状态。每看见这道菜，我都会想起，我小时候曾被蝎子蜇过，尝过这家伙的厉害。

小时候成天在野地里跑，先是蜜蜂蜇过我，后是马蜂蜇过我，接着就被蝎子蜇到了。这三种虫子有一个共同特点，它们的武器都不是长在嘴里，而是长在尾部。尾部生有一根注射器一样的利刺，"注射器"里装的都是毒液。相比之下，蜜蜂的毒性小一些，被蜜蜂蜇过，出一个小红点儿，疼上一阵儿，就过去了。马蜂细腰长身，毒性要大一些。被马蜂蜇到，想隐瞒都不行，因为蜇到的地方会发肿，带样儿，三四天之后才会恢复原状。最可怕的当数蝎子，蝎子的毒辣是重量级的，一旦被蝎子蜇到，会疼得钻心钻肺，砭骨砭髓，让人一辈子都不会忘记。

我是在夏季的一天晚饭后被蝎子蜇到的。农村吃晚饭比较晚，一般都是端着饭碗摸黑在院子里吃。所谓晚饭，也就是一碗稀饭，里面顶多下几粒麦仁而已。我喝完稀饭，往灶屋送碗时，右手在门

179

框上摸了一下。这一摸，得，正好摸到蝎子身上，就被蝎子蜇到了。刚被蝎子蜇到时，我并没意识到遭遇上了蝎子，当右手的中指猛地刺疼之后，我的第一反应是被钢针扎着了，而且扎得还挺深。这是谁干的？把针插在门框上干什么？我正要把疑问说出来，又一想，不对呀，就算门框上有针，我只是把针轻轻摸了一下，针也不会扎得如此主动和厉害呀！坏菜，黑灯瞎火的，我定是摸着蝎子了。那时候，我们老家的蝎子是很多的。蝎子是夜行爬虫，一到夜晚，蝎子就往上翻卷着带环节的长肚子，举着武器出行了。特别是在闷热潮湿的天气，从墙缝里爬出来的蝎子更多。我见有的大人拿着手电筒，哈腰探头往墙根上照。照到一只蝎子，趁蝎子被强光照得愣神的工夫，就用竹筷子夹起来，放进玻璃瓶里去了。不到半夜工夫，捉蝎人就能捉到多半瓶活蝎子。我们那里的人不吃蝎子，他们把蝎子卖到镇上的中药铺里去了。我从没捉过蝎子，与蝎子无冤无仇，相信蝎子不是有意蜇我。也许是，那只蝎子从门框上经过，我碰巧摸到了它，它误以为我要捉它，就给我来了那么一下子。

我对娘说："蝎子蜇我了。"娘惊了一下，问我："怎么知道的？"我说："我感觉像是被针狠狠扎了一下，不是蝎子蜇的是什么？"娘说："蝎子蜇着可是很疼的，你不疼吗？"

当然疼。在娘说到疼之前，我的手指虽说也疼，但疼得不是很厉害。娘一说到疼，仿佛对疼痛有所提醒，我的手指霍地就大疼起来。真的，我一点儿都没有夸大其词，的确疼得霍霍的。那种疼像是有一种跳跃性，它腾腾跳着往上顶，似乎要把皮肉顶破。顶不破皮肉，只能使疼上加疼。那种疼又像是有一种滚动性，它不限于在手指上作威，忽儿滚到这里，忽儿滚到那里，整只手，整条胳膊，甚至全身都在疼。人说十指连心，我以前不大理解，这一回算是深切体会到了。

怎么办，我只有哭。我那时意志力还很薄弱，没有力量忍受疼痛。我一上来就哭得声音很大，很难听，鬼哭狼嚎一般。我们那里形容一个人哭得尖厉、难听，说是像被蝎子蜇着了一样。我不是像被蝎子蜇着了，而是货真价实地被蝎子蜇着了，哭一哭是题中应有之义。娘无法替我受疼，无法安慰我，也没有劝我别哭，只是让我躺下睡吧，睡一觉就好了。我倒是想睡一觉，可哪里睡得着呢？通过大哭，我想我的疼感也许会转移一下，减轻一些，不料我的疼感如同一架隆隆开动的机器，而我的眼泪像是为机器加了油一样，使"机器"运转得更快，疼得更厉害。我的身体以前从没有这样疼过，不认为疼有什么了不起。这一次我算是领教了，天底下还有这样的疼法，疼起来真是难以忍受，真是要命。

除了大哭不止，我还为自己加了伴奏。我躺在放在院子里的一扇门板上，伴奏的办法，是一边哭，一边用两个脚后跟交替着擂门板，把门板擂得砰砰响。我家住的院子是一个大宅院，院子里住着四五户人家，其中有爷爷奶奶辈的，有叔叔婶子辈的，还有不少堂哥堂姐堂弟堂妹。我知道，由于我的闹腾，全院子的人恐怕都睡不着觉。可我没有办法，谁让万恶的蝎子蜇了我呢！几十年后，一个堂弟对我说，那次挨了蝎子蜇后，我差不多哭了一夜，直到天将明时才睡着了。我说很丑很丑，不好意思！

由于对蝎子心有余悸，见炸好的蝎子端上来，我不大敢吃。朋友一再推荐，说是山里野生的蝎子，我才尝了尝。油炸蝎子挺好吃的，跟我小时候吃过的蚂蚱、蛐蛐、蛐子、爬蚱的味道是一样的。不过吃过一两只后，我就不再吃了，不能因为蝎子曾经蜇过我，我就对沦为盘中餐的蝎子大吃大嚼。

我大姐小时候也被蝎子蜇过，她是摸黑用葫芦开成的水瓢舀水时，被趴在瓢把儿上的蝎子蜇到的。

在电话里听还在老家的我大姐说，老家现在没有蝎子了，农药的普遍使用，药得蝎子已经绝种了。

2015 年 11 月 22 日于北京和平里

（小雪节气下起了大雪）

卖烟叶儿

不是谁都会卖东西，我在卖东西方面就很无能。

记得上初中一年级的时候，我到集上卖过一次烟叶儿。那是一次失败的经历，至今想起来仍让我感到惭愧。

新学期开始了，我还没有交学费。班主任老师在课堂上讲，哪些同学的学费还没交，尽快交一下。老师虽然没有点我的名，我知道还没交学费的同学中有我一个。拖过初一，拖不过十五，交学费的事是拖不掉的。老师催我，我就回家催母亲。母亲决定，让我自己到集上去卖烟叶儿，用卖烟叶儿换来的钱去交学费。

平日里，我需要买一张白纸钉作业本，或买别的学习用品，母亲都是拿鸡蛋换钱给我。当时一个鸡蛋才能卖三分钱，母鸡又不能保证每天都下一个蛋，交学费所需的钱比较多，要是等到把鸡蛋攒得足够多再卖钱交学费，母鸡的功德是圆满了，我的学也别上了。以前，家里需要给我交学费时，母亲都是卖粮食、卖小麦或者卖豆子。这一次母亲舍不得卖粮食了，拿烟叶儿代替粮食。

我们家的屋子后面，有一片空着的宅基地。那片地种别的东西都长不住，不够鸡叨猪拱的，唯有种辛辣的、具有自我保护能力的烟叶儿，才会有所收成。母亲把肥厚的、绿得闪着油光的烟叶儿采下来，用麻经子拴成串儿，挂到墙上晒干。然后把又干又黄的烟叶儿扎成等量的一把儿一把儿，放在篓子里储藏起来。我父亲1960年去世后，家里没有人再吸烟。烟又不能当饭吃，母亲种烟，看取的是它的经济价值，目的就是卖钱。

我说："我不会卖。"

母亲说："你都上中学了，难道连个烟叶儿都不会卖吗？不会卖，就别上学了！"

那天是个星期天，母亲和大姐、二姐天天在生产队里出工，挣工分，她们根本没有星期天的概念。学不能不上，我只好硬着头皮，把拿烟叶儿换学费的任务承担下来。

每把儿烟叶儿的价钱都一样，母亲跟我说了定价，叮嘱我要把价钱咬住，少于这个价钱就不卖。母亲有些不放心似的问我："记住了？"

我点点头，表示记住了。

集上总是很热闹，我喜欢赶集。但我以前赶集，都是看别人卖东西，自己从来没卖过东西，也没有想到过有朝一日我也会到集上卖东西。用母亲做饭时穿的水裙，兜着六把儿烟叶儿，来到离我们村三里之外的集上，我有些羞怯，还有些莫名的紧张。我找到街边地摊儿之间的一个夹缝，把水裙铺在地上，把烟叶儿露出来。街上人来人往，熙熙攘攘，我不敢看人，退后一点儿站着，只低头看着放在脚前地上的烟叶儿。我家的烟叶儿当然很好，焦黄焦黄，是熟金一样的颜色。随便揪下一片，揉碎放进烟袋锅儿里，点火就可以吸。可我心里却在打鼓，烟叶儿有没有人买呢？

一个老头儿过来了，他把我叫学生，问烟叶儿多少钱一把儿。

我说了价钱。他问少了卖不卖，我说不卖，他就走了。

一个妇女过来了，她把我叫这小孩儿，问烟叶儿多少钱一把儿。我说了价钱。她问少了卖不卖，我说不卖，她也走了。

好不容易等来两个问价钱的人，他们问了价钱就走了。是不是母亲把价钱定高了呢？要是烟叶儿卖不掉怎么办呢？我开始有些着急。烟叶儿是很焦，但我心里好像比烟叶儿还焦。

这时旁边有一个卖包头大白菜的大叔似乎看出了我的焦急，对我说："你得吆喝，不会吆喝可不中。"说着，给我做示范似的大声吆喝："卖白菜了，瓷丁丁的大白菜，往地上一砸一个坑，买一棵顶两棵！"

我哪里会吆喝！我会唱歌，我会在课堂上喊起立、坐下，让我吆喝卖烟叶儿，我可吆喝不出来。大叔吆喝之后，眼看买他白菜的人果然比刚才多。我要是吆喝一下，也许注意到我的烟叶儿的赶集者也会多一些。可是，我就是张不开口，也不知道吆喝什么。

太阳越升越高，我的烟叶儿一把儿都没卖掉。我那时耐心还不健全，钓起鱼来还算有点儿耐心，卖起东西来耐心就差远了。我想如果再等一会儿烟叶儿还卖不掉，我就不卖了，把烟叶儿原封不动提溜回家。回家后我会跟母亲赌气，不再去上学，看母亲怎么办！

这时那个把我叫小孩儿的妇女又转了回来，她蹲下身子，一边用手摸烟叶儿，一边跟我讲价钱，她说便宜点儿吧，如果便宜点儿，她就买一把儿。还说卖东西不能太死性，不能把价钱咬死，那样的话，到散集东西都卖不掉。她讲的价钱和我母亲定的价钱每把儿烟叶儿少了五分钱。这一次我没有说不卖，我皱起眉头，有些犹豫。

见妇女跟我讲价钱，又过来一个男的给妇女帮腔，说卖吧卖吧，你要是便宜卖，我就买两把儿。他把我叫成男子汉，说一个男子汉，

185

要自己拿主意，办事要果断。

我怎么办？我的头有些发蒙，不知道主意在哪里。我不敢说同意，也不敢说不同意。我要是同意卖呢，就等于没听母亲的话，没把价钱咬住。要是不同意卖呢，我担心如果再错过机会，烟叶儿真的就卖不掉，学费就交不成。

那个男的大概看出了我的犹豫，他把两把儿烟叶儿抓在手里，开始按他们讲的价钱给我付钱，说好了，收钱吧。

我真傻，我像没见过钱似的，竟把钱接了过来。这一收钱不要紧，那个妇女也要了两把儿烟叶儿，按她讲的价钱给我付了钱。他们讲的价钱是强加给我的，但我没有坚持母亲给我的定价，等于做出了让步。不知从哪里又钻出两个人，他们像抢便宜似的，买走了最后两把烟叶儿。

当六把儿烟叶儿全部被人拿走，地上只剩下水裙时，我才意识到坏了，我做下错事了。一把烟叶儿少卖五分钱，六把烟叶儿就少卖了三毛钱。三毛钱在当时可不算个小钱，十个鸡蛋加起来才能卖这么多钱啊！母亲知道我少卖了这么多钱，不知怎么生气呢，不知怎么吵我呢！

母亲是有些生气，但并没有怎么吵我。母亲说："你这孩子，耳朵根子怎么那么软呢！"

从那以后，母亲再也没让我到集上卖过东西。

2014 年 12 月 30 日

于北京和平里

卖　书

　　上次我写过一篇《卖烟叶儿》，意思是说我不会叫卖，不善讲价钱，卖东西只能是吃亏。我拿烟叶儿说事儿，背后的话是想说，我什么东西都不会卖，包括卖书。有了那篇东西，这篇小文不写也可以。可不写又觉得不尽意，还是把卖书的事儿也写一写吧。

　　我1972年开始写小说，写了四十多年，出了五十多本书。书有商品属性，也要拿到市场上去卖。回忆起来，我曾参与卖过两次书，一次是卖我的中短篇小说集《遍地白花》；还有一次是卖我的长篇小说《红煤》。

　　这两次参与卖书，也不是我自己要卖，是出版方安排我到书店签售。出版社为你出了书，希望你能够配合书的宣传推广工作，以期取得好一点儿的效益，你不配合也不好。《遍地白花》是作为"作家档案丛书"之一种出版的，那套丛书的第一辑一共出了十位作家的作品集，我记得有林希、贾平凹、阎连科、周大新、阿成、毕飞宇等人的。应该说那套书的创意很不错，书做得也很讲究。书里收录了作者的处女作、代表作、有争议的作品，还收录了作家所出版的作品目录、作家创作经历的大事记和一些老照片，的确具有回顾和"档案"的性质。反正我对自己的那本书是满意的，愿意把书带回老家，分发给兄弟姐妹们看。书出版之后，出版社的领导把作家们召集到北京，在出版社的编辑部举行了一个首发式，还开了一个座谈会。之后，作家们便转移阵地，到王府井新华书店进行签售活动。

该书店是北京一家老牌子的书店，书店营业面积大，书的品种齐全，去那里买书的人历来很多。我想，我们一帮人去那里签售，会不会给书店带去一番热闹呢？会不会使书店当日的营业额有所提升呢？我不止一次看过晚报的报道，说某作家到某书店签名售书，读者排队排得很长，以致作家签名签得手腕都疼了。我虽然不敢奢望出现那样的场景，但我们一下子去了那么多人，总该有一些集体效应吧！结果不但"排长队"和"手腕疼"的场景没有出现，让我始料不及的是，签售现场是那样的冷冷清清。我一本书没签不用说了，别的几位作家也就是签三五本就完了。书店里人来人往，我们坐在那里有些尴尬，脸上都有些挂不住。有的作家到门外抽烟去了，有的作家开始溜号。此处不可久留，见别人溜，我也开溜。我溜得有些灰溜溜的。

事后我有不服气的地方，也有想不明白的地方。要说我的粉丝不多，在读者中没什么号召力，我承认。可我们其中的一些作家，粉丝是很多的，在读者中是很有号召力的，那天他们为什么也没得到读者的拥趸呢？是不是因为我们去的人太多了，反而分散了读者的注意力，使读者一时失去了选择的方向呢？

签售《红煤》的地点，是在郑州的一家大型图书商城。之所以专程从北京到郑州，出版方考虑的是，我的老家在河南，我写的多是家乡的故事，我在河南的读者或许会多一些。一路上，我心里有些打鼓。说实在话，对于我在河南的读者是不是多一些，我心里一点儿底儿都没有。再说，一个没什么大本事的人，写点儿东西是我的爱好，是我个人的事，我并不想让过多的家乡人知道我的写作生活。出版方当然希望我的名气越大越好，而我对所谓名气持的是保守的态度。

图书商城的准备工作是充分的，他们在当地的媒体发了签售预告，在签售现场扯了条幅，摆了桌子，桌子旁边摞了一大摞《红煤》。他们精心把《红煤》摞成螺旋状，使一堆书呈现的是上升的趋势。我估计，这一堆书至少有二百本。这本书的装帧很不错，紫红色的底子烘托着两个黑色的大字。书名是贾平凹兄帮我题写的，印在书的封面上有凸起的效果。用手一抚摸，仿佛书上真的镶嵌有两块乌金一样。商城承办这样的活动，当然会有商业方面的考虑，会有经济效益方面的预期。然而，真的对不起，我让老乡们失望了。我记得很清楚，只有六位买书人让我给他们签了名，此后，再没有人买我的书。有人拿起书翻了翻，似乎还没看到"煤"和"挖煤人"之间的联系，就把书放下了。还有人把坐在桌后的我，和条幅上我的名字对照了一下，好像仍不知道我是谁，一直走了过去。我一个人坐在那里很不舒服，不知道自己在干什么。我想起少年时代一次到集上卖烟叶儿的事。烟叶儿里含有尼古丁，是真正的毒草，别人不愿意买是对的。可我的书里一点儿毒素都没有，别人怎么也不愿意买呢！我还想起那次在王府井新华书店的集体签售活动，那次买我们书的人虽然也不多，也让我们觉得有些尴尬，但有朋友们互相遮着，大哥别说二哥，谁都不必把责任揽在自己头上。这次情况不同，这次我唱的是独角戏，观众买不买账，责任只能由我一个人承担。想溜是不可能了，我只有硬着头皮，在那里干坐着。人说求人难，没想到卖书也这么难。那一刻，我觉得自己有些可怜巴巴，真正体会到了如坐针毡的滋味。

让我现眼的事还在后面。定是在媒体上看到了信息，我的一个在郑州打工的堂弟和一个在郑州做生意的亲戚，到签售现场看我去了。他们大概以为我干的是一件露脸的事，就去给我捧场。他们的出现，着实让我吃惊不小，我暗暗叫了一声坏了，这一次现眼算是现到家了。不过，他们去看我也有好处，我可以和他们说说话，问问老家的一些情况，总比我一个人在那里干坐着好一些，时间上也会好熬一些。

不少朋友劝我，不要写小说了，去弄电视剧。说弄电视剧挣钱多，也会扩大我的名气。对这样好心的劝说，我总是有些不好意思。该怎么说呢？我想说的是，一个人一辈子能写多少书，能挣多少文名，能挣多少钱，都是命里注定。我们得认命，命中没有的，我们不可强求。

2015 年 1 月 24 日
于北京五洲大酒店

烟的往事

上个世纪70年代，我在河南新密煤矿当工人时，每年都有十二天的探亲假。只要回家探亲，有两样东西是必须带的，一是烟卷儿，二是糖块儿。烟卷儿敬给爷爷、叔叔们抽，糖块儿发给孩子们吃。那时我们村在外边工作的人很少，我一回家，村里几乎所有的男人都愿意到我家跟我说话。他们听我讲讲外面的事情是一个方面，另一个方面也不必讳言，他们为的是能抽到烟卷儿，改善一下抽烟的生活。我们村的成年男人差不多都抽烟，但谁都抽不起烟卷儿。他们把烟卷儿说成是洋烟，说洋烟，好家伙，那可不是有嘴就能抽到的。平日里，他们用烟袋锅子抽旱烟，或把揉碎的烟末撒在纸片上，卷成"一头拧"，安在嘴上抽。我回家探亲，等于为他们提供了一个为数不多的抽洋烟的机会，或许他们都不愿错过这个机会。为了省钱，我自己不怎么抽烟，但我回家必须带足够的烟。

我乐意带烟给乡亲们抽。他们来我家抽烟，是看得起我，跟我不外气。我是拿工资的人，买几条烟我还是舍得的。我的小小的虚荣心让我变得有些大方，我手拿烟盒，一遍又一遍给他们散烟。我家的堂屋里老是烟雾腾腾，烟头子一会儿就扔满一地。我父亲也抽烟，而且烟瘾很大。然而在我九岁时，父亲就去世了，父亲没有抽过儿子买的一棵烟。我给乡亲们上烟，权当他们代我父亲抽吧！

有一个梦，我不知道重复做过多少遍。梦到我回家探亲，刚走到村头，就遇见了一个爷爷或一个叔叔。我的第一反应，就是马上给人家掏烟。我掏遍全身的口袋，竟没有掏出烟来。坏了，我忘记带烟了。我顿觉自己非常无礼，也非常难堪，有些无地自容的意思。我同时对自己的行为感到吃惊，以至惊出了一身汗。好在吃惊之后我就醒过来了，知道自己并没有做错事。这个梦让我明白，回家带烟的事是上了梦境的，可见我对此事多么重视。这个梦也一再提醒我，回老家千万别忘了带烟。

那时回家探亲，不能在家里闲着，还要下地和社员们一块儿干活儿。下地干活儿时，我也要带上烟，趁工间休息把烟掏给大伙儿抽。有一次，我掏出一整盒烟卷儿散了一圈儿，散到哑巴跟前时，烟没有了，独独缺了应给哑巴的一棵。哑巴眼巴巴地看着我，等着我给他发烟。哑巴又哑又聋，我无法跟他解释。我把空烟盒在手里攥巴攥巴，意思是告诉他：对不起，烟没有了。可是，哑巴仍看着我手里攥成一团的烟盒。我只好把空烟盒扔在地上。让我没想到的是，哑巴一个箭步跳过去，把烟盒捡了起来，并把烟盒拆成烟纸，拿手掌抚平，装进口袋里。我知道了，对于哑巴来说，烟纸也是好东西，他可以把烟纸裁成纸片卷烟末抽。

我回老家带的烟，不一定是最好的。有老乡告诉我，老家的人抽惯了原烟、粗烟，带给他们的烟卷儿越好，他们抽起来越觉得没劲儿，不过瘾，只带一般的烟卷儿就行了。可是，我每次回老家，还是尽量买好一些的烟，从价钱上衡量，至少是中档以上的水平吧。我听说，谁回家带了什么牌子的烟，乡亲们是互相传告的，我带好一些的烟给乡亲们抽，不说别的，自己面子上会好看些。

有一年春天，我再次回老家看望母亲。有一个远门子的四爷向我提出，下次回来能不能给他带一盒中华烟。他把中华烟叫成大中华，说他听说大中华是中国最好的烟，可从来没抽过，要是能抽上一棵大中华，这一辈子才算没有白活。四爷抽了我带回去的烟卷儿不够，还点着名牌跟我要烟，这有些出乎我的意料。但听他对中华烟如此看重，我还是答应了他的要求。我答应得不是很痛快，说只能买一下试试。

母亲看不惯四爷张口跟我要烟，要我不要搭理他。母亲还说，四爷为人粗暴，先后娶过两个老婆，都被他打跑了。对这样的人，不能信着他的意儿，不能他说什么就是什么。我说，四爷是一个长辈，当着那么多人，我不能让他把话掉在地上。至于能不能买到中华烟，我可没有把握，能买到就买，实在买不到，我也没办法。

一年过去，又该回老家看望母亲时，我记起四爷让我给他带中华烟的事。此时，我已从矿区调到煤炭部，在中国煤炭报社做编辑工作。我到一些商店问过，都不卖中华烟。营业员告诉我，中华烟是特供品，商店里是买不到的。这怎么办？说起来我是在北京工作，竟然连一盒中华烟都弄不到，也显得太没能耐了吧！我打听到，煤炭部的外事局备有中华烟，那是接待外宾用的。刚好我们报社有一位副总编在煤炭部办公厅工作过，跟外事局的人比较熟，我跟他说了原委，请他帮我弄一盒中华烟。我把事情说得有些严重，说这盒烟如果弄不到，我将无法面对家乡父老。副总编能够理解我的心情，几天之后，就把一盒中华烟交到我手里。

那是一盒硬盒包装的中华烟，整个盒子是大红色，一面的图案是天安门城楼，另一面的图案是华表。说来不好意思，在此之前，我从没有见过中华烟，更谈不上抽过中华烟，不知道中华烟有什么特别的好。这里顺便插一句，我不赞同用"中华"为一种烟命名。不管哪一种烟，都是对人的身体不利的东西，干吗以民族的名义为一种烟草冠名呢？

四爷一听说我回家，就到我家里去了。我把那盒中华烟原封不动给了他。他像是害怕别人与他分抽中华烟似的，把整盒烟往怀里一揣，赶快走掉了。

后来我听母亲说，四爷拿那盒中华烟不知跟多少人显摆过。在村里显摆不够，他还趁赶集时把烟拿到集上，跟外村的人显摆。显摆归显摆，谁想抽一棵大中华那是不可以的。别说抽烟了，谁想接过去，摸摸都不行。他的借口是，烟盒还没拆开，只把烟在别人眼前晃一下，就揣到自己怀里去了。

再次回老家时我见到四爷，问他中华烟怎么样，好抽吗？四爷说，他一直没舍得抽，放得时间长了，受潮了，霉得长了黑毛儿。

2012 年 8 月 25 日于北京

打麦场的夜晚

别看我离开农村几十年了，每到初夏麦收时节，我似乎都能从徐徐吹来的南风里闻到麦子成熟的气息。特别是最近几年，我在北京城里还听到了布谷鸟的叫声。布谷鸟季节性的鸣叫，没有口音上的差别，与我们老家被称为"麦秸垛垛"的布谷鸟的叫声是一样的。我想这些布谷鸟或许正是从我们老家河南日夜兼程飞过来的，它们仿佛在提醒我：麦子熟了，快下地收麦去吧，老坐在屋里发呆干什么！

今年芒种前，我真的找机会绕道回老家去了，在二姐家住了好几天。我没有参与收麦，只是在时隔四十多年后，再次看到了收麦的过程。比起人民公社时期社员们收麦，现在收麦简单多了。一种大型的联合收割机，在金黄的麦田里来来回回穿梭那么一会儿，一大块麦子眼看着就被收割机剃成了平地。比如二姐家有一块麦地是二亩多，我看了手表，只用半个钟头就收割完了。收割机一边行进，一边朝后喷吐被粉碎的麦秆，只把脱好的麦粒收在囊中。待整块麦田收完了，收割机才停下来，通过上方的一个出口，把麦粒倾泻到铺在麦茬地里的塑料单子上。我抓起一把颗粒饱满的麦子闻了闻，新麦的清香即刻扑满我的肺腑。

195

收麦过程大大简化，劳动量大大减轻，这是农业机械化带来的好处，当然值得称道。回想当年我在生产队里参加收麦时，从造场、割麦、运麦，再到晒场、碾场、扬场、看场，直到垛住麦秸垛，差不多需要一个月的时间。且不说人们每天头顶炎炎烈日，忙得跟打仗一样，到了夜晚，男人们也纷纷走出家门，到打麦场里去睡。正是夜晚睡在打麦场的经历，给我留下了难忘的印象。

初中毕业回乡当农民期间，麦收一旦开始，我就不在家里睡了，天天晚上到打麦场里去看场。队长分派男劳力夜里在场院里看场，记工员会给看场的人记工分，每人每夜可得两分。只是看场的人不需要太多，每晚只轮流派三五个人就够了。我呢，不管队长派不派我，我都照样一夜不落地到场院去睡。我看重的不是工分，不是工分所代表的物质利益，而是有另外一些东西吸引着我，既吸引着我的腿，还吸引着我的心，一吃过晚饭，不知不觉间我就走到场院里去了。

夏天农村的晚饭，那是真正的晚饭，每天吃过晚饭，差不多到了十来点，天早就黑透了。我每天都是摸黑往场院里走。我家没席子可带，我也不带被子，只带一条粗布床单。场院在村子的南面，两面临水，一面连接官路，还有一面挨着庄稼地。场院是长方形，面积差不多有一个足球场那么大，看上去十分开阔。一来到场院，我就脱掉鞋，把鞋提溜在手里，光着脚往场院中央走。此时的场院地面已打扫得干干净净，似乎连白天的热气也一扫而光，脚板踩上去凉凉的，感觉十分舒服。我给自己选定的睡觉的地方，是在临时堆成的麦秸垛旁边。我把碾扁的、变得光滑的麦秸往地上摊了摊，摊得有一张床那么大，把床单铺在麦秸上面。新麦秸是白色的，跟月光的颜色有一比。而我的床单是深色，深色一把"月光"覆盖，表明这块地方已被我占住。

占好了睡觉的位置，我并没有急着马上躺下睡觉，还要到旁边的水塘里扑腾一阵，洗一个澡。白天在打麦场上忙了一天，浑身沾满了麦锈和碾碎的麦芒，毛毛躁躁，刺刺挠挠，清洗一下是必要的。我脱光身子，一下子扑进水里去了，双脚啪啪地打着水花，向对岸游去。白天在烈日的烤晒下，上面一层塘水会变成热水。到了晚上，随着阳光的退场，塘水很快变凉。我不喜欢热水，喜欢凉水，夜晚的凉水带给我的是一种透心透肺的凉爽，还有一种莫测的神秘感。到水塘里洗澡的不只我一个，每个在场院里睡觉的男人几乎都会下水。有的人一下进水里，就兴奋得啊啊直叫，好像被女水鬼拉住了脚脖子一样。还有人以掌击水，互相打起水仗来。在我们没下水之前，水面静静的，看去是黑色的。天上的星星映在水里，它们东一个西一个，零零星星，谁都不挨谁。我们一下进水里就不一样了，星星被激荡得乱碰乱撞，有的变大，有的变长，仿佛伸手就能捞出一个两个。

洗完了澡，我四仰八叉躺在铺了床单的麦秸上，即刻被新麦秸特有的香气所包围。那种香气很难形容，它清清凉凉，又轰轰烈烈；它滑溜溜的，又毛茸茸的。它不是扑进肺腑里就完了，似乎每个汗毛孔里都充满着香气。它不是食物的香气，只是打场期间麦草散发的气息。但它的香气好像比任何食物的香气都更原始，更醇厚，也更具穿透力，让人沉醉其中，并深深保留在生命的记忆里。

还有夜晚吹拂在打麦场里的风。初夏昼夜的温差是明显的，如同水塘里的水，白天的风是热风，到夜晚就变成了凉风。风是看不见的，可场院旁边的玉米叶子会向我们报告风的消息。玉米是春玉米，长得已超过了一人高。宽展的叶子唰唰地响上一阵，我们一听就知道风来了。当徐徐的凉风掠过我刚洗过的身体时，我能感觉到我的汗毛在风中起伏摇曳，洋溢的是一种酥酥的快意。因打麦场无遮无拦，风行畅通无阻，细腿蚊子在我们身上很难站住脚。我要是睡在家里就不行了，因家里的环境几乎是封闭的，无风无息，很利于蚊子在夜间活动。善于团队作战的蚊子那是相当猖獗，一到夜间就在人们耳边轮番呼啸，任你在自己脸上抽多少个巴掌都挡不住蚊子的进攻。我之所以愿意天天夜间到打麦场里去睡，除了为享受长风的吹拂，一个很大的原因，是想要躲避蚊子。

没有蚊子的骚扰，那就赶快睡觉吧，一觉睡到大天光。然而，满天的星星又碰到我眼上了。是的，我是仰面朝天而睡，星星像是纷纷往我眼上碰，那样子不像是我在看星星，而是星星在主动看我。星星的眼睛多得铺天盖地，谁都数不清。看着看着，我恍惚觉得自己的身体在往上升，升得离星星很近，很近，似乎一伸手就能把星星摘下一颗两颗。我刚要伸手，眨眼之间，星星却离我而去。有流星从夜空中划过，一条白色的轨迹瞬间消失。天边突然打了一个露水闪，闪过一道像是长满枝杈的电光。露水闪打来时，群星像是隐退了一会儿。电光刚消失，群星复聚拢而来。我不知道自己是什么时候睡着的，在睡梦里，脑子里仿佛装满了星星。

现在不用打场了，与打麦场相关的一切活动都没有了，人们再也不会在夜晚到打麦场里去睡。以前我对"时过境迁"这个词不是很理解，以为境只是一个地方，是物质性的东西。如今想来，境指的主要是心境，是精神性的东西。时间过去了，失去的心境很难再找回。

2016 年 6 月 24 日于北京小黄庄

端　灯

从童年到青年，我在河南农村老家生活了十九年。在我离开老家之前，我们家照明一直使用煤油灯。这种灯是用废旧墨水玻璃瓶制成的，瓶口盖着一个圆的薄铁片，铁片中间嵌着一根细铁管，铁管里续进草纸或棉线做成的灯捻子，煤油通过灯捻子沁上去，灯就可以点燃了。在我的印象里，我们家的灯头总是很小，恐怕比一粒黄豆大不了多少。"黄豆"在灯口上方玩杂技般地顶着，颤颤的，摇摇的，像是随时会滚落，灯像是随时会熄灭。可灯头再小也是灯，它带给我们家的光明是显而易见的。吃晚饭时，灶屋里亮着灯，我们才会顺利地走到锅边去盛饭，饭勺才不至于挖到锅台上。母亲在大雪飘飘的冬夜里纺线，因灯在地上的纺车怀里放着，我们躺在床上，就能看到纺车轮子的巨大影子在房顶来回滚动。

关于灯，我还听母亲和姐姐说过一些谜语，比如：一头大老犍，铺三间，盖三间，尾巴还在门外边。再比如：一只黑老鸹，嘴里衔着一朵小黄花，灯灯灯，就不对你说。这些谜语都很好玩，都够我猜半天的，给我的童年增添不少乐趣。

最有趣的事情要数端灯。

为省油起见，我们家平日只备一盏灯。灯有时在灶屋用，有时在堂屋用；有时在外间屋用，有时在里间屋用，这样就需要把灯移来移去，移灯的过程就是端灯的过程。从外间屋往里间屋端灯比较容易，因为屋里没风，不用担心灯会被风吹灭。而从灶屋往堂屋端灯就不那么容易了。我们家的灶屋在堂屋对面，离堂屋有二十多米远。从灶屋把灯端出来，要从南到北走过整个院子，才能把灯端到堂屋。当然了，倘是把灯在灶屋吹灭，端到堂屋再点上，这是轻而易举的事。可如果那样的话，就没什么可说的了。关键是要把明着的灯从灶屋端到堂屋，而且是日复一日、年复一年地从不间断，这就让人难忘了。

一开始，我并不知道母亲这样端灯是为了每天省下一根火柴，我是用游戏的眼光看待这件事情，觉得母亲大概是为了好玩，为了在我们面前显示她端灯的技术。的确，母亲端灯的技术是很高明的。她一只手瓦起来，遮护着灯头，一只手端着灯瓶子，照直朝堂屋门口走去。母亲既不看灯头，也不看地面，眼睛越过灯光，只使劲向堂屋门口的方向看着，走得不急不缓，稳稳当当。这时灯光把母亲的身影照得异常高大，母亲仿佛成了一位顶天立地的巨人。母亲跨进堂屋的那一刻，灯头是忽闪了几下，但它终究没有灭掉，灯的光亮直接得到延续。

刮风天或下雪天，端灯要困难一些。母亲的办法是解开棉袄大襟子下面的扣子，把灯头掩藏在大襟子里面，以遮风蔽雪。风把母亲的头发吹得飘扬起来，雪花落在母亲肩头，可小小的灯头却在母亲怀里得到了很好的保护。

我的大姐和二姐也会端灯，只是不如母亲端得好。她们手上端着灯，脚下探摸着，走得小心翼翼。她们生怕脚下绊上盛草的筐子、拴羊的绳子，或是我们家堂屋门口的那几层台阶。万一要是摔倒了，不光灯要灭，煤油要洒，说不定整个灯都会摔碎。那样的话，我们家的损失就大了。我注意到，大姐和二姐端灯时，神情都十分专注、严肃，绝不说话，更不左顾右盼。她们把灯端到指定位置，手从灯头旁拿开，脸上才露出轻松的微笑。

我也要端灯。在一次晚饭后，锅刷完了，灶屋的一切都收拾利索了，我提出了端灯的要求，并抢先把灯端在手里。大姐、二姐都不让我端，她们认为，我出门走不了几步，灯就得灭。我不服气，坚持要端。这时候，我仍不知道把灯端来端去的目的是节省火柴。母亲发话，让我端一下试试。

我模仿大姐、二姐的姿势，先把端灯的手部动作在灶屋里做好，固定住，才慢慢地向门外移动。我觉得院子里没什么风，不料一出门口，灯头就开始忽闪。我顿感紧张，赶紧停下来看着灯头，照顾灯头。我的眼睛一看灯头不要紧，四周黑得跟无底洞一样，什么都看不见了。待灯头稍事稳定，我继续往前走时，禁不住低头瞅了一下地面。地面还没瞅到，灯头又忽闪起来，这次忽闪得更厉害，灯头的小腰乱扭一气，像是在挣扎。我哎着哎着，灯头到底还是没保住，一下子灭掉了。

大姐埋怨我说："你看你看，不让你端，你非要端，又得费一根火柴。"

直到这时我才明白，端灯的事是和节省火柴联系在一起的。母亲没有埋怨我，而是帮我算了一笔账：如果我们家每天省一根火柴，一月就能省三十根，一盒火柴二分钱，总共不过五六十根，省下三十根火柴，就等于省下一分钱。一分钱是不多，可少一分钱人家就不卖给你火柴啊！听了母亲算的账，我知道了端灯的事不是闹着玩的，它是过日子的一部分。我们那里形容一个人会过日子，说恨不能把一分钱掰成两半花。而我们的母亲呢，却把一分钱分成了二十瓣、三十瓣，每一瓣都代表着一根火柴。我为自己浪费了一根火柴深感惭愧。

我感到欣慰的是，后来我终于学会了端灯。当我第一次把燃着的灯完好地从灶屋端到堂屋时，那种油然而生的成功感是不言而喻的。

2001 年 10 月 26 日于北京

挑　水

在我少年时候的印象里，挑水对我们家来说是个很大的负担。

我们院子里住着好几户人家，共用一副水筲。水筲是堂叔家的。谁家需要挑水，把水筲取来，挑起来就走。很长一段时间，我都不知道水筲是堂叔家的，还以为是我们家的呢。水筲是用柏木做成的，上下打着好几道铁箍，筲口穿着铁系子。加上水筲每天都湿漉漉的，水分很足，所以水筲本身就很重，一副水筲恐怕有几十斤。水筲里盛满了水就更重，一担水至少要超过百斤，没有一把子力气是挑不动的。

挑水的担子是特制的，两端镶有固定的铁链子和铁钩儿，它不叫扁担，叫钩担。用钩担和水筲挑水，对人的身高也有要求，如果达不到一定的高度，就不能把水筲挑离地面。

我们家离水井也不近，水井在村南，我们家在村北，挑一担水要来回穿过整个村街。

水是必需品。做饭，刷锅，喂猪，都用水。洗菜，洗衣，洗脸，也离不开水。我们家每天都要用一担到两担水。

父亲活着时，我们家用水都是父亲挑。父亲挑水当然不成问题。

父亲挑着空水筲往院子外面走时，水筲的铁系子咿呀咿呀响。父亲挑了重水筲回家，铁系子就不响了，变成了父亲的脚响。父亲的大脚踩在地上嚓嚓的，节奏感很强，像是在给呼扇呼扇的钩担和水筲打拍子。父亲逝世后，我母亲接过了挑水的担子，母亲挑水就不那么轻松，每次挑水回来，母亲都直喘粗气。后来生产队为了照顾我们家，就让母亲参加男劳力干活，以多挣工分。繁重的劳动每天都把我们的母亲累得精疲力尽。有时母亲还要出河工，吃住在挖河的工地。家里还有年迈的祖父，还有我们姐弟六人，日子还得过下去。于是就轮到我大姐试着挑起了挑水的担子。

那时大姐不过十三四岁，身子还很单薄，那样大的水筲对大姐来说是显得过于沉重了。可我们家没钱买小铁桶，瓦罐子又太容易破碎，只能用水筲挑水。我们那里把钩担两端的铁链子和铁钩儿叫成钩担穗子。钩担的穗子长，大姐的个子低，大姐挑不起水筲怎么办呢？大姐就把钩担穗子挽起来，把铁钩倒扣在钩担上，这样大姐才能勉强把一对水筲挑起来。用钩担把水筲放进井里打水也不容易，技术上要求很高，需要把水筲在水面上方左右摆动，待筲口倾斜向水面，猛地把水筲扣下，才能打到水。这全靠手上的寸劲儿，摆得幅度不够，水筲就只能漂在水面。摆动太大，或往下放松太多，铁钩会脱离水筲的铁系子，致使水筲沉入井底。那样麻烦就大了。大姐第一次去挑水，我担心她不会摆水，担心她会把水筲丢进井里。还好，大姐总算把水挑回来了。大姐走一阵，停下来歇歇，再走。水挑子压力太大，大姐绷着劲，绷得满脸通红。大姐把前后水筲的平衡掌握得不是太好，前面碰一下地，后面碰一下地。水筲每碰一下地，水就洒出一些。等大姐把水挑进灶屋，满筲水只剩上半筲了。

干天干地还好一些，遇上下雨下雪，大姐去挑水就更困难。我们那里是黏土地，见点儿水地就变得稀烂，泥巴深得拽脚，大姐每走一步都要付出加倍的力气。在这种情况下，大姐仍要去挑水。在雨季，我常常看见大姐赤着脚把水挑回来，身上的衣服也湿透了。而在雪天，大姐出门就是一身雪，水挑回来时，连水筲里都漂着雪块子。按说可以在好天好地时把水储存下一些，可我们家唯一的一口水缸盛粮食用了，我们家用水都是随用随挑。有时挑来的水还没用完，邻家又要用水筲去挑水，大姐就把剩余的水倒进一只和面用的瓦盆里。瓦盆不大，容积很有限。

秋季的一天，下着小雨。大姐去挑水时，小雨把钩担淋湿了。钩担经过长期使用，本来就很滑手，一淋了雨，钩担就更滑，简直像涂了一层油。大姐在水井里把水筲淹满了水，却提不上来了。连着两三次，大姐把水筲提到井筒半腰，手一滑，水筲又出溜下去。最后一次，大姐半蹲着身子，咬紧牙关，终于把水筲提出了井口。就是那一次，大姐由于用力太过，感到了身体不适。那天把水挑回去后，大姐哭了。她想到了她的今后，伤心伤得很远。从那以后，大姐每次去挑水都很畏难。特别是一到雨天，大姐更不愿去挑水。

好在我二姐顶上来了，二姐身体比较结实，人也争强，二姐把挑水的事承担下来。

随着我逐渐长大，似乎该由我挑水了，因为我是我们家的长子。可是，母亲一直不让我挑水。母亲明确说过，她怕我挑水太早，压得长不高，以后不好找对象。母亲怕我长不高，难道就不怕大姐、二姐长不高吗？母亲不让我挑水，显然是出于对我的偏心。我注意到，我的大姐、二姐也从来不攀着我挑水。她们都有不想挑水的时候，为挑水的事，她们之间有时还闹点儿小小的矛盾，但她们从来没提过该轮到我去挑水了。

想来主要是因为我不够自觉，也比较懒，反正我挑水挑得极少。

关于挑水的一些事情，我当时并不完全知情，一些细节是后来听母亲和大姐、二姐说到的。她们是以回忆的口气说过去的事，说明她们早就不必挑水了，早就把担子从肩上卸下来了。可我听得心里一沉，像是重新把挑水的担子挑了起来。我想把担子卸下来就不那么容易。

我家的风箱

不时想起风箱，我意识到自己开始怀旧。这个旧指的不仅是过去时，不光是岁月上的概念，还包括以前曾经使用过的物件。随着时间的流逝、时代的变迁，一些东西确实变成了旧东西，再也用不着了。我所能记起的，有太平车、独轮车、纺车、织布机、木锨、石磨、石碨、碓窑子、十六两一斤的星子秤等，很多很多。也就是几十年的工夫，这些过去常用的东西都被抛弃了，由实用变成了记忆，变成了在回忆中才能找到的东西。

风箱也是如此。

我在老家时，我们那里家家都有风箱。好比筷子和碗配套，风箱是与锅灶配套，只要家里做饭吃，只要有锅灶，就必定要配置一只风箱。风箱长方形，是木箱的样子，但里面不装布帛，也不装金银财宝，只装风。往锅底放了树叶，擦火柴给树叶点了火，树叶有些潮，只冒烟，不起火。靠鼓起嘴巴吹火是不行的，嘴巴都鼓疼了，眼睛也被浓烟熏得流泪，火还是起不来。这时只须拉动风箱往锅底一吹，浓烟从灶口涌出，火苗子忽地一下就腾起来。做饭时从村里一过，会听到家家户户都传出拉风箱的声响。每只风箱前后各有一个灵活的风舌头，随着拉杆前后拉动，风舌头吸在风门上，会发出嗒嗒的声音。拉杆往前拉，前面的风舌头响；拉杆往后送，后面的风舌头响。拉杆拉得有多快，响声响得就有多快。那种声响类似戏台上敲边鼓的声音，又像是磕檀板的声音，是很清脆的，很好听的。因风箱有大小之分，拉风箱的速度快慢也不同，风箱的合奏是错落的，像是交响的音乐。

让人难忘的是我们自家的风箱。不是吹牛，我们家的风箱和全村所有人家的风箱相比，质量是独一无二的，吹出的风量是首屈一指的。在祖母作为我们家的家庭主妇时，我不知道我们家的风箱是什么样子，恐怕趁不趁一只风箱都很难说。反正从我记事起，从母亲开始主持家里的炊事生活，我们家就拥有了一只人见人夸的风箱。母亲的娘家在开封附近的尉氏县，离我们那里有好几百里。母亲嫁给父亲后，生了大姐、二姐，又生了我和妹妹，八九十来年过去了，才回了一趟娘家。那时乡下不通汽车，交通不便，母亲走娘家，只能是走着去，走着回。母亲从娘家回来时，只带回了一样大件的东西，那就是风箱。步行几百里，母亲是把分量不轻的风箱背回来的。风箱是白茬，不上漆，也不要任何装饰。风箱的风格有些像风，朴素得很。母亲背回的风箱一经使用，就引得村里不少人到我们家参观。后来我才知道了，母亲从远方的娘家带回的是制造风箱的先进技术，还有不同的风箱文化。从造型上看，本乡的风箱比较小，母亲带回的风箱比较高，风膛比较大；从细节上看，本乡的风箱是双杆，母亲带回的风箱是独杆。关键是风量和使用效果上的差别。本乡的风箱拉杆很快就磨细了，拉起来哐里哐当，快得像捣蒜一样，也吹不出多少风来。而我们家的风箱只须轻轻一拉，火就疯长起来，火头就顶到了锅底上。

我们兄弟姐妹小时候，最爱帮大人干的活儿就是拉风箱。拉风箱好玩儿，能发出呱嗒呱嗒的响声。撒进锅底的煤是黑的，拉动风箱一吹，煤就变成了红的，像风吹花开一样，很快就能见到效果。母亲不但不反对我们拉风箱，还招呼我们和她一块儿拉。我们手劲还小，一个人拉不动风箱，常常是手把上一只小手，再加上一只大手，母亲帮我们拉。

那时我们没什么玩具，在不烧火不做饭的情况下，我们也愿意把风箱鼓捣一下。风箱的风舌头是用一块薄薄的小木板做成的，像小孩子的巴掌那样大。风舌头挂在风门口的内侧，把风门口堵得严严实实，像是吸附在风门口一样。我们随手在锅门口捡起一根柴棒，一下一下捣那个风舌头。把风舌头捣得朝里张开，再收手让风舌头自动落下来。风舌头每次落下来，都会磕在风箱的内壁上，发了嗒的一声脆响。我们捣得越快，风舌头响得就越快，风舌头像是变成了会说快板书的人舌头。我们还愿意挽起袖子，把小手伸进风门里掏一掏。我们似乎想掏出一把风来，看看风到底是什么样子。可我们空手进去，空手出来，什么东西都没能掏到。

与风箱有关的故事还是有的。老鼠生来爱钻洞，以为风箱的风门口也是一个洞，一调皮就钻了进去。老鼠钻进去容易，想出来就难了。有一个歇后语由此而来，老鼠掉进风箱里——两头受气。有一户人家，夜深人静之时，灶屋里传出拉风箱的声音，呱嗒呱嗒，呱嗒呱嗒，听来有些瘆人。三更半夜的，家里人都在睡觉，是谁在灶屋里弄出来的动静呢？那家的儿媳前不久寻了短见，是不是她还留恋这个家，夜里偷偷回来做饭呢？有人出主意，让那家的人睡觉前在风箱前后撒些草木灰，看看留下的脚印是不是他家儿媳的。如果是他家儿媳的脚印，下一步就得想办法驱鬼。那家人照主意办理，

209

第二天一早，果然在草木灰上看到了脚印。只不过脚印有些小，像是黄鼠狼留下的。黄鼠狼爱仿人戏，风箱在夜间发出的呱嗒声，极有可能是黄鼠狼用爪子捣鼓出来的。

　　既然我们家的风箱好使，生产队里下粉条需要烧大锅时，就借用我们家的风箱。我初中毕业后第一次走姥娘家，是借了邻村表哥一辆破旧的自行车，骑着自行车去的。我的小学老师找到我，特意嘱咐我，让我给他捎回一只和我们家的风箱一样的风箱。我是用自行车把挺大个儿的风箱驮回去的。不止一个木匠到我家看过，他们都认为我们家的风箱很好，但他们不会做，也不敢做。我们家的风箱，是我母亲的一份骄傲。母亲为我们家置办的东西不少，恐怕最值得母亲骄傲的，还是她从娘家带回的风箱。

　　现在，我们老家那里不再使用风箱了。人们垒了一种新式的锅灶，为锅灶砌了大烟筒，利用烟筒为锅底抽风。还有的人家买了大肚子液化气罐，用液化气烧火做饭。扭动金属灶具上的开关，啪的一下子，蓝色的火苗儿呼呼地就燃起来。祖祖辈辈用了多少代的风箱，不可避免地闲置下来，成了多余的东西。什么东西都怕多余，一多余就失去了价值。据我所知，不少人家的风箱，最后都被拆巴拆巴，变成了一把柴，化成了锅底的灰烬。在风箱的作用下，不知有多少柴火变成了灰烬，风箱万万不会想到，它和柴火竟然是一样的命运。

　　我家的风箱是幸运的。母亲在世时，我们家的风箱存在着。母亲去世后，我们家的风箱仍然在灶屋里存在着。我们通过保存风箱，保留对母亲的念想。物件会变旧，人的感情永远都是新的。

2014 年 1 月 24 日至 27 日于北京和平里

麦秆儿戒指

　　新麦秆儿柔韧性好，用来编戒指最合适。取一根新麦秆儿，掐头去尾，只留中间那一段，几捏几编，一枚簇新的戒指就做成了。麦秆儿戒指不是银色，是金色，白金色。在阳光的照耀下，麦秆儿戒指闪烁着白金一样的光泽。以前，在麦收时节，我们那里的姑娘每人手上都会戴一到两枚麦秆儿戒指。任何金属和珠玉的戒指都不香，而戴在手指上的麦秆儿戒指放在鼻子上一闻，呀，还有一股子香气呢，那是新麦秆儿沁人肺腑的清香。

　　新麦秆儿除了可以做戒指，还可以做耳坠儿，制团扇，编草帽辫子。我大姐用新麦秆儿编草帽辫子最在行，七股麦莛儿在她手上绕来绕去，一根长长的草帽辫子就拖了下来。草帽辫子是缝草帽用的，当草帽辫子编够一大盘时，大姐便开始缝制草帽。我在老家当农民时，大姐每年都要给我缝制一顶新草帽。大姐用新麦莛儿做成的草帽形状好，帽檐儿宽，紧凑，结实，我风里雨里戴一个夏季，帽檐儿都不会下垂。

　　当然了，麦秆儿的用途还有许多。在生产队那会儿，麦秆儿大的用途主要有两项。一项是在烈日下把麦秆儿顶部的麦粒摔去，把扎成捆儿的麦秆儿分给社员苫房用。那时我们村几乎全是草房，苫房顶只能用麦秆儿。再一项是用石磙把麦秆儿碾碎，垛起来，常年给牲口做饲料。

您说烧锅，是的，拿麦秆儿当燃料烧锅也不错。可是，麦秆儿那么宝贵的东西，谁舍得拿它烧锅呢？那烧锅怎么办呢？人们只好拉起竹筢子，在割过麦子的地里一遍又一遍搂干枯的麦叶和草毛缨子。把地里搂得干干净净不算完，人们还用镰刀把浅浅的麦茬和埋在土里的麦根刨出来烧锅。我大姐、二姐每年麦季都要到地里刨麦茬、麦根。毒太阳在头顶烤着，地上的热气往上蒸着，她们满脸通红，汗湿鬓发，两只胳膊每年都要被晒得脱去一层皮。在那个时候，可以说人们对麦叶儿、麦秆儿、麦根都不愿意舍弃，真正做到了物尽其用。

谁也没有料到，一步一步走到现在，麦秆儿竟然成了无用的东西。现在人们犁地用拖拉机，耩地用播种机，收麦用联合收割机，再也不用黄牛了。既然乡亲们不再养牛，给牛做饲料的麦秸就省下了。现在人们扒掉了草屋，纷纷盖起砖瓦房和楼房，用麦秆儿苫房顶的历史一去不复返了。现在人们烧锅用柴也挑剔起来，他们嫌麦秆儿着得太快，得不停地往锅底续柴，发热量也不高。而用玉米秆儿、芝麻秆儿要省事好多，火力也大一些。还有的人家干脆什么柴火都不烧了，改成了烧煤，或者烧用大肚子钢瓶盛的液化气。

小麦的单位面积产量大幅度提高了，麦秆儿也相应增加不少。小麦可以吃，可以卖钱，那么多麦秆儿派什么用场呢？有人就地取材，以麦秆儿做原料，办起了造纸厂。一时间，小造纸厂遍地开花，沿河两岸不远处就能看到一个造纸厂。那么多造纸厂可不得了，因造纸厂的污水都往河里排、坑里排，河里和坑里的水很快变成了黑的，恐怕跟酱油的颜色差不多。这样的黑水是有毒的，结果水里的鱼虾都被毒死了，连水边生命力很强的芦苇也不再发芽。直到吃水井里也渗进了被污染的水，人们才惊慌起来：人要吃粮食，还要喝水，如今有粮食吃了，水不能喝了也不行啊！

小造纸厂被一律关闭之后，收麦后剩下的麦秆儿人们不再往家里收拾了，他们放一把火，在原地把麦秆儿点燃了。因联合收割机排泄的碎麦秆儿遍地都是，地里遗留的麦茬也很深，点燃很容易，不管从哪个地角点起，陡起的火焰便如漫灌浇地的水头一般，很快在地里蔓延开来。你家放火，我家也放火，在收麦的那些天，可说是到处起火，遍地狼烟。到夜里再来看，明火无边无际，映红了天边，像传说中的火烧连营一样。浓烟滚滚带来的直接后果，不仅影响了路上行车，还侵入村庄，影响到人们的呼吸。人们一吸入辣喉咙的烟雾，便被呛得咳嗽起来。人们似乎这才意识到，人除了要喝干净的水，还要呼吸干净的空气。

再收麦时，上边提前下了通知，不许在地里烧麦秆儿，谁烧就罚谁。总得把地里的麦秆儿处理掉，才能腾出地来种秋庄稼。于是，人们就把麦秆儿堆在路边，或者扔进坑里和河坡里去了。秋季下大雨，河水涨起来。被河水漂起并顺流而下的麦秆儿不仅堵塞了桥孔，还充塞了河道，造成洪水漫溢，淹没了田地。人们不禁有些茫然，麦秆儿，曾经那么宝贵的东西，难道真的成了垃圾？难道真的变成灾难性的物质了吗？

至于用新麦秆儿做戒指，现在几乎成了一种传说，一种笑谈。我回老家问过一些小姑娘："你们会做麦秆儿戒指吗？"小姑娘们你看我，我看你，都摇头说不会做。她们见过金戒指、银戒指，对于麦秆儿戒指，她们不但不会做，好像连见都没见过。这未免让我觉得有些遗憾。不管是用新麦秆儿做戒指，做耳坠儿，做团扇，还是编草帽辫子，都是一种手工艺术，都是一种传统的文化行为。它代表着人类与自然的亲密关系，传达的是人们的爱美之心。也就是说，用新麦秆儿做工艺品及其过程，不仅有着文化的意义，还有着美学和心灵上的意义。我们不能因为有了别的更丰富的物质，就放弃诸如用新麦秆儿做戒指这类美好的趣味。

2010 年元旦于北京和平里

野 生 鱼

我老家那地方河塘很多，到处都是明水。河是长的，河水从远方流过来，又向远方流过去。塘的形态不规则，或圆或方。塘里的水像镜面一样，只反光，不流动。有水就有鱼，这话是确切的，或者说曾经是确切的。至少在我还是一个少年的时候，我们那儿的水里有鱼。那些鱼不是放养的，都是野生野长的野鱼。野生鱼也叫杂鱼，种类繁多，难以胜数。占比率较多的，我记得有鲫鱼、鲇鱼、黑鱼、鳜鱼、嘎牙、窜条，还有泥鳅、马虾、螃蟹、黄鳝，等等。既然是野生鱼，它们就没有主家。野草谁都可以薅，野兔谁都可以逮，野生鱼呢，谁都可以钓，可以摸。

下过一两场春雨，地气上升，塘水泛白。我便找出钓竿，挖些红色的蚯蚓，到水边去钓鱼。我的钓竿是一根木棍，粗糙得很，说不上有什么弹性，但这丝毫不影响我对钓鱼的兴致，我在春水边一蹲就是半天。芦芽从水里钻出来了，刚钻出水面的芦芽是紫红色，倒影是黑灰色。岸边的杏花映进水里，水里一片白色的模糊。有鱼碰到芦芽了，或是在啄吃附着在芦芽上的小蛤蜊，使芦芽摇出一圈圈涟漪。涟漪在不断扩大，以致波及到了我的鱼漂。鱼漂是用蒜白做成的，灵敏度很高，稍有动静，鱼漂就颤动不已。这时我不会提竿，有前来捣乱的蜻蜓落在钓竿的竿头，我仍然不会提竿，我要等鱼漂真正动起来。经验告诉我，钓鱼主要的诀窍就是一个字，那就是等。除了等，还是等。你只要有耐心，善于等，水底的鱼总会游过来，总会经不住诱饵的诱惑，尝试着吃钩。不是吹牛，每次去钓鱼，没多有少，我从没有空过手。当把一个银块子一样的鱼儿提出水面的一刹那，鱼儿摆着尾巴，弯着身子，在使劲挣扎。鱼儿挣扎的力道通过鱼线传到钓竿上，通过钓竿传到我手上，再传到我心里，仿佛一头是鱼儿，一头是心脏，鱼儿在跳，心比鱼儿跳得还快，那种激动的心情实在难以言表。

　　钓鱼上瘾，夏天我也钓鱼。一个炎热的午后，知了在叫，村里的大人们在午睡，我独自一人，悄悄去村东的一个水塘钓鱼。那个水塘周围长满了芦苇，芦苇很高，也很茂密，把整个水塘都遮住了，从外面看，只见苇林，不见水塘。我分开芦苇，走到塘边，往水里一看，简直高兴坏了。一群鲫鱼板子，有几十条，集体浮在水的表面，几乎露出了青色的脊背，正旁若无人地游来游去。这种情况，被大人说成是鱼晒鳞。对不起了，可爱的鲫鱼们，趁你们出来晒鳞，我要钓你们。我把鱼漂摘下来，把包有鱼饵的鱼钩直接放到了鱼面前。鲫鱼倒是不客气，我清楚地看见，一条鲫鱼一张嘴就把鱼钩吃进嘴里。我眼疾手快，手腕一抖，往上一提，就把一条大鲫鱼板子钓了上来。当我把一条鲫鱼从鱼的队伍里钓出来时，别的鱼都有些出乎意料似的，一哄而散，很快潜入水底。鲫鱼的智力还是有问题，我刚把鱼钩从鲫鱼嘴上取下来，那些鲫鱼复又聚拢在一起，浮上来，继续款款游动。我如法炮制，很快又把一条鲫鱼钓了上来。那天中午，我钓到了十几条又白又肥的鲫鱼。

除了钓鱼，我还会摸鱼。摸鱼是盲目的，等于瞎摸。是呀，我把身子缩在水里，水淹到嘴巴下面，留着嘴巴换气，水里什么东西都看不见，全凭两只手在水里摸来摸去，不是瞎摸是什么！再说，水是鱼的自由世界，人家在水里射来射去，身手非常敏捷。而人的手指头远远赶不上鱼游的速度，要摸到鱼谈何容易！哎，您别说，只要我下水摸鱼，总会有倒霉的鱼栽到我手里。

我在村里小学上二年级的时候，一天下午，老师带我们到河堤上去摘蓖麻。蓖麻是我们春天种的，到了夏末和秋天，一串串蓖麻成熟了，就可以采摘。那天天气比较热，摘了一阵蓖麻后，老师允许我们男生下到河里洗个澡。男孩子洗澡从来不好好洗，一下水就乱扑腾一气。正扑腾着，一个男生一弯腰就抓到了一条鲫鱼。那条鲫鱼是金黄色，肚子一侧走着一条像是带荧光的银线，煞是漂亮。男生一甩手，把鲫鱼抛到了岸边。鲫鱼跳了几个高，就不跳了，躺在那里喘气。见一个男生抓到了鱼，我们都开始摸起鱼来。河里的野生鱼太多了，不是我们要摸鱼，像是鱼主动地在摸我们。有的调皮的小鱼甚至连连啄我们的腿，仿佛一边啄一边说：来吧，摸我吧，看你能不能摸到我！有的男生不大会摸鱼，他们的办法，是扑在水浅的岸边，用肚皮一下一下往岸上激水。水被激到岸上，水草里藏着的鱼也被激到了岸上。水像退潮一样退了下来，光着身子的鱼却留在了岸上，他们上去就把鱼摁住了。那次我们在水里扑腾了不到半小时，每人都摸到了好几条鱼。我摸到了鲫鱼、鳜鱼，还摸到了一条比较棘手的嘎牙。嘎牙背上和身体两侧生有利刺，在水中，它的利刺是抿着的。一旦捉到它，把它拿出水面，它的利刺会迅速打开，露出锋芒。稍有不慎，手就会被利刺扎伤。有人摸到嘎牙，为避免被利刺扎伤，就把嘎牙放掉了，我摸到嘎牙就不撒手，连同裹在嘎牙身上的水草一块儿拿出水面，抛在岸上。嘎牙张开利刺，吱吱叫着，很不情愿的样子，但已经晚了。

现在我们那里没有野生鱼了，河里塘里都没有了。有一段时间，小造纸厂排出的污水把河水塘水都染成了酱黑色，野生鱼像受到化学武器袭击一样，统统被毒死了，连子子孙孙都毒死了。我回老家看过，我小时候钓过鱼的水塘，黑乎乎的水里扔着垃圾，沤得冒着气泡。气泡炸开，散发的都是难闻的毒气。这样的水别说野生鱼无法生存，连水草和生命力极强的芦苇都不长了，岸边变得光秃秃的。

不光是野生鱼，连一些野生鸟和野生昆虫，都变得难以寻觅。以前，我们那里的黄鹂子和赤眉鸟是很多的，如今再也见不到它们的踪影，再也听不到它们的歌声。蚂蚱也是，过去野地里的各色蚂蚱有几十种，构成了庞大的蚂蚱家族。农药的普遍使用，使蚂蚱遭到了灭顶之灾。

我想，也许有一天，连被我们称为害虫的老鼠、蚊子、蟑螂等也没有了，地球上只剩下我们人类。到那时候，恐怕离人类的灭亡就不远了。

2013 年 10 月 6 日至 7 日（国庆节期间）

于北京和平里

在夜晚的麦田里独行

已经是后半夜，我一个人在向麦田深处走。

人在沉睡，值夜的狗在沉睡，整个村庄也在沉睡，仿佛一切都归于沉静状态。麦田上空偶尔响起布谷鸟的叫声，远处的水塘间或传来一两声蛙鸣，在我听来，它们迷迷糊糊，也不清醒，像是在发癔症，说梦话。它们的"梦话"不但丝毫不能打破夜晚的沉静，反而对沉静有所点化似的，使沉静显得更加深邃，更加渺远。

刚圆又缺的月亮悄悄升了起来。月亮的亮度与我的期望相差甚远，它看上去有些发黄，还有些发红，一点儿都不清朗。我留意观察过各个季节的月亮，秋天和冬天的月亮是最亮的，夏天的月亮质量总是不尽如人意。这样的月亮也不能说没有月光，只不过它散发的月光是慵懒的、朦胧的，洒到哪里都如同罩上了一层薄雾。比如月光洒在此时的麦田里，它使麦田变成白色的模糊，我可以看到密匝匝的麦穗，但看不到麦芒。这样的月光谈不上有什么穿透力，它只洒在麦穗表面就完了，麦穗下方都是黑色的暗影。

我沿着一条田间小路，自东向西，慢慢向里边走。说是小路，在夜色下几乎看不到有什么路。小路两侧成熟的麦子呈夹岸之势，差不多把小路占严了。我每往里走一步，不是左腿碰到了麦子，就是右腿碰到了麦子，麦子对我深夜造访似乎并不是很欢迎，它们一再阻拦我，仿佛在说：深更半夜的，你不好好睡觉，到我们这里来干什么？窄窄的小路上长满了野草，随着麦子成熟，野草有的长了毛穗，有的结了浆果，也在迅速生长，成熟。我能感觉到野草埋住了我的脚，并对我的脚有所纠缠，我等于蹚着野草，不断摆脱羁绊才能前行。面前的草丛里陡地飞起一只大鸟，在寂静的夜晚，大鸟拍打翅膀的声音显得有些响，几乎吓了我一跳，我不知不觉站立下来。我不知道大鸟飞向了何方，一道黑影一闪，不知名的大鸟就不见了。我随身带的有一支袖珍式的手电筒，我没有把手电筒打开。在夜晚的麦田里，打手电是突兀的，我不愿用电光打破麦田的宁静。

我们家的墓园就在村南的这块麦田里，白天我已经到这块麦田里看过，而且在没腰深的麦田里伫立了好长时间。自从 1970 年参加工作离开老家，四十多年过去了，我再也没有在麦子成熟的季节回过老家，再也没有看到过大面积金黄的麦田。这次我特意抽出时间回老家，就是为了再看看遍地熟金一样的麦田。放眼望去，金色的麦田向天边铺展，天有多远，麦田就有多远，怎么也望不到边。一阵熏风吹过，麦浪翻成一阵白金，一阵黄金，白金和黄金在交替波涌。阳光似乎也被染成了金色，麦田和阳光在交相辉映。请原谅我反复使用金这个字眼来形容麦田，因为我想不出还有哪个高贵的字眼可以代替它。然而，如果地里真的铺满黄金的话，我不一定那么感动，恰恰是黄土地里长出来的成熟的麦子，才使我心潮激荡，感动不已。那是一种生命的感动，深度的感动，源自人类原始的感动。它的美是自然之美，是壮美、大美和无言之美。它给予人的美感是诗歌、绘画、音乐等艺术形式所不能比拟的。

因为白天看麦田没有看够，所以在夜深人静时我还要来看。白天为实，夜晚为虚；阳光为实，月光为虚，我想看看虚幻环境中的麦田是什么样子。站在田间，我明显感觉到了麦田的呼吸。这种呼吸在白天是感觉不到的。麦田的呼吸与我们人类的呼吸相反，我们吸的是凉气，呼的是热气，而麦田吸进去的是热气，呼出来的是凉气。一呼一吸之间，麦子的香气就散发出来了。麦子浓郁的香气是原香，也是毛香，吸进肺腑里让人有些微醉。晚上没有风，不见麦浪翻滚，也不见麦田上方掠来掠去的燕子和翩翩起舞的蝴蝶。仰头往天上找，月亮升高一些，还是暗淡的轮廓。月亮洒在麦田里的不像是月光，满地的麦子像是铺满了灰白的云彩。一时间，我产生了错觉，以为自己站在云彩里，在随着云彩移动。又以为自己也变成了一棵小麦，正幽幽地融入麦田。为了证明自己没变成小麦，我掐了一个麦穗儿在手心里搓揉。麦穗儿湿漉漉的，表明露水下来了。露水湿了麦田，也湿了我这个从远方归来的游子的衣衫。我免不了向墓园注目，看到栽在母亲坟侧的柏树变成了黑色，墓碑楼子的剪影也是黑色。

从麦田深处退出，我仍没有进村，没有回到我一个人所住的我家的老屋，而是沿着河边的一条小路，向邻村走去。在路上，我想我也许会遇到人。夜行的人有时还是有的。然而，我跟着自己的影子，自己的影子跟着我，我连一个人都没遇到。河上有一座桥，我在那座桥上站下了。还是在老家的时候，也是在夜晚，我曾和邻村的一个姑娘在这座桥上谈过恋爱，那个姑娘还送给我一双她亲手为我做的布鞋。来到桥上，我想把旧梦回忆一下。桥的位置没变，只是由砖桥变成了水泥桥。桥下还有水，只是由活水变成了死水。映在水里的红月亮被拉成红色的长条，并断断续续。青蛙在浮萍上追逐，激起一些细碎的水花儿。逝者如斯，那个姑娘再也见不到了。

到周口市乘火车返京前，我和作家协会的朋友们一块儿喝了酒。火车开动了，我还醉眼蒙眬。列车在豫东大平原的麦海里穿行，车窗外金色的麦田无边无际，更是壮观无比。我禁不住给妻子打了一个电话，说大平原上成熟的麦子是全世界最美的景观，你想象不到有多么好看，多么震撼……我没有再说下去，我的喉咙有些哽咽。

2014 年 5 月 26 日至 29 日

于北京和平里

瓦 非 瓦

我们祖上住的房子是楼房，砖座，兽脊，瓦顶。楼前延伸出来的有廊檐，支撑廊檐的是明柱，明柱下面还有下方上圆的础石。在兵荒马乱的年代，这座被称为我们刘楼村标志性建筑的楼房被土匪烧毁了。因为楼房是瓦顶，不是草顶，一开始土匪不知道怎么烧。还是我们村有人给土匪出主意，土匪把明柱周围裹上秫秆箔，箔里再塞满麦秸，才把楼房点着了。据老辈人讲，当楼房被点燃时，在热力和气浪的作用下，楼顶的瓦片所呈现的是飞翔的姿态。它们或斜着飞，或平着飞，或直上直下飞，像一群因受惊而炸窝的鸟。不同的是，鸟一飞就飞远了，而瓦一落在地上就摔碎了。

到了我祖父那一辈，我们家的房子就变成了草房。底座虽说还是青砖，那是烧毁后的楼房剩下的基础。房顶再也盖不起瓦，只能用麦草加以苫盖。没有摔碎的瓦收集起来还有一些，只够压房脊和两侧的屋山用。越往后来，瓦越成了稀罕之物。我青年时代在生产队干活儿时，曾做过砖坯子，但从来没做过瓦坯子。据说做瓦坯子的工艺比较复杂，须把和好的胶泥贴在一个圆柱体上，使圆柱体旋转，致胶泥薄厚均匀，并成筒状，然后把筒状的东西切割成三等份，三片瓦坯子便做成了。把晾干的瓦坯子一层一层码在土窑里烧，还要经过闷、洇水，最后才成了青瓦。除了这种片瓦，还有筒子瓦、屋檐滴水瓦、带图案的瓦当等，做起来更难。可以说每一种瓦的制造过程都需要匠心和慧心的结合，都是技术含量和艺术含量颇高的工艺品。

我和弟弟参加工作后，母亲有一个很大的愿望，是把我们家的老房子扒掉，翻盖成瓦房。逢年过节，我们给母亲寄一些钱，母亲舍不得花，都存起来，准备翻盖房子。母亲平日里省吃俭用，把卖粮食和卖鸡蛋的钱也一点儿一点儿攒下来，准备买瓦。母亲一共翻盖过两次房子，第一次把我们家的房子盖成了瓦剪边，第二次房顶上才全部盖上了瓦。看到母亲一手操持盖成的瓦房，我嘴里称赞，心里却有些遗憾。因为房顶上盖的瓦不是手工制作的细瓦，而是机器制作的板瓦。细瓦排列起来鳞次栉比，是很美观的。板瓦平铺直叙，一点儿都不好看。

母亲病重期间，由我和弟弟做主，把我们家的房子又翻盖了一次。这次以钢筋水泥奠基，以水泥预制板打顶，盖成了坚固耐久的平房。平房的特点是，一片瓦都不用了。那些淘汰下来的机制瓦被人拉走了，而那些原来用作压房脊和屋山的手工瓦却没人要，一直堆放在我家院子的一棵椿树下面。夏天来了，疯长的野草把那堆瓦覆盖住。冬天来了，野草塌下去，那堆瓦又显现出来。有一年秋天，我回老家看到了那堆被遗弃的瓦。那些瓦表面生了一层绿苔，始终保持着沉默。看着看着，我突然发现，那些饱经风霜、阅尽沧桑的瓦像是在诉说着什么。它们可能在诉说它们的经历和遭遇。不错，那些瓦的来历已经有些久远。以前，我只认为我们家的一张雕花大床、几把硬木椅子和一张三屉桌，是祖上传下来的、值得珍视的老物件，从来没把泥巴做的瓦放在眼里。现在看来，瓦在我们家的历史更长一些。瓦是一条线索，也是一种记忆。通过瓦这条线索，可以串起我们家族的历史。通过瓦的记忆，可以让我们回想起家族的变迁。那些瓦起码是我们家的文物。从现在起，我不能不对瓦心怀敬畏。

2011 年 3 月 3 日

于北京和平里

雪天送稿儿

我在河南新密煤矿当通讯员时，经常到省会郑州的《河南日报》送稿儿。我那时写的多是新闻报道，有一定的时效性。那样的稿子，若是通过邮递方式往报社寄，等编辑收到就过时了，有可能成为废纸。为避免辛辛苦苦写的稿子成为废纸，我的办法是直接把稿子送到报社去。好在矿务局离郑州不是很远，也就是几十公里，坐上火车或汽车，一两个钟头就到了。

让我最难忘的一次送稿儿，是在1977年的大年初一。当时全国到处喊缺煤，煤炭是紧俏物资。在那种情况下，矿工连过春节都不放假，照样头顶矿灯下井挖煤。工人不放假，矿务局的机关干部当然也不能放假，须分散到局属各矿，跟工人一起过所谓革命化、战斗化春节。初一一大早，我还在睡觉，听见矿务局一位管政工的副书记在楼下大声喊我，让我跟他一块儿去王庄矿下井。副书记乘坐的吉普车没有熄火，我听见副书记的口气颇有些不耐烦。我不敢稍有怠慢，匆匆穿上衣服，跑着下楼去了。来到矿上，阴沉的天空飘起了雪花。副书记去和矿上的领导接头，慰问，我换上工作服，领了矿灯，到井下的一个掘进窝头和工人们一起干活儿。我明白，我的任务不是单纯干活，从井下出来还要写一篇稿子。为了能使稿子有些内容，我就留心观察工人们干活儿的情况，并和掘进队的带班队长谈了几句。井下无短途，等我黑头黑脸地从井下出来，洗了澡，时间已是半下午。雪还在下，井口的煤堆上已覆盖了一层薄雪，使黑色的矿山变成了白色的矿山。此时，那位副书记和小车司机已先期回家去了，把我一个人丢在了矿上。我也想回家，跟妻子、女儿一块儿过春节，可不能啊，我的主要任务还没有完成。我搭了一辆运煤的卡车，向郑州赶去。雪越下越大，师傅不敢把车开得太快。我住进河南日报招待所时，天已完全黑了下来，吃晚饭的时间都过了。招待所的院子里积了半尺多深的雪，新雪上连一个脚印都没有。招待所是一个方形的大院，院子四周都是平房。平日里，入住招待所的全省各地的通讯员挺多的，差不多能把所有的房间住满。可那天的招待所空旷冷清起来，住招待所的只有我一个人。招待所方面，只有食堂里有一位上岁数的老师傅值班。我问老师傅有什么吃的，老师傅说："今天是大年初一呀，你怎么不在家过年哩！"我说："矿上不放假，我还得写稿子。"老师傅见我冻得有些哆嗦，问我想吃什么，他给我做。我说："随便吃点儿什么都行。"老师傅说："那我给你煮饺子吧。"

吃了两碗热气腾腾的水饺，我就趴在招待所的床铺上开始写稿子。望一眼窗外纷纷扬扬的大雪，我记得我写下的第一句话是：大年初一，新密煤矿井上冰天雪地，井下热火朝天。第二天早上，我踏着一踩一个脚窝的积雪，去报社的编辑部送稿子。报社的地方挺大的，有南门还有北门。我从北门进去，向编辑部所在的那栋大楼走去。报社的大院子里不见一个人影，偶尔有个别喜鹊在雪树间飞来飞去，蹬落一些散雪。我来到报社编辑部的值班室，见报社的总编辑在那里值班。我参加过报社在洛阳召开的城市通讯员工作会议，认识总编辑，我对总编说，我写了一篇煤矿工人节日期间坚守生产岗位的稿子，问总编需要不需要。总编的回答让我欣喜，他说当然需要，报纸正等这样的稿子呢！

把稿子交给总编，我就向长途汽车站赶去，准备回家。让我没想到的是，因大雪封山，雪阻路断，开往矿区的长途汽车停运了。汽车停运了，火车总不会停吧，我又向火车站赶去。下午只有一趟开往矿区的列车，我应该能赶上。然而因为同样的原因，火车也停开了。没办法，我只好返回河南日报招待所住下。在中国人很看重的春节，别人大都和家人一起团聚，过年，我那年却被大雪生生困在了郑州。我在大年初一的早上就去矿上下井，一去就是好几天无消息，我想我妻子一定很着急，很担心。可那时家里没电话，更谈不上用手机，只能等雪停路通才能回去，才能跟妻子解释未能按时回家的原因。

在报社招待所待着也有好处，能够及时看到报纸。我初二把稿子送到报社，看到初三的《河南日报》就把稿子登了出来。稿子不仅发在头版，还是头条位置。

2016 年元月 5 日
于北京和平里

第 四 辑

参天的古树

那是一栋独立的别墅，我住在二楼的一间卧室。卧室的窗户很宽大，窗玻璃明得有如同无。然而这样的窗户却不挂窗帘。我只须躺在床上，便把窗外的景物看到了。窗外挺立着一些参天的古树，那些古树多是杉树，也有松树、柏树和白桦等。不管哪一种树，呈现的都是未加修饰的原始状态，枝杈自由伸展，树干直插云天。一阵风吹过，树冠啸声一片。一种宝蓝色的凤头鸟和一种有着玉红肚皮的长尾鸟，在林中飞来飞去，不时发出好听的叫声。我看到的更多的是举着大尾巴的松鼠，它们在树枝间蹿上跳下，行走如飞，像鸟儿一样。松鼠是没长翅膀的鸟儿。它们啾啾叫着，欢快而活泼。它们的鸣叫也像小鸟儿。树林前面，是一片开阔的草地。和草地相连的，是蔚蓝色的海湾。海湾对面，是连绵起伏的雪山。

把目光拉回，我看到两只野鹿在窗外的灌木丛中吃嫩叶。它们一只大些，一只小些，显然是一对夫妻。我从床上下来看它们，它们也回过头来看着我。它们的眼睛清澈而美丽，毫无惊慌之意。墙根处绿茵茵的草地上突然冒出一堆蓬松的新土，那必是能干的土拨鼠所为。雪花落下来了，很快便为褐色的新土堆戴上了一顶白色的草帽。

是的，那里的天气景象变化多端，异常丰富。一忽儿是云，一忽儿是雨；一阵儿是雹，一阵儿是雪；刚才还艳阳当空，转瞬间云遮雾罩。雪下来了。那里的雪花儿真大，一朵雪花儿落到地上，能摔成好多瓣。冰雹下来了。碎珍珠一样的雹子像是有着极好的弹性，它打在凉台的木地板上能弹起来，打在草地上也能弹起来，弹得飞珠溅玉一般。不一会儿，满地晶莹的雹子就积了厚厚一层。雨当然是那里的常客，或者说是万千气象的主宰。一周时间内，差不多有五天在下雨。沙沙啦啦的春雨有时一下就是一天。由于雨水充沛，空气湿润，植被的覆盖普遍而深厚。树枝上，秋千架上，绳子上，甚至连做门牌的塑料制品上，都长有翠绿的丝状青苔，让人称奇。

那个地方是美国华盛顿州西南海岸边的一个小村，小村的名字叫奥斯特维拉。我和肖亦农先生应埃斯比基金会的邀请，就是住在那个环境优美的地方写作。过去我一直认为，美国是一个发达国家，也是一个年轻国家，不过到处都是高楼大厦，没有什么古老的东西。这次在那里写作，我改变了一些看法，发现古老的东西在美国还是有的。美国虽然年轻，但它的树木并不年轻，美国不古老，那里生长的树木却很古老。肯定是先有了大陆、土地、野草、树木等，然后才有了美国。看到一棵棵巨大的苍松古柏，你不得不承认，美国虽然没有悠久的人文历史，却有着悠久的自然生态历史。而且，良好的自然生态就那么生生不息，一直延续了下来。这一点，看那漫山遍野的古树，就是最好的证明。

出生于本地的埃斯比先生，为之骄傲的正是家乡诗一样的自然环境。他自己写了不少赞美家乡的诗歌，还希望全世界的作家、诗人、剧作家、画家等，都能分享他们家乡的自然风光。在一个春花烂漫的上午，和煦的阳光照在草地上，埃斯比突发灵感，对他的朋友波丽说："咱们能不能成立一个基金会，邀请全世界的作家和艺术家到我们这里写作呢？"埃斯比的想法得到了波丽的赞赏，于是，他们四处募集资金，一个以埃斯比命名的写作基金会就成立了。基金会是国家级的社团组织，其宗旨是为全世界各个流派的作家和艺术家提供不受打扰、专心工作的环境。基金会鼓励作家和艺术家解放自己的心灵，以勇于冒险的精神重新审视自己的写作项目，创作出高端的文学艺术作品。

基金会成立以来，在过去的九年间，已有苏格兰、澳大利亚、尼泊尔、加拿大、匈牙利等六七个国家的九十五位作家、艺术家到奥斯特维拉写作。他们都对那里的居住和写作环境给予很高评价，认为那里宁静的气氛、独处的空间、优美的自然风光，的确能够激发创作活力。

我由衷敬佩埃斯比创办基金会的创意。他的目光，是放眼世界的目光。他的胸怀，是装着全人类的胸怀。他的精神，是真正的国际主义的精神。有了那样的精神，他才那么给自己定位，才有了那样的创意，才舍得为文化艺术投资。他的投资不求回报，是在为全世界的文化艺术发展做贡献，在为人类的精神文明做贡献。埃斯比的举动堪称是一个壮举。

1999 年，埃斯比先生逝世后，波丽继承了他的遗志，继续发展基金会的事业，不断扩大基金会的规模。基金会扩建基础设施的近期目标，是每年至少可以接待三十二位作家、艺术家到那里生活和写作。波丽一头银发，大约七十岁了。她穿着红上衣，额角别着一枚蝴蝶形的花卡子，看去十分俏丽，充满活力。她对我们微笑着，很像一位慈祥的老奶奶。她在互联网上看到对我们的介绍和我们的作品，向我们深深鞠躬，让我们十分感动。

　　由中国作家协会推荐，经埃斯比写作基金会批准，我和肖亦农有幸成为首批赴奥斯特维拉写作的中国作家。一在树林中的别墅住下来，我就体会到了那里的宁静。我们看不到电视、报纸，也没有互联网，几乎隔断了与外界的信息联系。那里树多鸟多，人口稀少。我早上和傍晚出去跑步，只见鸟，不见人；只阅花儿，不闻声。天黑了，外面漆黑一团，只有无数只昆虫在草丛中合唱。在月圆的夜晚，我们踏着月光出去散步，像是听到如水的月光泼洒在地上的声音。写作的间隙，我平躺在客厅的沙发上，看着挂在凉棚屋檐下由道道雨丝织成的雨帘，一时不知身在何处，宁静而幽远的幸福感从心底涌起。不能辜负埃斯比写作基金会的期望，亦不能辜负那里优美的自然环境，在不到一个月的时间里，我写了一篇短篇小说、两篇散文，记了两万多字的日记，还看完了三本书。

　　我们刚到那里时，杏树刚冒花骨朵儿。当我们离开时，红红的杏花已开满了一树。

2009 年 3 月 26 日

于美国华盛顿州奥斯特维拉村

地 球 婆

第一次见面，我对她有些不恭。当我知道了她的身份和她家的经济情况，"地主婆"三个字从我嘴里脱口而出。她不懂中文，我叫她地主婆，反正她也听不懂。其实她听懂了也没什么。她家有农场，有大面积的土地，养有成群的牛、羊、鸡，她又是家庭主妇，我叫她地主婆也算是名副其实，不带什么贬义。不知为何，我看她的形象也像是地主婆的形象，因为她的脸颊格外的红，红得像搽了胭脂一样。我仔细瞅了瞅，她并没有搽胭脂，她脸上的红不是表面的，是深层次的，像是太阳晒出来的，是太阳红。

她是美国华盛顿州的一位普通家庭妇女，名字叫格尤。格尤在一个小教堂里遇见我们，知道我们是应邀到美国写作的中国作家，就决定请我们吃饭，吃烤鸡。她特别说明，鸡是她自家养的。好呀，我们肚里正缺油水，有人请我们吃烤鸡，我们求之不得，当然乐意。

格尤家的别墅建在一处开阔的草地上，别墅对面不远就是蔚蓝色的大海。成群的白鸥在海面上翻飞，景色十分壮丽。我们来到格尤家的别墅门口，格尤还没出来，门开处她家的小狗却率先跑了出来。让我感到惊奇的是，小狗从未见过我们，却像是看到久别重逢的老朋友一样，对我们这般友好。它把尾巴举着，像举着一束鲜花。它把"鲜花"快速摇着，在向我们表示热烈欢迎。

外面下着小雨，颇有凉意。而室内壁炉里面的木柴在熊熊燃烧，带有松柏香味的温暖像是一直暖到我们心里。格尤家的厨间如同一个酒吧，是开放式的。我们坐在客厅的沙发上，就可以看见格尤在厨间忙活。据说格尤有五个孩子，四个儿子，一个女儿。最大的孩子二十四岁，最小的孩子才四岁。我们不知道格尤的年龄，但她至少有四十岁。美国的妇女肥胖者居多，一进入中年，体态就有些臃肿。格尤是一个例外，她下穿牛仔裤，上穿高领毛衣，头发绾在头顶，一副很精干的样子。看得出，格尤是一个热爱劳动的人，劳动使她容光焕发，也让她身手矫捷。格尤的厨艺不错，她烤制的嫩鸡黄朗朗的，外焦里酥，的确很好吃。我们用刚刚学到的两句英语，一再向她发起恭维，夸烤鸡的味道太棒了，她的厨艺太棒了，她本人也太棒了！格尤对我们微微笑着，一再说谢谢，谢谢！

我注意到，格尤的性格是内敛的，她的笑优雅而有节制，好像有一点儿羞涩，还有那么一点儿忧郁。格尤的睫毛长长的，眼睛是蔚蓝色的。当她的眼睛向下看时，长长的睫毛仿佛给秋水一样的眼睛投下一片阴影。我隐隐觉得，格尤有话要对我们说，但因语言上的障碍，她的话没能说出来。话没能说出来，她像是怀有心事一样。格尤的生活如此优裕，还有什么放不下的心事呢？

过了几天，格尤又让人给我们捎话，要请我们看一个电视片。我们问是什么电视片，捎话的人说，可能是美国的一个风光片吧！格尤家的农场在另外一个挺远的地方，她独自驱车一百多公里，特意请我们看电视片。在看电视片之前，格尤再次请我们吃饭。她打听到我们爱吃面条，给我们每人煮了一碗热腾腾的汤面。晚上八点，电视片准时播出。所谓电视片，原来是电视台播放的一档节目，是一个纪录片。纪录片的内容，是展示全球气候变暖之后南极冰川融化的过程。冰川本来是一个巨大而美丽的整体，现在却烂得千疮百孔，到处都是空洞。那些空洞都很深，深得像无底洞一样。拍摄纪录片的人需要穿上防滑的冰鞋，腰间系上很长的尼龙绳子，才能下到深洞的半腰。冰洞的壁上也有洞，那些洞口正哗哗地向外蹿水。如果冰川也有血管和血液的话，那些蹿出的水恰似冰川的血管破裂流出的血液，让人触目惊心。冰川连绵起伏，像一座座山峰。由于冰川融化，基础遭到破坏，"山峰"轰然倒下，倒向大海。当冰川坍塌激起排空的海浪时，那悲壮的一幕给人一种毁灭之感。无数座冰川倒向海里，就把海平面提高了。海水大面积涌向人类赖以生存的土地和家园，于是人们纷纷逃离。

　　纪录片看了一半，我就知道格尤的用意了。我悄悄回头看了看格尤，见格尤看得十分专注。她手上端着小半杯红葡萄酒，看片子期间，她就那么一直端着，像是忘了喝。她表情凝重，看到紧张处似乎还有些惊悚。看完纪录片，格尤通过翻译告诉我们："我知道你们是作家，会写文章，希望你们写写环境保护方面的文章，呼吁全世界的人都来爱护我们的地球，保护我们的地球。"格尤终于说出了她要对我们说的话，她看着我们，神情是那样恳切。我当即表态说："好的，好的，我们一定尽力而为。"

　　我们生于地球，长于地球，日日夜夜在地球上生活，一分一秒都离不开地球。可作为地球上的普通居民，有多少人真正关心过地球的现状呢？有多少人对地球的变化忧心忡忡呢？也许我们觉得地球太大了，大得我们心里装不下它。也许地球离我们太近了，反而觉得它离我们很远。也许我们对地球太熟悉了，对太熟悉的事物我们往往不愿多看它一眼。格尤不是这样，在格尤眼里，地球好比是她家的一只皮球，她要经常把皮球摸一摸，拍一拍。地球好比是她家的一只宠物，一只猫，或一只狗，她对宠物宠爱有加，不允许别人对宠物有半点儿伤害。宠物若有一个好歹，她会很心疼的。格尤以地球为己任，她的胸怀是真正胸怀全球的胸怀。

须知格尤并不是什么官员，也不是什么环保专家，她只是一位普通的家庭妇女，或者说她只是一个农妇啊，她不愁吃，不愁穿，地球的冷暖关她什么事呢？格尤不，她就是要把地球和自己联系起来，就是要关心地球的事。我们习惯说天塌砸大家，格尤会说，天塌砸我。我们说天塌大家顶，按格尤的负责态度，格尤会说，天塌她来顶。知道了格尤的环保意识和对地球的责任感，我对她肃然起敬。我不该叫她地主婆，应该叫她地球婆才是。

2009 年 4 月 29 日

于北京和平里

在雨地里穿行

那是什么？又白又亮，像落着满地的蝴蝶一样。不是蝴蝶吧？蝴蝶会飞呀，那些趴在浅浅草地上的东西怎么一动都不动呢？我走进草地，俯身细看，哦，真的不是蝴蝶，原来是一种奇特的花，它没有绿叶扶持，从地里一长出来就是花朵盈盈的样子。花瓣是蝶白色，花蕊处才有一丝丝嫩绿，真像粉蝶展开的翅膀呢！放眼望去，大片大片的花朵闪闪烁烁，又宛如夜空中满天的星子。

我们去的地方是肯尼亚马赛马拉野生动物保护区，保护区的面积大约是四百平方公里。在保护区的边缘地带，我注意到了那种大面积的野花，并引起了我的好奇。在阳光普照的时候，那种野花的亮丽自不待言。让人称奇和难以忘怀的是，在天低云暗、雨水淅沥之时，数不尽的白色花朵似乎才更加显示出其夺目的光彩。花朵的表面仿佛生有一层荧光，而荧光只有见水才能显示，雨水越泼洒，花朵的明亮度就越高。我禁不住赞叹：哎呀，真美！

北京已是进入初冬，树上的叶子几乎落光了。地处热带的肯尼亚却刚刚迎来初夏的雨季。我们出行时，都遵嘱在旅行箱里带了雨伞。热带草原的雨水是够多的。我们驱车向草原深处进发时，一会儿就下一阵雨。有时雨下得还挺大，大雨点子打得汽车前面的挡风玻璃砰砰作响，雨刷子刷得手忙脚乱都刷不及。这么说吧，好像每一块云彩都是带雨的，只要有云彩移过来，雨跟着就下来了。

透过车窗望过去，我发现当地的黑人都不打雨伞。烟雨朦胧之中，一个身着红袍子的人从远处走过来了，乍一看像一株移动的海棠花树。待"花树"离得稍近些，我才看清了，那是一位双腿细长的赤脚男人。他没打雨伞，也没穿雨衣，就那么光着乌木雕塑一样的头颅，自由自在地在雨地里穿行，任天赐的雨水洒满他的全身。草地里有一个牧羊人，手里只拿着一根赶羊的棍子，也没带任何遮雨的东西。羊群往前走走，他也往前跟跟。羊群停下来吃草，他便在雨中静静站立着。当然，那些羊也没有打伞。天下着雨，对羊们吃草好像没造成任何影响，它们吃得专注而安详。那个牧羊人穿的也是红袍子。

我说他们穿的是袍子，其实并没有袍袖，也没有袍带，只不过是一块长方形的单子。他们把单子往身上一披，两角往脖子里一系，下面往腰间一裹，就算穿了衣服，简单得很，也易行得很。他们选择的单子，多是以红色基调为主，再配以金黄或宝蓝色的方格，都是鲜艳明亮的色彩。临行前，有人告诫我们，不要穿红色的衣服，以免引起野生动物的不安，受到野生动物的攻击。我们穿的都是暗淡的衣服。到了马赛马拉草原，我看到的情景恰恰相反，当地的土著穿的多是色彩艳丽的衣服，不知这是为什么。在我看来，在草原和灌木的深色背景衬托下，穿一件红衣服的确出色，每个人都有着万绿丛中一点红的意思。

我们乘坐的装有铁栅栏的观光车在某个站点停下，马上会有一些人跑过来，向我们推销他们的木雕工艺品。那些人有男有女，有年轻人，也有上岁数的老人。他们都在车窗外的雨地里站着，连一个打伞的人都没有。洁净的雨滴从高空洒下来，淋湿了他们茸茸的头发，淋湿了他们的衣服，他们从从容容，似乎一点儿都不介意。我想，他们大概还保留着先民的习惯，作为自然的子民，仍和雨水保持着亲密的关系，而不愿与雨水相隔离。

在辽阔的野生动物保护区，那些野生动物对雨水的感情更不用说了。成群的羚羊、大象、野牛、狮子、斑马、角马、长颈鹿，还有秃鹫、珍珠鸡、黄冠鹤，等等，雨水使它们如获甘霖，如饮琼浆，无不如痴如醉，思绪绵长。你看那成百上千只美丽的黑斑瞪羚站在一起，黄白相间的尾巴摇得像花儿一样，谁说它们不是在对雨水举行感恩的仪式呢！有雨水，才会有湿地，有青草，有泉水。雨水是生命的源泉，也是一切生物生生不息的保障啊！

我们是打伞的。我们把精制的折叠雨伞从地球的中部带到了地球的南端。从车里一走下来，我们就把伞打开了，雨点儿很难落在我们身上。有一天，我们住进马赛马拉原始森林内的一座座尖顶的房子里。雨下了一夜。第二天早上，彩虹出来了，雨还在下着。我们去餐厅用早餐时，石板铺成的小径虽然离餐厅不远，但我们人人手里都举着一把伞。餐厅周围活动着不少猴子，它们在树上轻捷地攀缘，尾随着我们。我们在地上走，它们等于在树上走。据说猴子的大脑与人类最为接近，但不打伞的猴子对我们的打伞行为似有些不解，它们仿佛在问：你们拿的是什么玩意儿？你们把脸遮起来干什么？

回想起小时候，在老家农村，我也从来不打伞。那时，打伞是奢侈品，我们家不趁一把伞。夏天的午后，我们在水塘里扑腾。天忽地下起了大雨，雨下得像瓢泼一样，在塘面上激起根根水柱。光着肚子的我们一点儿都不惊慌，该潜水，还潜水；该打水仗，还继续打水仗，似乎比不下雨时玩得还快乐。在大雨如注的日子，我和小伙伴们偶尔也会采一枝大片的桐叶或莲叶顶在头上。那不是为了避雨，是觉得好玩，是一种雨中的游戏。

不知从何时开始，我打起了雨伞。一下雨，我便用伞顶的一块塑料布或尼龙布把自己和雨隔开。我们家多种花色的伞有好多把。然而，下雨的日子似乎越来越少了，雨伞好长时间都派不上用场。如果再下雨，我不准备打雨伞了，只管到雨地里走一走。不就是把头发和衣服淋湿吗，怕什么呢！

2009 年 3 月 12 日

于美国华盛顿州奥斯特维拉村

月 光 记

从开罗前往埃及南部城市阿斯旺，需乘坐一夜火车。是夜，我独自享用一个小小包厢。睡至半夜醒来，抬头望见车窗外的天空挂着大半块月亮。月亮是晶莹的，无声地放着清辉。我素来爱看月亮，便坐起来，对月亮久久望着。列车在运行，大地一片朦胧。而月亮凝固不动似的，一直挂在我的窗口。我观月亮，月亮像是也在观我，这种情景给我一种月亮与我两如梦的感觉。

我有些走神儿，想到了故乡的月亮，想到月光在我家院子里洒满一地的样子。清明节前，我回老家给母亲烧纸。晚上，只有我一个人在院子里坐着。一盘圆圆的月亮蓦然从树的枝丫后面转出来了，眼看着就升上了树梢。初升的月亮是那般巨大，大得有些出乎我的意料。不必仰脸往天上找，甚至不用抬头，好像月亮自己就碰在我眼上了。随着月亮渐升渐高，皎洁的月光便洒了下来。没有虫鸣，没有鸟叫，一切是那样静谧，静得仿佛能听见月光泼洒在地上的声音。地上的砖缝里生有一些蒲公英，蒲公英正在开花。因月光太明亮了，我似乎能分辨出蒲公英叶片的绿色和花朵的黄色。

我相信，我在埃及看到的月亮，就是我们家乡的那个月亮。我还愿意相信，月亮是认识我的，我到了埃及，她便跟着我到埃及来了。可是，埃及在非洲的北部，离我们家乡太远太远了啊！远得隔着千重山，万重水，简直像是到了另外一个充满神话的世界。家乡离埃及如此的遥远，月亮是怎么找到我的呢？是怎么认出我的呢？月光是不是有着普世的性质，在眷顾着地球上的每一个人呢？由此我想到"普遍"这个词。这个词不是什么新词，几乎是一个俗词，但我觉得用普遍修饰月光是合适的，是不俗的。试想想，就月光的普遍性而言，除了阳光和空气，还有什么能与月光作比呢？其实，对于月光的普遍性存在，我们的前人早就注意到并赞美过了。李白说的是："今人不见古时月，今月曾经照古人。古人今人若流水，共看明月皆如此。"苏东坡说的是："但愿人长久，千里共婵娟。"只不过，李白是从纵的方面说的，苏东坡是从横的方面说的，他们以对人类生命大悲悯的情怀，从纵横两方面把月光的普遍性和永恒性诗意化了。

月光是普遍的，也是平等的。月光对任何人都不偏不倚，你看见了月亮，月亮也看见了你，你就得到了一份月光。人类渴望平等，平等从来就是人类追求的目标。可是，由于这样那样的原因，人类从来就没有平等过。凡是有人类的地方，就同时存在着三六九等的等级差别。从权力上分，人被分为官家、平民；从财富上分，人被分为富人、穷人；从门第上分，人被分为贵族、贱民；从智力上分，人被分为聪明人、傻子；从出身上分，人被分为依靠对象、团结对象和打击对象；从职业上分，人被分为上九流和下九流；连佛家把世界分为十界的人界中，也把人分为富贵贫贱四个等级。"遍身罗绮者，不是养蚕人。""朱门酒肉臭，路有冻死骨！枯荣咫尺异，惆怅难再述。"就是等级差别的真实写照。然而，月光不分这个那个，她对万事万物一视同仁。月光从高天洒下来了，洒在山峦，洒在平原，洒在河流，洒在荒滩，也洒在每个人的脸庞。不管你住别墅，还是栖草屋；不管你一身名牌，还是衣衫褴褛；不管你是笑脸，还是泪眼，她都会静静地注视着你，耐心地倾听你的诉说。月亮的资格真是太老了，恐怕和地球的资格一样老。月亮的阅历真是太丰富了，人世间所发生的一切，她什么没看到呢？月光就是月亮的目光，正因为她看到的人间争斗和岁月更迭太多了，她的目光才那样平静、平等、平常。月亮的胸怀真是太宽广了，还有什么比月光对万事万物更具有包容性呢，还有什么比月光更善待众生呢？

　　我突发奇想：哦，原来文学与月光有着同样的性质和同样的功能，或者说月光本身就是自然界中的文学啊！阳光不是文学，阳光照到月球上，经过月球的吸收、处理，再反映到地球上，就变成了文学。阳光是物质性的，月光是精神性的。阳光是生活，月光是文学。阳光和月光的关系就是现实生活与文学创作的关系。阳光是有用的，万物生长靠太阳，世界上任何物质所包含的热量和能量都是阳光给予的。月光是无用的，在没有月光的情况下，人们照样可以生存，生活。然而，且慢，月光真的连一点儿用途都没有吗？真的可有可无吗？当你心烦气躁的时候，静静的月光会让你平静下来。当你为爱情失意的时候，无处不在的月光会一直陪伴着你。当月缺的时候，你的内心会充满希望。当月圆的时候，会引起你对亲人的思念。当久久地仰望着月亮时，你会物我两忘，有一种灵魂飞升的感觉。当你欣赏了阳刚之美，不想再欣赏一下月光的阴柔之美吗？当你想到死亡的时候，是不是会认为阴间也有遍地的月光呢？太阳为阳，月亮为阴；白天为阳，夜晚为阴；正面为阳，背面为阴；男人为阳，女人为阴；阳间为阳，阴间为阴；等等。有阳有阴才构成了世界，阴阳是世界相对依存的两极。正如这个世界少不得女人一样，月光还真的少不得呢！

同样的道理，只要人类存在着，文学就不会死亡。我愿以我的小说，送您一片月光。

2008 年 3 月 24 日

于北京和平里

过　客

　　北京十月文学院在尼泊尔的首都加德满都建立了一个中国作家居住地，我是受邀去居住地体验和写作的首位作家。时间是 2017 年的 5 月下旬到 6 月上旬，前后不过十五六天。最后一周，我被尼泊尔的朋友安排住在山上一家叫尼瓦尼瓦的小型宾馆。宾馆的名字若翻译成中文，应为太阳花园。太阳花园的海拔高度在两千米以上，得风得水，腾云驾雾，宛如仙境。我凭栏站在房间二楼的阳台上，近观层峦叠嶂的满目青山，远眺直插云天的喜马拉雅雪山，恍然生出一种出世之感。在此居住期间，我看不到电视，听不懂尼人语言，每天所做的，不是看书写作，就是尽享优美的自然风光和清新空气，以养眼养心。同时，我还收获了一份新的感悟，真正知道了什么叫过客。

　　宾馆里每天都会迎来一些旅游观光的客人，少则三五人，多则几十人。他们有的来自欧洲，有的来自澳洲，绝大部分来自中国。中国的游客，北自哈尔滨，南自三亚，东自江苏、浙江，西自宁夏、陕西等，出发地遍及国内的四面八方。从年龄上看，游客多是一些身手矫健的年轻人，也有一些年过七旬的白发老人。他们兴致勃勃，都是满怀期望的样子。傍晚时分，他们刚从旅游车上下来，来不及把行李放进房间，就纷纷拥到观景台上用手机拍照。他们照白云，照群山，照花朵，也照自己。他们还摆出各种姿势，互相拍照。拍完之后，他们就到宾馆的大堂里找"外飞"，急着通过网络把照片传至微信的朋友圈。上山时他们被导游告之，到这个景点，主要是看日落和日出。这让我想到，对于人类世界来说，不仅所有热量都是太阳提供的，人类的生存离不开太阳，而从欣赏角度讲，无论走到哪里，太阳还是最壮美、最恒久的东西。然而，由于山上往往是云雾缭绕，他们既看不到日落，也看不到日出，未免有些失望。游客就是这样容易被引导，引导者仿佛为他们画定了方向和目标，引导者让他们看什么，他们就顺从地看什么。我想告诉他们，如果看不到日落和日出，其实山上的云雾也非常值得欣赏。云雾是动态的，在不断变化，有时浓，有时淡；有时薄，有时厚；有时平铺直叙，有时丝丝缕缕；有时翻滚奔涌，有时凝然寂静。它们的变化塑造着每一座山、每一棵树、每一只鸟、每一朵花，万事万物，无不以云雾的变化而变化。山上的现实为实，云雾为虚，一切实的东西因虚的不同而不同。我意识到我的想法可能有些抽象，就是说给他们，他们也不一定爱听，就没说。

不管他们对这个景点的观感、收获如何，第二天吃过早饭，他们像完成了某项任务一样，便背起行囊，拉上拉杆箱，登车下山去了，奔赴行程计划中的下一个景点。他们一走，熙熙攘攘的宾馆顿时冷清下来，日复一日，每天都是这样。我与每一拨游客都是不期而遇，同样的，也是在不期然之间，他们就扬长而去。他们这一去，这一辈子我也许再也见不到他们了。这时我脑子突然跳出一个词——过客，他们都是过客，而且是匆匆的过客。

"过客"这个词我以前听说过，但词本身也像一位过客一样，一听就过去了，并没往心里去，更没有深究过。这次我有机会目睹一拨又一拨过客，有了事实的支持和提示，我才牢牢记住了这个词，并加深了对过客含义的理解。如果我像他们的其中一员一样，也是一位匆匆的过客，"只缘身在此山中"，也许至今仍不知道过客为何物。就是因为我慢下来了，停下来了，以静观动，才恍然大悟，原来这就是过客。一时我稍稍有些得意，他们都是走马观花的过客，而我总算没成为跟他们一样的过客。

　　不过得意很快就过去了，我虽说在宾馆多住了几天，但不管是对太阳花园而言，还是对尼泊尔而言，我何尝不是一位过客呢？如一只鸟飞过蓝天，鸟不会在天空留下任何痕迹，尼泊尔也不会记得我这么一个中国人去过那里。

　　再往远一点儿想，我们每个人都只有一生一世，相对于时间、历史和地球来说，每个人都是过客，短暂的过客。李白诗云："生者为过客，死者为归人。"也是说过客是每个生命的必然命运。可在潜意识里，人们总有些不大甘心，不知不觉间会对过客命运进行一些抗争。是不是可以这样说，每个人的生命过程都是与过客命运抗争的过程？抗争的办法有千种万种，或慷慨悲歌，或低吟浅唱；或波澜壮阔，或曲径流觞；或万众瞩目，或琐碎日常；等等。不论使用什么办法，都是想通过抗争，使宝贵的生命焕发出应有的光彩。我上面所说的那些游客的到处旅游，也是为了增加游历，增长见识，也是抵抗过客命运的办法之一种。只不过他们的抵抗太匆忙了，过于过客化，并没有收到应有的效果。相反，他们的行为像是进一步印证了过客的说法。

　　毫无疑问，我们的写作也是对过客命运的一种抗争。"何如海日生残夜，一句能令万古传。"写作者的写作动力，大都源于一种想象，源于在想象中能够抓住自己的心，建立心和世界的联系，并再造一个心灵世界，以期收到"万古传"的效果。不管能否收到这样的效果，都要求我们一定要保持清醒的生命意识，起码能够慢下来，停下来，静下来，全神贯注，竭尽全力，写好每一篇作品。人可以成为过客，所创作的作品最好不要成为"过客"。

2017 年 6 月 11 日

于北京和平里

月光下的抚仙湖

　　我看电视有一搭无一搭。看到搞笑热闹的场面，我很快就翻过去。偶尔遇到自然清新的画面，我就看一会儿。

　　我曾在电视上看到几个渔民在湖边捕鱼。他们捕鱼的方法很原始，也很特别。渔民在湖边开掘两条在拐弯处相通的渠道，一条是进水口，一条是出水口，他们并排安装两台手动式木轮水车，不停地从湖里向渠道内抽水。抽进渠道内的水，只装模作样地稍稍旅行一下，便从出水口重新流进湖里。人们利用鱼儿总愿意逆流而上去产卵的习惯，在出水口给鱼儿造成一种有水自远方来的假象。鱼儿对水流是敏感的，立春时节它们急于繁殖后代的心情也很迫切，于是便纷纷向出水口游去。不料有一个机关正潜伏在出水口上游不远处等待着它们。那个机关是一只竹编的鱼篓，鱼篓的大肚子像水牛的腰那样粗，刚好可以卡进渠道里。而鱼篓的开口却像酒坛子的坛口那样小。这样一来，鱼儿一旦钻进鱼篓里，再想退出来就难了。人们适时将鱼篓取出，滤掉的是水，余下的是活蹦乱跳碎银一样的小鱼儿。据说这个湖的湖水极清澈，能见的透明度达七八米。俗话说，水至清则无鱼。大概因为这个湖的水太清了，虽然湖里也有鱼，但鱼很少，也很小，每一条小鱼都像一根金针花的花苞一样。也许是因为水清，这个湖里生长的小鱼儿味道格外鲜美。电视主持人不无夸张地说，就算把全世界所有的鱼种都数一遍，也比不上这种生性爱清洁的小鱼儿好吃。可惜，电视看过了，我没有记住电视上所说的湖泊在我国什么地方，也没记住小鱼儿的名字叫什么。

我还在电视上看过一个节目，说是在一个很深很深的湖底，发现了一个古代的城郭遗址。那是一档探索类的现场直播节目，从画面上可以看到身穿潜水服的考古队员正在水下抚摸古城城基的情景。随着水下考古的画面不断展开，我看到了水底的石头台阶、塔形建筑、刻在石头上的人物脸谱，以及石板铺地的街道等等。2006 年 10 月间，我曾到意大利的那不勒斯参观过被火山爆发掩埋过的庞贝古城遗址，一座生气勃勃的城市突然被毁灭让我深感震撼。这次看到的淹没在水下的城郭，同样让我震撼。在我的想象里，这座面积并不算小的城市也曾车水马龙，商贾云集，灯红酒绿，人声鼎沸，而现在却成了鱼儿穿行的水下世界。这种巨变不是沧海与桑田的关系，而是城市与沧海的关系。这次看罢我记住了，这座水下城郭遗址是在我国的云南。至于在云南的什么地区，我没有弄清楚。

以上两个电视节目是我前些年看的，在我的记忆中像两个梦一样，已经有些遥远，有些朦胧。随着时间的再推移，也许这"两个梦"会逐渐淡去，以至于在记忆中消失。试想想，我们每个人都做过很多梦，梦醒即是梦散，有多少梦能长久留在我们的记忆中呢？

2009 年 11 月底，《北京日报》副刊部组织我们到云南玉溪参加笔会。笔会的最后一天，也就是 11 月 29 日，笔会的组织者把我们拉到了澄江县一个叫抚仙湖的地方。抚仙湖？我怎么从来没听说过？抚仙湖有什么好看的？及至到了抚仙湖看了湖水，听了当地人对抚仙湖的介绍，并翻阅了宾馆床头上放的有关抚仙湖的资料，我不由得兴奋起来，啊，天爷，原来我记忆中的两个节目都发生在抚仙湖，都是在抚仙湖拍摄的。有把记忆中的云朵变成雨水的吗？有把"梦中"的情景变成活生生的现实展现在眼前的吗？这样的事情我就遇到了，这让我大喜过望，深感幸运。

抚仙湖的美，当然取决于抚仙湖的水。有人把抚仙湖的水比作钻石般透明，也有人把抚仙湖的水比成翡翠般美丽，我都不愿认同。因为钻石和翡翠不管怎样宝贵，还都是物质性的东西。直到看见明代的一个文学家把抚仙湖的水说成是"碧醍醐"，我才觉得有些意思了。醍醐虽然也具有物质的性质，但同时又被赋予了仙性、佛性和神性，用醍醐比喻抚仙湖的水是合适的。下午我们在湖里划船时，我就暗暗打定主意，要下到水里游一游。我看了湖边竖立的标牌，说下湖游泳是可以的，为安全起见，天黑之后最好别下湖。有这等好水，又有下水游泳的机会，我可不愿错过。愚钝如我辈，何不借机接受一下"醍醐"的灌顶呢？

从船上下来，朋友们上街去购物。我换上游泳裤，开始下湖。季节到了小雪，加上天色已是傍晚，湖水极凉，跟冰水差不多。可我把身体沉浸在水里就不觉得凉了，相反，似乎还有些温暖。我在水边蛙泳、自由泳、俯泳、仰泳，来来回回游了好几趟。望着远山青黛的脊梁，望着天空已经升起的将圆的月亮，我畅快得直想大声呼喊。我真的喊了，我在水里举起双臂喊了好几声。我听见我的长啸一样的喊声贴着清波荡漾的湖面传得很远很远。哎呀，太痛快了！我们不远千里万里，跑到这里，跑到那里，原来追寻的都是自然之美啊！我们最想投入的还是自然的怀抱啊！亏得这次来到了抚仙湖，不然的话，我可能一辈子都无缘得到抚仙湖的抚慰啊！

晚饭之后安排的是歌舞晚会，我没有按时去参加晚会，还想到湖边去看看月亮，再看看月光下的抚仙湖。当晚是农历十月十三，月亮早早地就升了起来，而且月亮眼看就要圆了。月亮哪儿都有，但要看到真正明亮的月亮却不是很容易。抚仙湖上空的月亮无疑是明亮的，我不能辜负这么好的月亮和月光。

湖边铺展着开阔而洁净的沙滩，我仰面躺在沙滩上，久久地望着月亮。天空没有云彩，星子在闪烁。在深邃的天空和群星的衬托下，月亮像一个巨大的晶体，在无声地放着清辉。过去我一直认为，太阳是有光芒的，而月亮只有光，却无芒。这次在抚仙湖边看月亮，我改变了以往对月亮的看法，其实月亮也是有芒的。我觉出来了，月亮的道道光芒从高天照射下来，像是直接照到了我眼上。只不过，太阳的光芒是强烈的，人们不敢正视它。而月亮的光芒是柔和的，给人的是一种普度众生的感觉。

我坐起来，眺望月光下的湖面。远山看不到了，波光粼粼的湖面一望无际。白天看，湖面是深蓝色，比天空还要蓝。夜晚看，湖面有些发紫，宛如薰衣草花正遍地盛开。月亮映进湖里，天上有一个月亮，湖底似乎也有一个月亮。天上的月亮往下照，湖底的月亮往上照，两个月亮交相辉映。我想起湖底的古城遗址。湖水的透明度这样高，月光的穿透力又这样好，古城的街道也应该洒满了月光吧，留在古城里的那些魂魄大概也在踏月而行吧。我还想起那些捕鱼的渔民。因季节不对，我没有看到那些渔民的身影。但我看到了水边的水车，和立在岸边上的一只只巨大的鱼篓。没有风，没有人声，也没有鸟鸣，一切是那么的静穆。湖水偶尔拍一下岸，发出的声音是那样的轻柔，好像还有一点儿羞怯，如少女含情脉脉的温言软语。要是有一幅油画就好了，可以把停泊在湖边的游船，船边水中的月影，以及岸边的草亭和树林画下来，那将是一幅多么静美的图画。可惜我不会画画。要是有一首诗就好了，可以把眼前的美景描绘一下，把心中的情感抒发一下。可惜我不是诗人。要是有首歌就好了……想到歌，我真的轻轻地唱了起来。那是一支关于月亮的歌，曲子舒缓，悠长，还有那么一点儿伤感。唱完了歌，一种虚幻感让我一时有些走神儿，身体仿佛飘浮起来，在向月亮接近。我知道，那不是我的身体在飘浮，而是灵魂在飘浮，那种感觉真是美妙极了。人往往追求实感，殊不知，至高的美的境界是虚，是太虚。白天为实，夜晚为虚；阳光为实，月光为虚；湖水为实，氤氲为虚。人从虚空来，还到虚空去，虚的境界才更值得我们追寻。

2010 年 1 月 9 日

于北京小黄庄

从此有了中华槐园

　　我的老家河南沈丘县，于隋开皇三年（583 年）建县，到 2017 年，已有一千四百三十四年的历史。县城原来在南边的老城，1950 年北迁至槐店镇。在我的印象里，位于槐店的县城没什么好玩的地方，除了南面有一条终年流淌的沙河，河边泊着几条载货的木船，别的就想不起什么了。到煤矿当工人之后，有一年秋天，趁回老家探亲的机会，我去县城北郊的帆布厂看望我的一位初中女同学。女同学是我的初恋对象，铭心刻骨的恋情曾把我害得好苦好苦。和女同学见面后，天色已晚，我们不知道往哪里去，就在一条河的河堤上来回走。那条河是沙河的一条支流，下大雨时，县城的积水可以通过支流往沙河里排。而不下雨时，支流的河床是干涸的，看去很深的河底都是一些沙子。没见女同学之前，我激情鼓荡，预设的动作是把女同学拥抱一下，最起码要握一握女同学的手。也许是出于对爱的敬畏，也许是对某种期许准备得太过充分，事到临头反而手足无措。我们在河堤上来来回回走了三趟，先是我送她回帆布厂，再是她送我回旅馆，三是我又送她回帆布厂，直到月明星稀，我预设的动作一点儿都没能出台，以致造成终生遗憾。

后来我想，那时县城里倘若有一座公园，我和女同学到公园的僻静处停一下，或坐一会儿，有接触的机会，事情的结果也许会大不一样。不一样到什么程度呢？或许会直接影响到我的婚姻走向，使我们的初恋得以落实，并结出硕果。凤凰台上凤凰游，看来环境对人生的作用不可小觑。

过了一年又一年，直到2012年，开天辟地第一回，我们沈丘县才有了第一座公园。这个开创性的佳话说来稍稍有点儿话长，请允许我慢慢道来。

不记得是哪一年，高速公路修到了沈丘。从洛阳到南京的洛宁高速路在沈丘城北开有一个出口，车下了高速路，出了收费的闸口，就到了沈丘。人们来到沈丘，对沈丘的第一印象不是很好。当年修高速路时，为了抬高路基，筑路工人只能就近取土，在高速路里侧不远处挖坑，把一大片土地挖得坑坑洼洼，连下面的砂姜都挖了出来。高速路是修好了，双向四车道上的各种车辆川流不息，而建高速路形成的废弃的荒地却留下了。一年两年过去了，三年四年过去了，荒地里长满了杂草、灌木棵子和荆棘，坑洼里的积水变稠，变黄，成了蚊子滋生的温床。更有甚者，有人把荒地变成了倾倒垃圾的地方，有风吹过，塑料袋一类的白色垃圾飘上了天空，很是难看。加上荒芜之地就在高速路出口的左侧，去沈丘的人们一眼就看到了，人家的评价往往是：噢，这就是沈丘，环境质量不怎么样啊！

事情的转机，来自北京翰高兄弟投资集团公司董事长房墉回乡创业之时。房墉的老家和我的老家同在沈丘县刘庄店镇，他出生的村子房营，和我的村子刘楼，两村的直线距离不超过三公里。作为老乡，我曾去房墉在北京怀柔的集团公司本部探访过，对房墉的创业历程有所了解。当年，房墉独自一人到北京打工，为一家企业推销暖气片。为了尽快在北京站稳脚跟，他要求自己必须开足马力，马不停蹄，快速行动。为此，他自我发狠，给自己严苛规定了"三个一"：每一天都要取得销售成绩；每一个月都要跑烂一双鞋子；每一季度手指要磨烂一张地图。就这样，他凭着一颗敢于争胜的雄心，和异乎寻常的顽强意志力，在打工过程中积累了经验，也积累了资金，于1996年创办了自己的公司。公司以科技创新、文化创意为灵魂，积极投注于建材行业，主要生产建筑内墙涂料、外墙涂料和建筑外墙外保温外装饰等材料。因产品科技含量高，性能先进，在激烈的市场竞标中，翰高公司先后承接了北京奥运村、济南全运村、上海世博会等国家重大工程项目建设。房埔本人也成为国家住建部命名的"中国建筑节能减排十大突出贡献人物"之一。

成为企业家和成功人士的房埔，没有忘记我们县还是贫困县，没有忘记家乡的父老乡亲，他选择把创业链向家乡延伸，以回报家乡人民。他回乡投资的第一个项目，就是在县城为家乡人民建一座公园。公园建在哪里呢？房埔定是看到了那片有碍观瞻的荒芜之地，决定因地制宜，变废为宝，化丑为美，公园就建在那里。公园从2011年6月30日动工兴建，到2012年5月6日正式隆重开园，用了不到一年的时间，一座前所未有的公园便在沈丘的大门口落成。在公园建设过程中，房埔参与蓝图的绘制，并参与施工现场指挥。他们干脆把废弃的坑塘深挖，扩大，建成一座湖。湖中央留出一块地，作为湖心岛。把挖出的沙土堆成一座山，在山顶建了凉亭。在山与湖心岛之间建起一座古色古香的三孔拱桥，湖岸边还建了长廊。如此一来，园内有山有水，山顶有可以远眺的亭台，山下有通水之桥，岸边还有听雨的长廊，一座可以与江南园林媲美的公园便赫然呈现在人们面前。

一座在废弃的荒地上建起的让人眼前一亮的公园，本就足以让人们称奇。更让人称奇的是，这个公园不是一座一般的公园，它是一座有主题的、升华性的公园。我国各地的公园很多，但像北京的天坛、地坛、日坛、月坛那样的主题公园不是很多。那么，沈丘的首座公园，它的主题是什么呢？它是以传承和弘扬槐文化为主题，公园的名字叫"中华槐园"。为什么选择槐文化作为公园的主题呢？因为槐文化在我国源远流长，周代即有"三槐九棘"之制，以"三槐"而代"三公"。从山西洪洞大槐树下移民的传说，更增添了人们以槐寻祖的情结。槐树因此有了一个至高至尊的称谓，那就是国槐。加之沈丘的县城就在槐店，以中华槐园为公园命名是水到渠成，道法自然，也体现了沈丘与槐的不解之缘。

既然以槐园为公园命名，园子里的树木当然是以槐树居多。据统计，园内的各类槐树有六十五种，两万多棵。从挂在每棵树的标牌上看，有金枝国槐、五叶槐、龙爪槐、毛刺槐、香槐、白花槐、红花槐、紫花槐、黄金槐、洋槐，等等。让人感到震撼并肃然起敬的是，入园即可见两棵大槐树挺立在东西两侧，两棵被称为"槐王"的槐树树龄都在一千五百年以上，可谓阅尽人间沧桑。正对园门口的是一棵名叫五福迎宾的槐树，它五干同根，好像兄弟五人，正恭立欢迎游客的到来。在槐文化的笼罩下，槐园的多个景点都是以槐冠名，山叫槐仙山，湖为槐香湖，亭名观槐亭，桥称三槐桥。园内还建有水上观赏、儿童娱乐、花卉盆景、湿地栈道、餐饮休闲等八个功能区。

整个中华槐园的面积大约为三百五十亩，为建槐园，翰高公司先后投入六亿多元人民币。公司投入这么多钱建公园，并不是为了盈利，是为了让家乡人民分享改革开放带来的成果和福利。公园不收门票，大门敞开，欢迎所有游客到公园观光游览。我们这里也有公园了！沈丘人互相转告，纷纷到公园游览。特别是在节假日期间，槐园内游人如织，笑语欢歌，很是热闹。2013年清明节前夕，我趁回老家的机会，应邀到中华槐园看了一番。时值春暖花开之际，湖边垂柳依依，红桃照水，人们或结伴登山，或带着孩子划船，或坐在槐树下写生，或在花卉前合影，一派"清明上河"的喜人景象。一路陪同我参观的房堳先生对我说，再过几天，满园的槐花就开了，到那时再来看吧，红花如海，白花似雪，浓郁的花香阵阵涌来，更让人陶醉。

中华槐园的建设者们不限于挖掘、整理和弘扬中华民族的槐文化，在县委、县政府的大力支持下，在建设槐园的同时，他们向其他优秀民族文化拓展，还为沈丘的历史文化名人、《千字文》的作者周兴嗣建立了高大的花岗岩雕像，在槐园内开辟了《千字文》文化广场，在公园东侧建了以开展多种文化活动为主要功能的三槐堂。在《千字文》文化广场上，《千字文》以魏碑体镏金大字形式，被全文镶嵌在一面像打开的书本一样的墙壁上。游客来到文化广场，都会在广场伫立，把《千字文》读一读。有的班主任老师会把全班的学生带到《千字文》广场，集体朗诵这篇不朽的历史文化名著。三槐堂挂牌成立了《千字文》文化研究会，开展研究征文、书法大赛、背诵比赛等系列活动，取得了丰硕的成果。三槐堂还收集展出了多种石雕艺术品，以及石磨、石碾、石槽等民间石头制品，被称为文化记忆的家园、游子心灵的港湾。

在三槐堂和沈丘县文联联合组织开展的诸多文化活动中，我也有幸忝列其中，参加了一些文学方面的活动。比如：自2013年以来，我已经连续四年在清明节期间为家乡的读者签名赠书，每年赠两种，每种一百本。四年来，我已先后赠送了包括《平原上的歌谣》

《遍地月光》《黑白男女》在内的三部长篇小说、四部中短篇小说集和一本散文集。赠书活动还会继续下去。我把我的一部分藏书运回去，在三槐堂建了一个图书馆。在图书馆里，我还为周口作家协会举办的文学创作笔会做过讲座。

回顾中华槐园的创建过程，我难免心生感慨。在中华大地上，不管是黄鹤楼，还是滕王阁；不管是嵩阳书院，还是白鹿书院，都是平地起楼，从无到有。而一旦落成，便成为文化，成为历史。我想始建于21世纪10年代的中华槐园也是如此，它至少可以载入沈丘的史册。据《沈丘县志》记载，沈丘在春秋时代因"其地不利，而名甚恶"，曾被称为寝丘。民谣对沈丘的评价是："一湖一凹又一坡，庄稼没有野草多，三天不雨禾苗干，一场大雨变成河。"沈丘的改天换地发生在当今这个中华民族发展史上前所未有的时代，如今的沈丘建成了以新兴工业园区为标志的新区，现代化的新县城也粗具规模。而中华槐园的应运而生，谁能说不是沈丘发展变化的一个缩影呢？

话说了这么多，让我再回到文章的开头。当年我和女同学处于谈恋爱的青春年华，却苦于找不到一个可以谈恋爱的公园。如今公园有了，我的青春已逝，早过了谈情说爱的年龄。我听说了，我的那位女同学并没有远走，还在沈丘本土。但自从那次和女同学分别之后，四十多年过去了，我再也没有和她联系过。我这样做，是出于对她的尊重，也是对我自己的尊重。再说了，初恋的情感总是纯洁的、美好的，也是精神性的、超越性的，甚至是抽象性的，就让那段美好的情感永远美好下去吧！

2017年1月6日至10日

于北京和平里

草原上的河流

我多次看过大江、大海、大河，却一直没有看过草原上的河流。我只在电影、电视和画报上看见过草原之河，那些景象多是远景，或鸟瞰之景。在我的印象里，草原上的河流蜿蜒飘逸，犹如在绿色的草原上随意挥舞的银绸，煞是漂亮动人。这样的印象，是别人经过加工后传递给我的，并不是我走到河边亲眼所见。别人的传递也有好处，它起码起到了一个宣传作用，不断提示着我对草原河流的向往。我想，如果有机会，能近距离地感受一下草原上的河流就好了。

机会来了，2014年初夏，受朋友之约，我来到了向往已久的呼伦贝尔大草原，终于见到了流淌在草原上的河流。那里的主要河流有伊敏河、海拉尔河，还有额尔古纳河等。更多的是分布在草原各处名不见经传的支流。如同人体上的毛细血管，草原铺展到哪里，哪里就有流淌不息的支流。水的源头有的来自大兴安岭融化的冰雪，有的是上天赐予的雨水，还有的是地底涌出来的清泉。与南方的河流相比，草原上的河流有一个突出的特点，那就是自由。左手一指是河流，右手一指是河流，它随心所欲，我行我素，想流到哪里都可以。我看见一条河流，河面闪着鳞片样的光点，正淙淙地从眼前流过。我刚要和它打一个招呼，说一声再见，它有些调皮似的，绕一个弯子，又掉头回来了。它仿佛眨着眼睛对我说：朋友，我没有走，我在这儿呢！

在河流臂弯环绕的地方，是一片片绿洲。由于河水的滋润、明水的衬托，绿洲上的草长得更茂盛，绿得更深沉。有羊群涉过水流，到洲子上吃草去了。白色的羊群对绿洲有所点化似的，使绿洲好像顿时变成了一幅生动的油画。

而南方的河流被高高的堤坝规约着，只能在固定的河道里流淌。洪水袭来，它一旦溃堤，就会造成灾难。草原是不怕的，草原随时敞开辽阔的胸怀，不管有多少水，它都可以接纳。水大的时候，顶多把草原淹没就是了。但水一退下去，草原很快就会恢复它绿色的本色。绿色的草原上除了会增加一些水流，还会留下一些湖泊和众多的水泡子。从高处往下看，那些湖泊和水泡子宛如散落在草原上的颗颗明珠。

在一处坐落着被称为亚洲第一敖包的草原上，我见几个牧民坐在河边的草坡上喝酒，走过去和他们攀谈了几句。通过攀谈得知，他们四个是一家人，父亲和儿子，婆婆和儿媳。在羊圈里剪羊毛告段落，他们就带卜羊肉和酒，坐在松软的草地上喝酒。他们没有带酒杯，就那么人嘴对着瓶嘴喝。他们四个都会喝，父亲喝一口，把酒瓶递给儿子；婆婆喝一口，把酒瓶递给儿媳。他们邀我也喝一点儿，我说谢谢，我们一会儿到蒙古包里去喝。我问他们河水深不深，能不能下水游泳，小伙子答话，说水不深，天热时可以到河里游一游。正说着，我看见三匹马从对岸走来，轻车熟路般地下到河里。河水只没过了马的膝盖，连肚皮都没湿到。马下到河里并不是都喝水，有的在河里走来走去，像是把河水当成了镜子，在对着"镜子"把自己的面容照一照。我又问他们河里有没有鱼，小伙子说鱼当然有，河里有鲫鱼、鲇鱼、鲤子，还有当地特有的老头儿鱼。老头儿鱼最好吃。那么，月光下的河流是什么样子呢？小伙子笑了，说月亮一出来，满河都是月亮，可以在漂满月亮的河边唱长调。

又来到一条小河边，我看见河两边的湿地上开着一簇簇白色的花朵。草原上的野花自然很多，数不胜数。红色的是萨日朗，紫色的是野苜蓿，明黄的是野罂粟，蓝色的是勿忘我。这种白色的花朵是什么花呢？我正要趋近观察一番，不对呀，花朵怎么会飞呢？再一看，原来不是花朵，是聚集在一起的蝴蝶。蝴蝶是乳白色，翅膀上长着黑色的条纹，一片蝴蝶至少有上百只。蝴蝶们就那么吸附一样趴在地上，个别蝴蝶飞走了，很快又有后来者加入进去。这么多蝴蝶聚在一起干什么呢？同行的朋友们纷纷做出猜测，有人说蝴蝶在开会，有人说蝴蝶在谈恋爱，还有人说蝴蝶在产卵。蝴蝶们不说话，它们旁若无人似的，该干什么还干什么。

我想和蝴蝶做一点儿游戏，往蝴蝶群中撩了一点儿水。这条小河里的水很凉，也很清澈，像是从地底涌出的泉水汇聚而成。水珠落在蝴蝶身上，蝴蝶像是有些吃惊，纷纷飞扬起来。一时间，纷飞的蝴蝶显得有些缭乱，水边犹如开满了长翅膀的白花。蝶纷纷，"花"纷纷，人也纷纷，朋友们纷纷拿出手机，拍下这难得的画面。

这样清的水应该可以喝。我以手代勺，舀起一些水尝了一口。果然，清冽的泉水有着甘甜的味道。

倘若是我一个人独行，我会毫不犹豫地下到河里去，尽情地把泉水享受一下。因是集体出行，我只能和小河告别，眼睁睁地看着河水曲曲折折地流向远方，远方。

我该怎样描绘草原上的河流呢？我拿什么概括它、升华它呢？平日里，我对自己的文字能力还是有些自信的，可面对草原上的道道河流，我感到有些无能，甚至有些发愁。直到有一天晚上，我们来到被誉为长调之乡的新巴尔虎左旗，听了蒙古长调歌手的演唱，感动得热泪盈眶之余，我才突然想到，有了！我终于找到和草原上的河流相对应的东西了，这就是悠远、自由、苍茫、忧伤的蒙古长调啊！长调的婉转对应河流的蜿蜒，长调的起伏对应河流的波浪，长调的悠远对应河流的不息，长调的颤音对应河流的浪花……我不知道是草原上的河流孕育了蒙古长调，还是蒙古长调升华了河流，反正从此之后，我会把长调与河流联系起来，不管在哪里，只要一听到动人情肠的蒙古长调，我都会想起草原上的河流。

2014 年 6 月 26 日

于北京和平里

谱写遵义新的史诗

我是深切经历过极度贫困的人。1960年，我九岁，那年是我国三年大饥荒最严重的一年。因食堂几乎断炊，连杂草、树皮都吃光了，我被饿成了大头，细脖子，薄肚皮，两条腿细得像麻秆一样，连走路去上学都很吃力。记得我当时对娘说了一个很大的理想：什么时候馍筐里经常放的有馍，想吃就拿一个，不受任何限制就好了。也许因为我的理想过于宏大，实现起来太难了，不但没有得到娘的肯定，还受到了大姐和二姐的讥笑。

一个人有什么比较难忘的经历，就会比较关注什么。近年来，我对我国的脱贫事业一直很关注。我本人和我的家庭早就摆脱了贫困，日子过得比小康还小康一些。可是，我老家所在的县却是贫困县，我的大姐家、二姐家，还有二姐的大儿子一家，都是建档立卡的贫困户。我对他们虽说每年都有所资助，因能力有限，并不能使他们脱离贫困。还是靠国家脱贫攻坚和精准扶贫政策的持续发力，还有村干部的具体帮助，他们才终于在2019年被分别摘掉了贫困户的帽子，稳步走上了小康之路。我每年都回老家，看到他们现在吃得饱，穿得暖，住得好，手里还不缺钱花，生活一年比一年幸福，心中甚感欣慰。我们那里判断日子过得如何，还是习惯拿馍说事儿，他们说，现在天天都可以吃白馍，每天都跟过年一样。是呀，一年三百六十五日，过去每天能吃上用红薯片子面做成的黑馍就算不错，只有到过年那一天，才能吃上一顿用小麦面蒸成的白馍，现在白蒸馍随便吃，可不是天天都像在过年嘛！过年，是生活中最好的日子，也是最快乐的日子，老百姓基于最基本的事实，发出每天都在过年的肺腑之言，这是多么高的评价啊！

通过与老家亲人的经常性联系，我对脱贫攻坚所取得的成果，是有一些亲身感受，但我的感受是局部的、微观的、肤浅的，对这项伟大事业的了解并不够宏观，不够全面，也谈不上有多么深入。我产生了一个愿望，最好能到我老家以外别的贫困地区实地走一走，看一看，在更大范围内访问一下脱贫攻坚的实施情况，以掌握更多的、更有说服力的事实，加深对这项历史性工程深远意义的认识。2020 年 5 月下旬，在全国人民抗击新冠肺炎疫情取得积极成效的形势下，在"两会"于首都北京召开之际，由《中国作家》杂志社和遵义市委宣传部联合发起了一场"圆梦 2020——中国作家脱贫攻坚遵义行"采风活动。这个活动正如我愿，当杂志社的朋友打电话问我能否参加时，我表现得非常积极，说太好了，我一定要去！

说起遵义，恐怕每一位当代中国人都耳熟能详。遵义和井冈山、瑞金、延安、西柏坡一样，是革命圣地，是人们向往的地方。遵义是和会议联系在一起的，是会议带动了遵义，扩大了遵义的影响，使遵义古城声名大震。遵义会议是中国共产党历史上开始独立自主地解决中国革命和革命战争的重大问题的会议，实际上确立了毛泽东在中共中央和红军中的领导地位，在极端危急的关头挽救了党，挽救了红军，挽救了中国革命，是党的历史上一个生死攸关的转折点。遵义会议当然十分重要，但我们千万不可忘记，会议之所以能在遵义召开，会议之后，红军之所以能在遵义地区奋战三个多月，完成了"四渡赤水"，摆脱了国民党多路重兵的围追堵截，与遵义人民的支持、奉献和牺牲是分不开的。且不说遵义人民勒紧裤带，省下口粮，从"粮草"上支援红军，更可歌可泣的，是他们为革命献出了热血和生命。惨烈的湘江血战之后，红军攻克遵义，得到了十二天的休整，并有时间召开会议。休整和会议期间，在红军的宣传和感召下，遵义的青壮年踊跃报名参军，成功"扩红"五千余人，使红军队伍再次得到壮大。他们刚参军就要参加战斗，有人牺牲在随后的青杠坡等战斗中，成了年轻的烈士。

遵义人民的付出，应该得到回报，革命胜利后，他们应该过上好日子。然而长期以来，由于历史、地理等因素的影响，他们一直被贫困所困扰，日子没得到多少好转。而且，遵义地处武陵山、乌蒙山集中连片贫困地区，贫困面广，贫困量大，贫困程度深，要全面脱贫谈何容易！判断一个地方是否贫困，除了吃饭、穿衣、义务教育、基本医疗、住房，还有一个重要的指标，是看当地的小伙子是否能找到老婆。遵义贫困山村的姑娘，通过外出打工，纷纷嫁到外地去了。而本地的一些小伙子，只好通过外出打工的办法，到外地找老婆。他们在外地找到了老婆，老婆怀了孕，他们才把老婆带回了老家。老婆生下孩子后，把孩子扔给家中的老人，就一个人跑掉了。"金凤凰"跑掉的原因，是没看到可供栖息的"梧桐树"，是实在不能忍受山村的贫穷和闭塞。

习近平总书记特别指出："要深入推进扶贫开发，帮助困难群众特别是革命老区、贫困山区困难群众早日脱贫致富。"遵义作为革命老区之一，这种贫困现状再也不能继续下去了。从 2014 年开始，遵义市、区、县、乡镇各级领导，如同当年的红军指战员听到催征的号角，紧急动员起来，迅速全面地打响了一场深入、持久的脱贫攻坚战。他们在政治上达成了高度一致，认识到脱贫攻坚就是坚守初心，牢记使命，就是目前最突出、最现实的政治责任。"四个意识"强不强，"两个维护"做得到不到位，要在脱贫攻坚这块试金石上试一试。在经济上，他们紧紧抓住脱贫攻坚的牛鼻子，以脱贫攻坚统揽经济社会发展全局，不制服贫困决不罢休。他们既挂帅，又出征，背起简单的行囊，继承革命的传统，走出机关，走出城市，走出自己的小家庭，一头扎进深山老林里的贫困村去了。五年多来，全市选派了四千四百七十五名第一书记、驻村干部奔赴脱贫攻坚战场；市县两级机关单位组织近十二万名干部，与贫困户挂钩儿，实行结对脱贫帮扶。脱贫攻坚既像一场阵地战，又像是一场持久战，扶贫队员们付出的千辛万苦可想而知。他们付出了汗水，付出了眼泪，有人还付出了热血，付出了生命。可以毫不夸张地说，每一位驻村扶贫干部的经历都可以写一本书。

让人深感欣慰的是，经过五年多的艰苦奋战，2020 年 3 月 3 日，贵州省人民政府庄严而隆重地向全中国、全世界宣告：遵义全境八百一十二万老区人民全部脱贫！遵义市的脱贫是高质量、高标准的，没有落下一个民族，没有落下一个村庄，没有落下一户，没有落下一人。这是遵义人民的脱贫史、奋斗史、创业史，也是继遵义会议和"四渡赤水"之后，在遵义这块土地上所谱写的新的壮丽史诗。因为遵义的脱贫所具有的标志性和典型性，不仅在我国历史上具有伟大意义，在人类历史和世界历史上同样意义非凡。脱贫的消息传开，锣鼓敲起来，鞭炮放起来，龙狮舞起来，遵义人民欢喜若狂，驻村干部喜极泪奔。

在遵义期间，我们迎着初夏绿色的暖风，足不停步，连续走访了务川、湄潭、汇川、仁怀、习水、赤水等市、区、县和一些乡镇、山村，通过座谈和实地踏勘，我们了解到不少脱贫攻坚的实例。为了对前面概括性的记述做一点儿具体的补充，我来举一个贫困山村脱贫的例子。

这个例子是汇川区芝麻镇的竹元村。这个村曾是省级一类深度贫困村，全村四十一个村民组，近五千人，分住在三山加两沟的原始贫瘠地带，从山顶到沟底，海拔落差一千多米。春来时，山下春暖花开，山上仍寒气逼人。在扶贫第一书记谢佳清 2016 年驻村之前，村里到处都是破房子、烂猪圈，连一栋像样的房子都没有。房子外面破败，里面更是贫穷。一些小伙子眼看长大成人了，却迟迟找不到老婆。无奈之际，他们只好远走他乡，到外面的世界去讨生活。竹元村之所以这样贫穷，原因是多方面的，其中一个主要的原因，是交通问题扼住了竹元村的喉咙。全村没有一条真正的公路，村民出行，交往，只能走山林田地之间劳作用的羊肠小路，下雨天只能走杂草淹没的泥巴路。竹元村成了一个孤岛，与外面的世界几乎是隔绝的状态。山里生长的桃子、李子和蔬菜，因为运不出去，只能眼睁睁地看着它们烂掉。冬天取暖要烧煤，他们只能把煤装进背篓里，一篓一篓往山上背。或是几户人家共养一匹马，用马匹往山上驮沉重的东西。这种状况正如竹元村的村民在花灯调里唱的那样："正月里来正月整，遵义有个竹元村，山高坡陡穷得很，走亲访友路难行。"

扶贫键要按准，一定要按到关键的那个键。竹元村的扶贫团队，在经过反复深入调研所做出的脱贫规划中，把修路放在了突出的关键位置。在一年多的时间里，他们充分发挥村党支部的战斗堡垒作用和共产党员的先锋模范作用，全村动员，上下合力，千方百计，充分调动财力、物力、人力和一切积极因素，硬是修成了一条十九点八公里的通村公路，十二条四十二点九公里的通村民小组的水泥路，实现了"通组连户都硬化，车子开到院坝头"。特别值得一提的是，在修路过程中，村里所有男女劳动力，都被调动起脱贫致富的内生动力，积极参与修筑道路，而且不向村里要一分钱的占地补偿款，不要一分钱的出工费。据史料记载，红军第四次渡赤水后，有一部分红军于 1935 年 3 月 24 日曾在竹元村驻扎过。竹元村的村民在修路过程中表现出了当年支援红军的政治觉悟。

快马加鞭未下鞍。竹元村继修通了道路之后，接着通了电，通了水，通了商，通了网，通了财，通了文，通了情，可谓一通百通，事事皆通。到 2019 年，全村年人均纯收入达到一万元以上，超过脱贫标准的一倍还多。村里不但对八百多栋老旧住房进行了升级改造，不少村民还盖起了宽敞明亮的楼房。以前，竹元村的村民外出不敢说自己是竹元村人，现在他们骄傲地宣称：我是竹元村的！"梧桐树"引来了"金凤凰"，竹元村的小伙子再也不愁找不到老婆。

这天上午，我们来到了竹元村。在公路两边的地里，我们看到了正在挂果儿的核桃树，看到了大片绿汪汪的高粱，还看到了成群牧养的冠以生态的牛羊。在村里，我们看到了新建的办公楼、休闲广场和卫生室，还看到了新建的幼儿园、升级改造后的小学校，以及为老师盖的公租房等。看到竹元村的新面貌，联想起自己的贫困经历和我们老家的变化，我心潮起伏，几乎有些眼湿。我脑子里接连涌现了好几个题目，比如：鲜花盛开的村庄、山村巨变看竹元、竹元开创新纪元等，似乎都不尽意，都不能充分表达我的心情。我想，竹元村完全可以作为一个美丽乡村的旅游目的地，能在竹元村住一晚就好了。因日程安排紧张，我们未能在竹元村留宿。留点儿念想吧，日后，我或许会一个人到竹元村住上一段时间。

2020 年 6 月 3 日至 8 日

于北京怀柔翰高文创园

荒山变成花果山

　　我小时候听爷爷说过，花果山，还有水帘洞，都属于孙悟空，是孙悟空的故乡。孙猴子对其美丽的故乡十分喜欢和留恋，取经途中一遇到唐僧对他的误解、惩罚，他一个筋斗就回到老家享乐去了。据《西游记》里说，花果山、水帘洞位于东胜神洲傲来国。您听听这地名，又是胜又是神的，就知道是吴承恩虚构出来的，实际并不存在。而我今天所说的花果山，却有名有实，存在得实实在在，山存在，花存在，果存在，经得起实地踏访，尽情观赏。那么，这座花果山在哪里呢？答：在河北省阜平县阜平镇的大道村。

　　我所说的这座花果山，有的朋友或许还不知道，但对于阜平县应该是知道的。阜平县属保定市，离首都北京只有二百六十公里。阜平县是闻名全国的革命老区，1925 年就成立了中共党组织，1931年建立北方第一个红色县政权，1937 年创建了晋察冀抗日根据地，被毛主席誉为"模范抗日根据地"。抗战时期，英雄的阜平人民以九万人小县，支援了九万多人的部队和工作人员，两万多人参军参战，五千余人光荣牺牲，为民族独立、人民解放做出了巨大贡献。以聂荣臻为司令员兼政委的晋察冀军区司令部就设在阜平县的城南庄。

1948 年 4 月 11 日，毛主席率领中央机关从陕北来到城南庄，召开中共中央书记处扩大会议，审时度势，调整了南线战略，为"三大战役"的胜利奠定了基础，还亲自起草了《纪念一九四八年五一劳动节口号》，发出了建立新中国的动员令。党的十八大胜利召开之后的 2012 年 12 月 29 至 30 日，习近平总书记走访的第一个贫困县就是阜平县。习近平冒着零下十几度的严寒，到骆驼湾村、顾家台村，看望慰问困难群众，考察扶贫开发工作，向全党全国发出了脱贫攻坚的庄严号召。

七年多来，阜平县委县政府和各级干部，时刻牢记习近平总书记的深切关怀和殷切嘱托，紧紧围绕"两不愁三保障"的奋斗目标，脚踏实地，开拓创新，一年更比一年抓得紧，一仗更比一仗打得精，高质量地完成了预定的脱贫任务。截至 2019 年底，全县贫困人口由 2014 年的十点八一万人，下降到八百三十二人；综合贫困发生率由 2014 年的百分之五十四点四，下降到百分之零点四五；农村居民人均可支配收入增长到九千八百四十四元，是 2012 年三千二百六十二元的三点一倍。2020 年 2 月 29 日，河北省政府正式宣布阜平县从此退出贫困县序列。

阜平县的脱贫攻坚是多种模式并举，多管齐下，形成合力。归纳起来，主要有以下六种扶贫模式：以"老乡菇"为典型的产业扶贫；以"顾家台、骆驼湾乡村旅游"为示范的旅游扶贫；以"太行山农业创新驿站"为代表的科技扶贫；"集团化职业教育加区域协同发展"的职教扶贫；"荒山绿化"的土地扶贫；"联办共保、风险共担"的金融扶贫。这些扶贫模式因地制宜，扎实有效，可复制，可推广，都取得了经得起检验的扶贫效果。全县在富民产业、公共服务、基础设施建设、群众精神面貌等诸多方面都发生了可喜的变化。

阜平县的上述多种扶贫模式，以及近年来所发生的翻天覆地的变化，我不可能面面都说到，只能重点说说在"荒山绿化"的土地扶贫模式中，大道村的山是怎样从荒山变成花果山的。

　　阜平地处太行深山区，人们开门见山，抬头望山，四面八方都是连绵起伏的群山，山场面积将近占全县面积的百分之九十，被称为"九山半水半分田"。俗话说靠山吃山。在抗日战争最艰苦的年代，阜平的抗日战士和老百姓只能靠吃山上的树叶和野菜维持生命。现在虽说不用再吃树叶了，但要实现就地脱贫，还必须挖掘山地的资源，在山头上做文章。大道村的荒山之所以变成了花果山，就在于他们在大型企业的扶持下，在山上做出了锦绣文章。

　　帮助大道村脱贫攻坚的企业是河北建设集团。集团公司积极响应习近平总书记的号召，勇于承担社会责任，抽出精干力量，投入开发资金，在大道村成立了乾元农业科技开发有限公司。公司2013年4月成立，公司的定位和宗旨是，以产业扶贫为出发点，变"输血"为"造血"，把荒山变成花果山和金山银山，带动大道村及周边百姓增收致富。第一步，他们动员村民把山地流转给公司，由公司按每亩地每年八百元的价格付给村民流转费，而且签订协议，村民一次就可领取四年每亩地共三千二百元的流转费。第二步，他们吸收有劳动能力的村民到公司务工，和公司员工一块儿修路，平整土地，栽树，通过就业扶贫的方式，给务工者发工资，增加收入。公司已吸收了二百多位村民到公司务工，使全村人均年收入增加三千元左右。第三步，村民的土地流转集中到公司后，并不意味着村民从此就失去了和土地的联系，而是以土地入股的形式，成为公司的股东。四年之后，村民所参股的每亩地不但可以得到八百元的底金，更让人高兴的是，当公司所种的果树开始挂果并有了收益，所有股东可以与公司五五分红。这样一来，大道村的村民就能旱涝保收，长期受益，所得到的利益一年更比一年高。同时，乾元公司、大道村以及大道村周边的百姓不仅得到了经济效益，还收获了花果满山的生态效益和安静祥和的社会效益。

那么，被称为花果山的大道村目前的景况到底如何呢？是否可观呢？除了耳听，我们须到山上实地看一看，才会有比较切实的感受。2020 年 7 月 25 日下午，我们一行来到了花果山的山顶。既然上花果山，我以为我们要爬山，不料我们乘坐的中巴车，沿着山间的柏油路，一路盘旋着，就开到了海拔一千多米的山顶。陪同我们参观的县人大主任王欣告诉我们，这座山上原来没有路，连羊肠小道都没有，只有野草、荆棘和一些灌木，为了开发这座荒山，公司才修了这条柏油路。山顶有一座八面来风的观景台，我们拾级登上观景台，远眺近观，即可看到花果山的全貌。往远处看，山上建起了层层梯田。梯田里种的不是庄稼，大都是梨树和苹果树。夏风徐徐吹来，满目都是青山。往近处观，观景台下面的梨树正在挂果，每颗果实上都套着白色、黄色的纸袋，或套着透明的塑料袋。因果子结得比较稠密，我见套了白色纸袋的梨树上如同开了满树白花一般。我对身旁的河北作协主席关仁山说："您看树上是不是像开满了花？"关仁山对我说，他正在阜平县定点深入生活，春天的时候，他已经来山上看过，那时节，满山遍野都是盛开的梨花和苹果花，一片雪白，像花的海洋一样，壮观极了！

听得梨树林子里一阵欢声，原来有的朋友到林子里摘梨子吃去了。我说："梨子还不熟吧？"关仁山说："已经熟了，可以吃了。这里的梨子是河北的赵州梨和新疆的库尔勒梨嫁接的，特别好吃。"说着我们下了观景台，也走进梨树林子里，关仁山指着树上用透明塑料袋包着的梨子，说："你看，梨子已经红了。"我一看，梨子上面的确有了一些胭脂色。关仁山随手摘了两个梨子，分给我一个。我剥开塑料袋一尝，梨子又脆又甜，真的很好吃，像是从口里一下子甜到了心里。我想这样的梨子应该有一个新的名字，叫它"大道"酥梨如何？

在地球这个星球存在之初，我想中国阜平县大道村的这座山就有了，亿万年来，它一直是一座荒山。直到21世纪20年代，它才变成了花果山，才开始造福人类。从花果山建了观景台来判断，那里还会发展旅游业，变成观光点。倘若被孙悟空知道了，说不定他也会到新的花果山看一看呢！

2020 年 7 月 31 日
于北京和平里

在大运河的船头思接千古

一个人，一辈子能走多少路，过多少桥，乘多少车，坐多少船，自己不会料得到。这跟一个人不能预料自己能活多少岁数的道理是一样的，因为人生充满了未知和不确定性。万万没有想到，在2020年的8月19日，我竟有幸登上大运河的游船，在向往已久的大运河上游了一回。我们早上从济宁的码头登船，顺河南下，行了将近三个小时，行程一百多公里，中午时分到了位于微山湖中央的南阳古镇。一路上，我一次又一次伫立船头，迎万里长风，观两岸风景；听水波新韵，发思古之情，留下了深刻而难忘的印象，值得一记。

最早，我是从祖父口中听到关于大运河的传说的。我祖父是一位爱听说书的人，也是一位爱讲故事的人。听祖父说，大运河是隋朝的隋炀帝杨广下令开凿的。隋炀帝是一位昏庸残暴、荒淫无耻的皇帝，他主张开一条运河的目的，是方便到江南富庶之地掠夺财富，或到扬州、苏州、杭州等地作花天酒地的游乐。在开凿大运河期间，隋朝统治者仅在河南就征集了上百万民工。不少民工一去不返，不是累死在工地上，就是病死在工地上。这跟我母亲讲的秦始皇修边墙和孟姜女哭长城的意思差不多，大运河最初留给我的认识是一条血泪之河、苦难之河。后来随着阅历的增加，和对一些历史知识的了解，我才知道，隋炀帝与大运河的故事，不像我祖父所讲的那样。有历史研究表明，我国历史上之所以多次出现南北割据的局面，而很少出现过东西分立的情况，一个主要原因，是东西有长江、黄河、淮河等几条江河的贯通，南北则有几条江河的阻隔。隋炀帝修建的大运河，等于给几条横贯东西的江河从中间打了一个十字，在中华民族的历史上，第一次实现了有一条长河南北贯通。运河的开通，打通了南北交通的命脉，不仅在政治、经济、军事、文化上有开创性的重要意义，对国家的统一也功不可没。从这些意义上说，隋炀帝是一位具有雄才大略的帝王，开凿大运河不是他的罪过，而是他彪炳史册的历史功绩。

　　大运河的故事听得多了，我产生了一个愿望，能坐船到大运河上游一游才好。我曾在通州、德州、沧州等地看过运河，但从没有实现坐船游运河的愿望。上述有的河段，河床变得很窄，河水变得很浅，河水已不再流动，几乎成了死水。在这样已失去水运功能的河段，哪里还有什么机会在河上坐船呢？到了济宁，我才有机会坐船作运河之游，而且要游向远方，一游就是好几个钟头，这怎能不让人大喜过望，欣喜异常？一上船，我在客舱里的沙发卡座上坐不住，就迫不及待地到船头的三角甲板上站着去了。天空中有一些薄云，阳光不能直射到甲板上，天气一点儿都不热。船行带风，风吹扬着我的头发，鼓动着我的衣襟，风里洋溢着清凉的水意。其实船开得并不是很快，声响也不大，静静的，给人以船在水面滑行的感觉。河水微微有些发蓝，河面上有浮萍的叶片和细碎的绿藻漂过。紫燕在水面掠来掠去，不时点一下水，点出一圈圈涟漪。在岸边飞行的还有白鹭，白鹭飞行时伸着长腿，边飞边发出歌吟般的鸣叫。

河水丰盈，河面宽阔，岸边升腾的有一些雾气。河两岸是不断移动的风景，有树林、庄稼、湿地，还有河汊子。河水淹到了柳树的半腰，我听见有蝉在树上鸣叫。岸边的浅水处，有穿红衣服的女子，用竹竿撑着小木船，像是在采摘菱角。有男子坐在岸边大面积的遮阳伞下，专注地在河里钓鱼。男子光着膀子，脖子上搭着一条白毛巾。有一条机船从对面开过来了，船上坐的有男人，也有女人。我还没看清船上装载的什么货物，船就开了过去。

往事越千年，望着不断流向远方的逝水，我不知不觉间有些走神。我仿佛看见，成千上万的民工，以人海战术，正在工地上挖河。他们穿着破旧的衣服，喘着粗气，全靠锹刨、背驮、肩挑，像成群结队的蚂蚁一样，一点儿一点儿从低处往高处搬土。不少人累得倒在泥水里，他们爬起来，撩起衣襟擦去汗水和泪水，再接着往上搬土。两千多年过去，那些民工早就化为泥土，但他们所建的运河还存在着，流淌着，而且继续发挥着航运作用。只要运河在，人民永远与运河同在。回过神来再看，大运河已没有了人工痕迹，似乎早就变成了一条自然的河流。时间改变一切，任何人工的东西，最终是不是都会被自然所代替呢？

我必须承认，在去济宁之前，我对大运河的了解是粗浅的、笼统的，只知道有大运河，不知道大运河在不同的历史阶段有浙东运河、隋唐大运河和京杭大运河之说，更不知道济宁在整个运河链条中所处的举足轻重的历史地位、现实地位和文化地位。简明扼要来说，大运河南北绵延三千多公里，流经八省市和四十多个市、区、县，而被称为"运河之都"的城市只有一个，那就是济宁市。一个"都"字震乾坤，为什么济宁被称为"运河之都"呢？主要原因有两个，一个是管河治河的最高权力机关运河衙门总督府长期设在济

280

宁；二是运河济宁段既是整条运河的水源供给地，又是运河的制高点，被说成"运河之脊"。说得具体一点儿，河里有水，才能载船，如果没有水，运河只能是一条干河，什么"运"都说不上。运河的水不是来自黄河，也不是来自长江，而是来自济宁的大汶河和小汶河。这两条汶河的水通过设在南旺镇的分水闸，一部分流向北方，另一部分流向南方，才保证了运河的水川流不息和货运畅通。南来北往的船只须在济宁过闸，就难免在济宁停留，这就自然而然地形成了济宁货物聚积、商贾云集的繁荣局面。特别值得一提的是，济宁作为孔孟之乡和儒家文化的发源地，不仅通过运河输出了粮食、煤炭、绸缎、茶叶、美酒等物质性的东西，还辐射性地输出了儒家文化。

船继续南行，河面越来越宽阔。有一段，河面有二三里宽，河里停泊着很大的货船，因货船上装载的是集装箱，我看不见船上装载的是什么货物。有一艘运行的货船从对面开过来，我看见一壮年男子正坐在船舷边悠闲地抽烟。我友好地向男子招招手，那男子也向我招招手。河中间有一个小岛，岛上建有小房子，房前活动着几只白鹅。当我看到丛生的芦苇、香蒲和大片的荷花时，我知道微山湖就要到了。

据历史文献记载，在康乾盛世时，康熙、乾隆两位皇帝曾分别六次下江南，大都是在运河乘船。他们乘坐的船当然是豪华的龙船，不难想象，当年大运河上船队浩荡，船上旌旗飘扬，那是一番多么壮观的景象！然而，他们反复下江南，并不仅是为了展示他们的威仪，更不单纯是为了游玩，一个重要的任务，是巡视河务，加强漕运。康熙曾三次御驾济宁，乾隆每次都在运河的供水枢纽济宁视察，就是有力的证明。多少年过去，水已不是过去的水，船已不是过去的船，岸已不是过去的岸，但这条历史的长河还在续写着新的历史。

我们下船的地方，是被称为"运河第一古镇"的南阳镇。南阳镇位于微山湖北端的湖中，古老的京杭大运河穿镇而过。镇上顺河成街，桥街相连，以船代步，渔舟唱晚，显示出"江北水乡"的神韵。南阳古镇已有两千二百多年的历史，康熙、乾隆皇帝曾多次在镇上驻跸，镇上留有皇粮店、清代钱庄、雕花戏台、皇帝下榻处等三十多处古迹，2014 年获"中国历史文化名镇"称号。

大运河和长城一样，是中国人民所创造的人工奇迹，是被列入《世界遗产名录》的世界文化遗产。大运河是世界运河中规模最大、线路最长、延续时间最久的运河，被誉为"活着的、流动的人类遗产"，堪称中华文明的瑰宝，流淌在华夏大地上的史诗。不必讳言，随着铁路、公路和海运的不断发展和发达，运河作为我国内陆的水运航道之一，已退居交通运输的次要位置。但是，如同长城失去了它的防御性物质功能却仍要大力弘扬长城文化一样，济宁市成立了运河文化研究会，正在大力保护、传承、利用和弘扬运河文化，因为运河文化彰显的是中华文明特质，体现的是中国人民的开拓进取、坚韧顽强、不屈不挠的创造精神。

2020 年 8 月 28 日至 9 月 1 日

于北京怀柔翰高文创园

情满康定

　　我最初知道四川甘孜藏族自治州的康定，是因为《康定情歌》。说老实话，第一次听《康定情歌》时，我还吃不准康定是不是一个地名，以为康定是用来修饰情歌的。是呀，康和定都是美好的字眼，健康的爱情，稳定的爱情，都是人们所向往的，多好呀！后来我才知道，原来有一个地方叫康定，那首情歌产生于康定，所以叫"康定情歌"。这样一来，在我的心目中，情歌就和康定紧紧绑定在一起，仿佛情歌是为康定准备的，康定也是为情歌准备的，二者谁都离不开谁。又好比，情女是为情男而生，情男也是为情女而生，他们息息相关，不可分离。反正我一听"情歌"二字，马上就想起了康定，一听到"康定"二字呢，马上就想到了情歌。不光我本人是这样的印象，当有的朋友通过微信知道我到了康定时，马上回信说：康定我知道，就是出《康定情歌》的那个地方。由此可见，一件文艺作品，对一个地方的传播和知名度的提升，力量是多么巨大。

　　我记不清第一次听《康定情歌》是在什么时间，什么地点，总之我一听就记住了，再也不会忘怀。情由人发，情由事生，任何情感的抒发，都是以人世间的一些故事为基础。《康定情歌》也有着叙事的功能，所叙述的当然是一个爱情故事。故事很简单，是说在一座叫跑马的山上，山峦起伏，层峦叠翠。在蓝蓝的天空下，飘着一朵洁白的云。是的，白云不多，只有一朵。因其只有一朵，才显得珍稀，更具有象征意义。到了夜晚，代替白云的是一弯新月，月光泼洒下来，照着古老而神秘的康定城，显得十分静谧。就是在这样风景如画的地方，张家的一位大哥，看上了李家的一位大姐。张大哥之所以看上了李大姐，情歌中说了两个原因，一来是李大姐人才好；二来是李大姐会当家。人才好，指的是李大姐长相美丽，出众；会当家呢，指的是李大姐聪明能干，持家有方。作为一个姑娘家，具备这两个条件就足够了，足以让张家大哥动情动心，不懈追求。情歌对男子也有评价，叫"世间溜溜的男子"。我注意到，情歌中所有的评价用语都是"溜溜的"，不管对风景，还是对人物，一律用"溜溜的"来评价。我问了一下当地的朋友，得知"溜溜的"意思相当于美美的、靓靓的、棒棒的，源于当地所流行的溜溜调。"溜溜的"不怕重复使用，重复越多，似乎就越"溜溜的"。这支情歌除了情节简单，曲子也很简单，让人一听就能记住，一学就会唱，一唱就能唤起"溜溜的"情感，让人唱了还想唱。这让我想到，世间一切美好的事物，包括艺术作品，都是简单的，简单如白云，如月光，如流水，如花朵。

车子开过被称为"川藏第一桥"的大渡河大桥，穿过世界上最长的隧道二郎山隧道，我们一进入甘孜州的首府康定市，首先映入眼帘的是一条翻滚奔腾、穿城而过的河流。这条河激越的形态和天籁般的轰鸣，顿时使我兴奋起来。我想起在都江堰看到的由雪山上的雪水汇聚而成的岷江，就是这般壮观的样子。虽然还不知道康定的河流叫什么名字，但我心潮起伏，似乎已经喜欢上了这条河流。

我有些迫不及待，一到康定情歌大酒店住下来，脸都忘了洗一把，就下楼去看河。我打听出来了，知道这条河叫折多河，是从折多山上流下来的。折多河离酒店只有一二百米，我一走出酒店的大门，就听见了折多河的涛声。折多河是从西向东流，也是从高处向低处流。我站在一座桥上向上游望去，因河流是顺着一定的坡度倾泻而下，我简直像是在观看一条长长的瀑布。河床不是很宽，夹岸是用大块的花岗岩条石砌成的石壁。"瀑布"冲击着起伏的河底，撞击着陡立的石壁，使水不再是蓝色，变成了白色，变成了白雪一样的白色。千堆雪，万层雪，满河雪波连天涌，像倾倒的雪山一样。我沿着岸边一处石砌的台阶，下到离水流最近的地方，任飞溅的浪花溅到我的身上、我的脸上。水流带风，扑面而来的河风有些凛冽，是冰的气息、雪的气息。我蹲下身子，伸手把河水撩了两下。我试出来了，河水冰凉冰凉，像是透过肌肤，凉到了骨子里。伏天未尽，北京仍暑热难耐，而康定却是这样一个清凉世界。康定的海拔高度在两千五百米以上，盛夏的平均温度也就是十几度左右，怎么能不凉爽宜人呢？我站在水边，别的尘世的声音都听不见了，满耳充盈的都是轰鸣的涛声。我沉迷于这样的涛声，涛声越大，我的内心越是沉静，越是忘我，仿佛到了一种超越尘世的境界。水流的速度极快，快得几乎看不到水在流。以河面上垂柳的柳条为参照，我看到几根没有柳叶的柳条，根本没有机会插入水中，只能顺着水流，在像是在硬物质一样的水面上快速颤动。看着看着，我的头微微有些晕眩，有些走神，仿佛自己也变成了水的一分子，在随着水流流向不知名的远方。

看过水看山，看云。举目望去，四面都是高高耸立的青山，每座山的山尖和山腰，都有白云在缭绕。白云不止一朵、两朵，而是

285

一块又一块，一片又一片。那些云彩像是被扯薄的棉絮，又像是透明的轻纱。那些云彩是动态的、变化的，它们在缓慢的移动过程中，一会儿薄，一会儿厚；一会儿宽，一会儿窄，变幻着各种各样让人浮想联翩的形状。青山的某些部分一会儿被遮住了，像是戴上了一层面纱，一会儿面纱飘走了，青山复露出真容。青山是实的，白云是虚的；青山是客观的，白云像是主观的，实的东西因虚的不同而不同，客观的东西因主观的变化而变化。

将目光收回，我看到康定城周边的一些藏式的楼房，那些楼房多是米黄色调，深陷的窗洞上方点缀着一些砖红色的花朵，跟周围的青山十分协调，看去给人以典雅的庄严感。

因《康定情歌》的远播，跑马山早已闻名中外，到了康定，跑马山是必定要看的。到康定的第二天下午，我们就乘坐缆车来到跑马山的山顶。跑马山原名叫"帕姆山"，因与跑马山的发音比较接近，又因情歌里唱的是"跑马溜溜的山"，人们就把全称为"多吉帕姆仙女山"叫成了跑马山。跑马山上苍松翠柏，山花烂漫，经幡飘飘，云雾缭绕，仿佛充满了仙气。跑马山既然是一座情山，山上的景点处处以情命名，房子为情宫，石头为情石，水池为情人池，树林为情侣林。据传在情人池畔，就是张大哥和李大姐在月光下约会的地方。在跑马山的景区中心，还建有一处圆形的草地，叫跑马坪。从全国各地来的男女游客，在宽敞的跑马坪上手拉手围成一个个圆圈唱歌跳舞，他们唱《康定情歌》，也唱别的情歌，激情荡漾，那是一派何等欢乐的景象！

2020 年 8 月 9 日凌晨 4 点多一点儿，我就一个人悄悄走出酒店，到折多河边去看月亮。大概因为我有一个执念，《康定情歌》的四段唱里都有"月亮弯弯"，如果在康定看不到月亮，我会觉得遗憾。我算了一下，这天是农历的六月二十日，月亮出来得比较晚，在凌晨4点的时候，月亮还应该挂在天上。说来我真是幸运，来到河边抬头一仰望，我就把月亮看到了。月亮正挂在中天，不圆，也不弯，是半块月亮。月亮晶亮晶亮，像用冰雪擦过一样。月亮虽说只有半块，却丝毫不影响它散发月光的能量，好像发光的能量从整块集中到半块上，月亮越小，光明度就越高。月光从透明度极高的高空普照下来，它照在房子上，照在桥面上，照在格桑花的花瓣上，无处不关照到。月光泼洒到折多河里，是与白天洒满阳光不同的另一番景象，奔腾不息的河水里，闪耀的不再像是雪光，而像是满河的月光。一河月光向东流，它是不是要流过大渡河，流过泸定河，流过长江，一直流到东海里去了呢？

水有源，河有源，我们追寻着折多河的源头，曲曲折折，一路向西，终于来到了折多河的发源地折多山。折多山幅员辽阔，为青藏大雪山一脉，最高峰海拔达四千九百六十二米。折多山以东，是包括二郎山在内的山区，往西则是青藏高原的东部，进入了真正的藏区。一进入山里，我就看见一股股泉水从山上流下来。山上灌木葱茏，植被丰厚，泉水从山上往下流时，几乎是隐蔽的状态，明明灭灭，显得有些纤细。到了山脚，大约是多泉汇聚，水流才大起来，发出哗哗的响声。这样自上而下的水流，具有一定的推动力。让人眼前一亮的是，山里的藏民们在出水口处安上了带有顶盖的转经轮，利用水流的力量，推动经轮下方的叶轮，在不停转动。我去过西藏、甘肃和青海的一些寺院，看到去寺院祈福的人们都是用手推动经轮。而这里是利用自然的力量，在推动经轮日日夜夜常转不息，祈愿藏族人民永远幸福。

折多山上有草原、平湖，也有庄稼地。地里的青稞到了成熟期，

287

在阳光的照耀下闪着金黄的光芒。大片的薰衣草，花儿呈蓝紫色，吸引了不少游客前往观光。土豆的花儿也在开放，它的花朵白中带粉，开起来不争不抢，似乎很平常。但土豆花儿也是五彩斑斓之一种，与庄稼地里其他色彩形成了和谐共生的互相支持。瓦蓝的平湖里映着天上的白云，乍一看，我还以为是白云落在了湖里呢！湖水映白云不稀罕，湖里怎么还有一块一块的黑云呢？再一看，哪里是什么黑云，原来是披散着长毛的牦牛走到湖水里去了。成群的牦牛在湖边吃着草，它们也许想喝一点儿水，或是想洗个澡，就慢慢走到并不深的湖水里去了。折多山上的草原一望无际，草原上点缀着各种各样的野花，一如数不尽的星光闪烁在浩瀚的星空。

忽然下起了雨，雨下得还不小，天地间一片朦胧，车前面挡风玻璃上的雨刷刷都刷不及。隔着窗玻璃，我看到右边的山谷里一片白花。大雨不但遮不住白花的白，经过雨水的洗礼，白花似乎更显光辉。我问同车的甘孜州作协主席格绒追美："这是什么花？"追美主席说："这是河谷梅花。"啊，好漂亮的高山草本梅花！

雨来得快，去得也快。雨过天晴之际，我们登上了折多山的观景台。在观景台远眺，我们竟然看到了向往已久的贡嘎雪山。贡嘎雪山最高峰海拔七千五百五十六米，被称为"蜀山之王"。雪山上冰雪覆盖，像一座闪着银光的银山。我想，折多河里日夜奔腾的河水，也应该有贡嘎雪山上流下来的雪水吧。

看到这里，也许有的朋友会问：你写的不是康定的情吗，怎么写了这么多的景呢？我的回答是：我是以景写情，景就是情，情就是景。正如王国维所言："一切景语皆情语。"

2020年8月26日于怀柔翰高文创园

采撷生命之花^①

　　广袤的新疆大地盛产棉花，据说目前新疆每年的棉花产量，占全国棉花总产量的比重超过了百分之八十。这个惊人的数字，意味着全国人民所穿的十件衣服当中，有八件是用天山南北所产的棉花做成的。

　　每年夏秋之交，当新疆遍地的棉花盛开成雪白的花海之际，就会有大批的河南农村妇女，成群结队，不远万里，奔赴新疆帮助采摘棉花。蜜蜂追花，她们也追花。蜜蜂追花，是为了酿造甜蜜，她们追花呢，是为了奉献温暖。

　　阿慧的这部长篇纪实性文学作品，追踪记述的就是地处中原的河南农村妇女，特别是像东周口地区的农村妇女，去新疆打丁拾棉花的故事。因我的老家就在周口沈丘县，我听说我们村的人也有去新疆拾棉花的，读阿慧的书，我仿佛看见我们村的大娘、婶子、嫂子、弟媳，或姐姐、妹妹，在遥远的新疆棉花地里辛勤劳作的身影，感到格外亲切，并不时为之感动。

---

　　① 本文为《大地的云朵——新疆棉田里的河南故事》序言。

追溯起来，不管是逃荒，还是创业，中原人都有西行的传统。山东人是闯关东，山西人、河北人是走西口，而河南人习惯沿着陇海线过潼关，奔西面而去。不过，他们一般来说到了陕西就停下了，就地谋生，不再西进。也有人走到了青海和甘肃，只是人数极少，没形成规模。再往西域新疆，就更少有河南人涉足，不仅"西出阳关无故人"，西出天山更是故人难觅。然而，到新中国成立之后就不一样了，随着新疆的解放，随着新疆生产建设兵团驻扎下来参与新疆的开发建设，随着西部大开发国家战略的实施，随着古老的丝绸之路被重新打通，去新疆的河南人逐渐多了起来。我去过新疆几次，每到一地，我几乎都能遇见老乡，听到乡音，新疆连豫剧团都有了。新疆到底有多少河南人，恐怕没人做过统计。我只知道，在我们老家，差不多每个村庄都有去新疆谋生的人。别的村不说，只说我们村吧，就有一些人先后去了新疆。在各个历史阶段，他们去新疆的原因各不相同。第一个去新疆的人，是一个地主分子。他喜欢说评词，被说成是好逸恶劳的二流子，送到新疆劳动改造去了。第二个去新疆的人是一个地主家的闺女，她想脱离我们那里严酷的阶级斗争环境，自愿远嫁他乡。"文革"后期，有一个当过造反派的人受到村干部的打击报复，在村里待不住，逃到新疆去了。他在新疆落户之后，把一家老小都接到新疆去了。改革开放之后，全国掀起了外出打工热潮，我们村至少又有两户人家，随着打工的潮流，去新疆安了家。想想看，仅我们一个村去新疆的人就这么多，把全周口、全河南去新疆的人都加起来，不知有多少呢！

　　千万不要小看那些远走新疆的河南人，他们都是有志向的人，都是不屈的人，都是不甘平庸的人，都是有创业精神的人。他们到了新疆，不但带去了劳动力，带去了生产技术，还带去了源远流长的中原文化，带去了中原人坚忍、顽强、勤劳的民族精神。他们的奉献，对于新疆的发展、繁荣、稳定，包括文化融合，和民族大团结，都发挥了不可估量的历史性作用。

每一个生命个体的命运，都承载着历史和现实，并在与时代的交会中，焕发出心灵的光彩。我曾设想过，去新疆把我们村去的那些乡亲逐个采访一下，说不定能写成一本书。可我又一想，新疆那么大，他们分散得东一个，西一个，想找到他们不是那么容易，就把想法放弃了。我们那里的妇女去新疆拾棉花的事，我也听说过，也很感兴趣，曾动过去实地踏访的念头。但想到自己岁数大了，有些力不从心，访问不成，还有可能给人家添麻烦，就没付诸实践。让人高兴的是，周口年富力强的女作家阿慧去了。阿慧并不知道我的心愿，但她做的，正是我想做的；她所写的，正是我想写的，阿慧差不多等于替我完成了一个心愿啊！

在秋风萧瑟、雨雪交加的日子里，阿慧只身到新疆茫茫无际的棉花地里，与拾棉花的姐妹们同吃、同住、同干活儿二十多天，克服了许多意想不到的困难，付出了极大的耐心、智慧和辛劳，在定点深入生活方面下够了苦功夫、笨功夫，才取得了如此丰满的收获。王安忆在给我的短篇小说集写的序言里，说我的写作"有些笨"。对这样的说法，我一开始不大理解，觉得自己就是不太聪明呗。后来我才渐渐理解了，原来王安忆说的是好话，是在鼓励我。我愿意把这样的话转赠给阿慧。阿慧明白，不管是采访，还是写作，都没有任何捷径可走，都耍不得小聪明，必须脚踏实地，一步一个脚印，把笨功夫下够才行。道理跟采摘棉花一样，花朵子长在花托上，不管花朵子开得有多么大，多么多，你不到棉花地里，不动手把花朵子采下来，棉花就变不成你的。你只有脚到，眼到，手到，心到，棉花才会属于你。这不仅是一个实践的过程，更有一个态度问题。阿慧把自己的姿态放得很低，真诚地融入拾棉花妇女的队伍，很快把自己变成打工姐妹中的一员。拾棉花时，别人站着拾，她也站着拾；别人跪着拾，她也跪着拾。别人拾的棉花，都是装在自己的棉花包里，她拾的棉花，都装进了别人的棉花包里。听姐妹们讲到辛酸的往事，她的眼圈子比人家红得还快，泪水比人家流得还多。人心换人心，就这样，阿慧赢得了姐妹们的信任，成了她们的知心人，有什么心里话，她们都愿意跟阿慧倾诉。

在这部《大地的云朵》里，阿慧以云朵喻棉花，以棉花喻人，采取花开数朵，各表一枝的做法，一共表了三十二朵花。她给每一朵花都命了名，如"财迷女""减肥女""追梦女"等等。那些花有女花，也有男花；有嫩花，也有老花；有家花，也有野花；有正开的花，也有已经凋谢的花；有流动的花，也有早已在新疆扎根，并成为种棉大户的花。按阿慧的说法是，"所有的花都不一样"。虽说目的都是"抓钱"，但出发点有所不同，有的为了盖房，有的为了攒嫁妆，有的为了经济独立，有的为了看世界，也有的为了戒赌，还有的为了还债等，不一而足。不管动机如何不同，反正他们一到新疆的棉田，都开出了属于自己的、特色独具的生命之花。随着时间的推移，新疆或许不需要人工采摘棉花了，改为机器收采，棉田或许不再是棉田了，可能会变成油田，或变成城市，变成历史。如果没有人把河南人去新疆拾棉花的故事记录下来，若干年后，很可能是落花流水，了无痕迹。幸好，富有使命感的阿慧，用她的笔、她的文字、她的心，深情地、细节化地、生动地记述了这些故事，并使这些故事有了历史价值、时代价值、文化价值、生命价值、审美价值和文学价值。阿慧实在是做了一件有意义、有功德的事。

阿慧这部书的语言也值得称道。语言大师在民间。这部书的语言好就好在，阿慧以对语言的敏感，并抱着虚心学习的态度，忠实地记录下了民间那些故事讲述者原汁原味的、带有地方色彩的语言。人靠衣裳马靠鞍，好的作品靠语言。连我这个对语言比较挑剔的人，看了阿慧作品中的有些语言也觉得新鲜，意识到语言的翻新没有穷尽，永远在路上。为了节省语言，我这里就不再举例子了。

　　我想，阿慧这部非虚构作品所使用的材料，如果把它虚构一下，想象一下，调整一下结构，找到新的光点，写成若干篇小说也不是不可以。在序的最后，这算是我向阿慧提的一个建议吧。

　　　　　　　2020 年 3 月 18 日至 21 日（抗击新冠疫情期间）

　　　　　　　　　　　　　　　　　　于北京和平里

图书在版编目（CIP）数据

犹如荷花／刘庆邦著. －－北京：中国文史出版社，
2022.1

ISBN 978－7－5205－3137－5

Ⅰ．①犹… Ⅱ．①刘… Ⅲ．①散文集－中国－当代
Ⅳ．①I267

中国版本图书馆 CIP 数据核字（2021）第 177153 号

责任编辑：卢祥秋

出版发行：**中国文史出版社**

社　　址：北京市海淀区西八里庄路 69 号院　　邮编：100142
电　　话：010－81136606　81136602　81136603（发行部）
传　　真：010－81136655
印　　装：北京温林源印刷有限公司
经　　销：全国新华书店
开　　本：720×1020　1/16
印　　张：19　　　　字数：180 千字
版　　次：2022 年 1 月第 1 版
印　　次：2022 年 1 月第 1 次印刷
定　　价：63.00 元